Der Mann der Wüste

Grace Livingston Hill

Writat

Diese Ausgabe erschien im Jahr 2023

ISBN: **9789359253374**

Herausgegeben von
Writat
E-Mail: info@writat.com

Inhalt

ICH

PROSPEKTION

Es war Morgen, hoch und klar, wie das Wetter in Arizona zählt, und um den kleinen Bahnhof versammelte sich eine Menge neugieriger Zuschauer; sieben Indianer, drei Frauen aus nahegelegenen Hütten – angelockt vom Anblick des großen Privatwagens, den der Nachtexpress auf einem Nebengleis abgestellt hatte – die übliche Anzahl von Liegestühlen, ein Kinderschwarm, außer dem Bahnhofsbeamten, der herausgekommen war Verhandlungen beobachten.

Den ganzen Morgen über war der Privatwagen für diejenigen, die in Sichtweite wohnten, ein Objekt von großem Interesse gewesen, und das war jeder auf dem Plateau; und es gab viele und unterschiedliche Besorgungen und Ausreden, um zum Bahnhof zu gehen, um vielleicht die Insassen dieses Wagens zu sehen oder einen Blick auf das Innere des fahrenden Palastes zu werfen; aber die seidenen Vorhänge waren bis nach neun Uhr zugezogen geblieben.

Innerhalb der letzten halben Stunde hatte jedoch eine Veränderung in dem stillen, undurchschaubaren Auto stattgefunden. Hier und da hatten sich die Vorhänge geöffnet und gaben verschwommene, umherhuschende Gesichter frei, einen mit einer schneebedeckten Decke gedeckten Tisch und Blumen in einer Vase, es waren auch wilde Blumen, wie die, die überall am Gleis wuchsen, nur Unkraut. Seltsam, dass jemand, der sich ein Privatauto leisten konnte, Unkraut in einem Glas auf seinem Esstisch pflegte, aber vielleicht wussten sie es nicht.

Auf der hinteren Plattform war ein dicker Koch mit ebenholzfarbener Haut und weißem Leinengewand aufgetaucht, der Eier schlug und halb pfiff, halb sang:

„Sei mein kleines Baby, Hummel –

Summen Sie herum, summen Sie herum –"

Die Eingeborenen, die nach und nach das Ende des Wagens umstellten, schienen ihn in keiner Weise berührt oder beschämt zu fühlen, und das Publikum wuchs.

Sie konnten undeutlich den Tisch sehen, an dem die Insassen des Wagens saßen – beim Essen? –, zu dieser Zeit konnte es bestimmt kein Frühstück geben. Sie hörten die Diskussion über Pferde unter Gelächter und fröhlichen Gesprächen und kamen zu dem Schluss, dass das Auto zumindest einen Tag lang hier bleiben sollte, während ein Teil der Gruppe zu einem Ausritt aufbrach. Es war natürlich nichts sehr Ungewöhnliches. Solche Dinge passierten in dieser Region gelegentlich, aber nicht oft genug, um ihr Interesse zu verlieren. Außerdem war es für sie die einzige Möglichkeit, die Mode kennenzulernen, indem sie die Touristen beobachteten, die zufällig in ihrer winzigen Siedlung Halt machten.

Nicht alle Beobachter standen da und starrten um das Auto herum. In der Tat nicht. Sie schlugen ihr Hauptquartier rund um den Bahnsteig auf, von wo aus sie kurze und umfassende Ausflüge zum Güterbahnhof und zurück unternahmen, wobei sie immer auf der einen Seite des Wagens gingen und auf der anderen zurückkamen. Sogar der Stationsagent war sich der Wichtigkeit dieses Anlasses bewusst und stand mit dem ganzen Selbstbewusstsein eines Platzanweisers bei einer großen Hochzeit da und hielt sich für den Zeremonienmeister.

„Sicher! Sie sind letzte Nacht aus dem Osten gekommen. Limited hat sie abgesetzt! Ich gehe runter, um ein paar von mir zu schürfen, schätze ich. Sie haben Pferde und eine Ausrüstung bestellt, und Shag Bunce geht mit ihnen . Er hat einen Brief darüber bekommen Vor einer Woche habe ich erzählt , was sie von ihm wollten. Ja, ich wusste alles darüber. Er hat mir den Brief mitgebracht, damit ich ihn für ihn entschlüsseln kann. Du weißt, dass Shag nicht besonders gut im Lesen ist , wenn er eins am besten beurteilen kann Meins irgendwo in der Nähe.

So erklärte der Stationsagent mit leiser, aufregender Stimme; und selbst die Indianer schauten zu und zeigten ihr Interesse.

Um elf Uhr kamen die Pferde an, vier außer Shags und dem Rest der Truppe. Die Zuschauer betrachteten Shag mit dem traurigen Interesse, das dem Bestatter bei einer Beerdigung gebührt. Shag spürte es und handelte entsprechend. Er gab seinen Männern kurze, schroffe Befehle; machte auf Riemen und Schnallen aufmerksam, von denen jeder wusste, dass sie in bestmöglicher Ordnung waren; kritisierte die Pferde und seine Männer; und jeder , sogar die Pferde, ertrug es mit vollkommener Gelassenheit. Sie alle gaben an und spürten die Wichtigkeit des Augenblicks.

Plötzlich öffnete sich die Autotür und Mr. Radcliffe kam auf den Bahnsteig, begleitet von seinem Sohn – einem gutaussehenden, rücksichtslos aussehenden Kerl – seiner Tochter Hazel und Mr. Hamar , einem stämmigen Mann mit kräftigen Gesichtszügen, dunklem Haar und einem flotten schwarzen Schnurrbart und hübsche schwarze Augen. Im Hintergrund stand eine aufrechte ältere Frau in maßgeschneiderter Kleidung und mit strenger Miene, Mr. Radcliffes ältere Schwester, die die Reise mitnahm und erwartete, mit ihrem Sohn in Kalifornien zu bleiben; und hinter ihr schwebte Hazels Magd. Wie es schien, sollten diese beiden nicht zur Reitgruppe gehören.

Während die Pferde vorgeführt wurden und die Reiter aufstiegen, herrschte eine angenehme Stimmung. Die Zuschauer blieben atemlos und waren sich nichts bewusst, außer der Szene, die sich vor ihnen abspielte. Ihre Augen hingen mit besonderem Interesse an dem Mädchen der Party.

Miss Radcliffe war klein und anmutig, ihr Kopf saß auf ihren hübschen Schultern wie eine Blume auf ihrem Stiel. Außerdem war sie blond, so schön, dass sie fast die Augen der Männer und Frauen blendete, die an braune Wangen gewöhnt waren, die von der Sonne und dem Wind der Ebene geküsst wurden. Ihre Wangen hatten einen Hauch von Wildrosen, um das Weiß zu verstärken, was sie nur noch strahlender machte. Sie hatte eine Fülle goldener Haare, die in einem Wirrwarr aus Wellen und Zöpfen um ihren zierlichen Kopf geschlungen waren. Sie hatte große, dunkle blaue Augen, die durch lange, geschwungene Wimpern hervorgehoben wurden, und zart gezeichnete dunkle Brauen, die den Augen eine stiefmütterchenartige Weichheit verliehen und einem das Gefühl gaben, dass sie mit ihrem Blick viel mehr meinte, als man auf den ersten Blick hatte vermutlich. Es waren wundervolle, wunderschöne Augen, und die kleine Schar Müßiggänger am Bahnhof war sofort von ihnen verzaubert. Außerdem hatte sie ein fantastisches kleines Grübchen in ihrer rechten Wange, das beim Lächeln gleichzeitig mit dem Schimmern der Perlmuttzähne zum Vorschein kam. Sie war auf jeden Fall ein Bild. Die Station sah satt aus und freute sich über ihre junge Schönheit.

Sie trug ein dunkelgrünes Reitkleid, das gleiche, das sie trug, wenn sie in Begleitung ihres Bräutigams durch den Central Park ritt. Es sorgte bei den Zuschauern für großes Aufsehen, ebenso wie die kleine Reitmütze aus dunkelgrünem Samt und die hübschen Reithandschuhe. Sie saß gut und anmutig auf ihrem Pony, als wäre sie kurz abgestiegen, aber für ihre Augen war es seltsam und nicht so, wie die Frauen da draußen ritten. Im Großen und Ganzen sah die Station kaum etwas anderes als das Mädchen; alle anderen waren nur Beiwerk zum Bild.

Sie bemerkten tatsächlich, dass der junge Mann, dessen kurzgeschnittene goldene Locken und dunkelbewimperten blauen Augen denen des Mädchens so ähnlich waren, dass er kein anderer als ihr Bruder sein konnte, neben dem älteren Mann ritt, der vermutlich der Vater war; und dass der dunkle, gutaussehende Fremde neben dem Mädchen davonritt. Keiner von ihnen war einer, der es aber übel nahm. Keine Frau von ihnen hat es aber bereut.

Dann gab Shag Bunce mit einem Abschiedswort an seine kleine, aber vollständige Truppe, die hinterher ritt, seinem Pferd die Sporen, hob als Hommage an die Dame seinen Sombrero und schoss mit seiner struppigen Mähne, die seinen Namen trug, an die Spitze der Reihe über seinen Schultern schwebend. Die Reiter gingen hinaus in den Sonnenschein eines perfekten

Tages, und die Gruppe rund um den Bahnsteig stand schweigend da und schaute zu, bis sie nur noch ein Fleck in der Ferne waren, der mit der sonnigen Ebene und gelegentlichen Eschen und Pappeln verschwimmte.

„Ich habe den Missionar heute Morgen früh vorbeigehen sehen ", mutmaßte der Stationsagent nachdenklich und bedächtig, als hätte er nur das Recht, das Schweigen zu brechen. „Ich frage mich , wo er hingehen könnte . Er ist auf der anderen Seite des Fährtenlesers vorbeigekommen, ich wollte ihn fragen . Er ist in furchtbarer Eile gerannt . Ist irgendjemand drüben am Canyon-Weg krank geworden?"

„Buck ist total krank!" murmelte ein regungsloser Indianer und schlurfte mit ernster Miene vom Bahnsteig. Die Frauen seufzten enttäuscht und wandten sich zum Gehen. Die Show war vorbei und sie mussten in die Monotonie ihres Lebens zurückkehren. Sie fragten sich, wie es wäre, so in die Sonne zu reiten, mit Wangen wie Rosen und Augen, die nichts als Vergnügen vor sich sahen. Wie würde so ein Leben aussehen? Voller Ehrfurcht und nachdenklich kehrten sie zu ihren kräftigen Kindern und ihren schlecht gepflegten Häusern zurück, um in der Sonne auf den Türschwellen zu sitzen und eine Weile nachzudenken.

In den Sonnenschein ritt Hazel Radcliffe, zufrieden mit der Welt, sich selbst und ihrer Eskorte.

Milton Hamar war eine gute Gesellschaft. Er besaß einen ausgeprägten Witz und war ein Meister der heiklen Kunst der Schmeichelei. Dass er sagenhaft reich und in der New Yorker Gesellschaft beliebt war; dass er sowohl in sozialer als auch finanzieller Hinsicht der Freund ihres Vaters war und sich in letzter Zeit wegen eines großen Bergbauunternehmens, an dem beide interessiert waren, häufig bei ihnen zu Hause aufgehalten hatte; und dass seine Frau angeblich unkongenial war und sich immer mehr für andere Männer als für ihren Ehemann interessierte, alles Fakten, die zusammen dazu führten, dass Hazel ein angenehmes, halbromantisches Interesse an dem Mann an ihrer Seite verspürte. Sie hatte ein Gefühl der Befriedigung und freudiger Vorfreude verspürt, als ihr Vater ihr sagte, dass er zu ihrer Gruppe gehören würde. Sein Witz und seine Tapferkeit würden es überflüssig machen, ihre Tante Maria dabei zu haben. Tante Maria war immer ein Dämpfer für alles, was ihr in die Nähe kam. Sie war die Personifikation des Anstands. Sie hatte versucht, Hazel glauben zu machen, sie müsse im Auto bleiben und sich an diesem Tag ausruhen, anstatt sich auf wilde Jagd nach einer Mine zu begeben. „Keine Dame hat so etwas getan", sagte sie zu ihrer Nichte.

Hazels Lachen erklang wie das Zwitschern eines Vogels, als die beiden langsam und ohne Eile den Pfad entlang ritten, denn es war genügend Zeit.

Sie könnten die anderen auf dem Rückweg treffen, wenn sie nicht so bald in der Mine ankämen, und der Morgen war herrlich.

Milton Hamar konnte ab und zu die Schönheiten der Natur schätzen. Er machte auf die Hügelkette in der Ferne und den scharfen, steilen Gipfel eines Berges aufmerksam, der das Sonnenlicht durchdrang. Dann leitete er seine Rede geschickt an seine Begleiterin weiter und zeigte, wie lieblich sie war als am Morgen.

Seit sie von New York aus aufgebrochen waren, hatte er sich solchen zarten Schmeicheleien hingegeben, wann immer die unermüdliche Tante sie lange genug allein ließ, aber an diesem Morgen lag in seinen Worten eine Spur von etwas Näherem und Intimerem; eine Wärme der Zärtlichkeit, die unaussprechliche Freude an ihrer Schönheit ausdrückte, wie er sie noch nie zuvor zu nutzen gewagt hatte. Es schmeichelte ihrem Stolz köstlich. Es war schön, jung und charmant zu sein und einen Mann solche Dinge mit einem Ausdruck in seinen Augen sagen zu sehen – Augen, die gelitten hatten und sie zum Mitleid anregten. Mit ihrem jungen, unschuldigen Herzen hatte sie Mitleid und war froh, dass sie seine Traurigkeit ein wenig lindern konnte.

Mit vollendetem Geschick brachte der Mann sie dazu, über sich selbst zu sprechen, seine Hoffnungen in der Jugend, seine Enttäuschungen, seine bittere Traurigkeit, seine Einsamkeit im Herzen. Er bat sie plötzlich, ihn Milton zu nennen, und das Mädchen mit den rosigen Wangen und den taufrischen Augen erklärte schüchtern, dass sie das nie könne, es käme ihr so seltsam vor, aber nach langem Drängen ging sie schließlich einen Kompromiss bei „Cousin Milton" ein.

„Das wird für eine Weile reichen", gab er nach und lächelte, während er sie mit ungeduldigen Augen ansah. Dann legte er mit zunehmender Vertraulichkeit in seinem Tonfall eine Hand auf die Frau, die das Zaumzeug hielt, und beide Pferde verlangsamten ihren Gang, obwohl sie nun schon seit über einer Stunde weit hinter dem Rest der Gruppe zurückblieben.

„Hör zu, kleines Mädchen", sagte er, „ich werde dir mein Herz öffnen. Ich werde dir ein Geheimnis verraten."

Hazel saß ganz still da, halb beunruhigt über seinen Tonfall, und wagte nicht, ihre Hand zurückzuziehen, denn sie hatte das Gefühl, dass der Anlass bedeutsam war und sie mit ihrem Mitgefühl bereit sein musste, wie es jeder wahre Freund tun würde. Ihr Herz schwoll vor Stolz darüber an, dass er in seiner Not zu ihr gekommen war. Dann schaute sie in das Gesicht, das sich über sie beugte, und sah in seinen Augen Triumph, nicht Ärger. Selbst dann verstand sie es nicht.

"Was ist es?" fragte sie vertrauensvoll.

„Liebes Kind!" sagte der Mann von Welt eindrucksvoll: „Ich wusste, dass Sie Interesse haben würden. Nun, ich werde es Ihnen sagen. Ich habe Ihnen von meinem Kummer erzählt, jetzt werde ich Ihnen von meiner Freude erzählen. Es ist dies: Wenn ich nach New York zurückkomme." Ich werde ein freier Mann sein. Endlich ist alles vollständig. Mir wurde die Scheidung von Ellen gewährt, und es müssen nur noch ein paar Formalitäten erledigt werden. Dann werden wir frei sein, unsere Wege zu gehen und zu tun, was wir wollen."

"Eine Scheidung!" keuchte Hazel entsetzt. „Nicht du – geschieden!"

„Ja", bestätigte der glückliche Mann fröhlich, „ich wusste, dass Sie überrascht sein würden. Es ist fast zu schön, um wahr zu sein, nicht wahr, nach all meiner Mühe, Ellen zum Einverständnis zu bewegen?"

„Aber sie – deine Frau – wohin wird sie gehen? Was wird sie tun?" Hazel sah mit besorgten Augen zu ihm auf, halb verwirrt von dem Gedanken.

Sie bemerkte nicht, dass die Pferde stehen geblieben waren und dass er immer noch ihre Hand hielt, die das Zaumzeug umklammerte.

„Oh, Ellen wird sofort heiraten", antwortete er leichtfertig. „Das ist der Grund, warum sie endlich zugestimmt hat. Sie wird Walling Stacy heiraten, wissen Sie, und weil sie dabei stur ist, hat sie es ziemlich eilig, irgendwelche Vorkehrungen zu treffen, um die Dinge jetzt in Ordnung zu bringen."

„Sie wird heiraten!" keuchte Hazel, als hätte sie nicht oft von solchen Dingen gehört. Irgendwie war es ihrer Liste von Freundschaften noch nie so nahe gekommen und es schockierte sie unaussprechlich.

„Ja, sie wird sofort heiraten, Sie sehen also, dass es keinen Grund gibt, jemals wieder an sie zu denken. Aber warum fragen Sie mich nicht, was ich tun werde?"

"Oh ja!" sagte Hazel und erinnerte sich sofort an ihren Mangel an Mitgefühl. „Du hast mich so erschreckt. Was wirst du tun? Du armer Mann – was kannst du tun? Oh, es tut mir so leid für dich!" und die Stiefmütterchenaugen füllten sich mit Tränen.

„Kein Grund, Mitleid mit mir zu haben, Kleines", sagte die jubelnde Stimme und er sah sie nun mit einem Ausdruck an, den sie noch nie zuvor in seinem Gesicht gesehen hatte. „Ich werde so glücklich sein, wie ich es mir noch nie erträumt habe", sagte er. „Ich werde auch heiraten. Ich werde jemanden heiraten , der mich von ganzem Herzen liebt, da bin ich mir sicher, obwohl sie es mir nie gesagt hat. Ich werde dich heiraten, kleiner Schatz!" Er beugte sich plötzlich vor, bevor sie die Bedeutung seiner Worte erfassen konnte, und legte seinen freien Arm um sie und drückte seine Lippen auf ihre.

Mit einem wilden Schrei wie ein verängstigtes Geschöpf versuchte Hazel, sich loszureißen, und als sie merkte, dass sie festgehalten wurde, stieg ihre Wut in ihr auf, und sie hob die Hand, die die Peitsche hielt, und schlitzte blind die Luft um sich herum auf; Ihre Augen schlossen sich, ihr Herz schwoll vor Entsetzen und Angst. Eine große Abneigung gegen den Mann, den sie bisher mit tiefem Respekt betrachtet hatte, überkam sie. Sofort von ihm wegzukommen war ihr größter Wunsch. Sie schlug erneut mit der Peitsche zu, blind, ohne zu sehen, was sie traf, fast außer sich vor Zorn und Angst.

Hamars Pferd bäumte sich auf und stürzte, sodass sein Reiter fast vom Sitz fiel, und als er darum kämpfte, seinen Sitz zu behalten, nachdem er das Mädchen unbedingt aus seiner Umarmung befreit hatte, traf ihn der zweite Hieb der Peitsche stechend in die Augen und ließ ihn vor Schmerz aufschreien . Das Pferd bäumte sich wieder auf und ließ ihn auf den Boden fallen, die Hände vors Gesicht, seine Sinne waren für einen Moment schmerzerfüllt.

Hazel, die nur wusste, dass sie frei war, folgte einem Instinkt der Angst und schlug ihr eigenes Pony in die Flanke, was dazu führte, dass das kleine Biest scharf im rechten Winkel zur Spur, der es gefolgt war, abbog und wie ein Streifen über das ebene Plateau schoss. Danach musste das Mädchen alles tun, um ihren Platz zu behalten.

Sie war es gewohnt , mit ihrem Bräutigam in sicherer Entfernung hinter ihr einen Lauf im Park zu genießen. Sie war stolz auf ihre Reitfähigkeiten und konnte Hürden genauso gut ertragen wie ihr kleiner Bruder; Aber ein Lauf wie dieser über einen grenzenlosen Raum, auf einem Geschöpf mit einer Geschwindigkeit wie dem Wind, angetrieben von Angst und dem Wissen um die Grenzen seines Reiters, war etwas anderes. Der schnelle Flug raubte ihr den Atem und machte sie nervös. Sie versuchte, sich mit ihren zitternden Händen am Sattel festzuhalten, denn das Zaumzeug wehte bereits locker in der Brise, aber ihr Halt schien so schwach, dass sie jeden Moment erwartete, zusammengekauert auf der Ebene zu liegen, während das Pony weit in der Ferne lag .

Ihre Lippen wurden weiß und kalt; ihr Atem ging kurz und schmerzhaft; Ihre Augen waren angestrengt, weil sie versuchte, nach vorne auf den immer weiter verschwindenden Horizont zu blicken. Gab es kein Ende? Würden sie niemals zu einer menschlichen Behausung kommen? Würde ihr jemals jemand zu Hilfe kommen? Wie lange könnte ein Pony einem solchen Tempo standhalten? Und wie lange konnte sie hoffen, das wütende Fluggeschöpf festzuhalten?

Endlich glaubte sie, rechts ein Gebäude zu sehen. Es kam ihnen vor, als wären sie Stunden durch den Weltraum geflogen. Im Nu waren sie nah dran.

Es war eine Hütte, die allein auf der großen Ebene stand, mit vereinzelten Salbeibüschen an der Tür und einem ordentlichen Zaun um sie herum.

Sie konnte ein Fenster am Ende und einen winzigen Schornstein hinten sehen. Konnte es sein, dass jemand an einem so verlassenen Ort lebte?

Stelle näherten, nahm sie all ihre Kraft zusammen und erhob ihre Stimme in einem wilden Appell, während das Pony weiterstürmte, aber der Wind fing die schwache Anstrengung auf und schleuderte sie wie ein kleines, zerrissenes, wertloses Klangfragment in die weiten Weiten.

Tränen schossen in ihre großen, trockenen Augen. Die letzte Haarnadelkurve verließ ihre Verankerung und glitt auf die Erde hinab. Das gelöste goldene Haar wehte im Wind zurück wie Hände der Verzweiflung, die wild nach Hilfe greifen, und die flotte grüne Reitmütze wurde von der Brise gerissen und hing an einem Salbeibusch, keine fünfzig Fuß vom Hüttentor entfernt, aber das Pony rannte weiter das verängstigte Mädchen, das sich immer noch am Sattel festklammert.

II

DER MANN

Gegen Mittag desselben Tages hielt der Missionar sein Pferd am Rand einer großen, flachen Tafelberge an und blickte zu den klaren blauen Bergen in der Ferne.

John Brownleigh war seit fast drei Jahren in Arizona, doch die Wunder der Wüste hatten ihn immer wieder fasziniert, und als er nun sein Pferd anhielt, um sich auszuruhen, suchten seine Augen nach den riesigen Entfernungen, die sich in alle Richtungen erstreckten, und genossen die Pracht der Szene.

Die Berge, auf die er blickte, waren mehr als hundert Meilen von ihm entfernt, und doch zeichneten sie sich klar und deutlich in der wunderbaren Luft ab und schienen nur eine kurze Reise entfernt zu sein.

wundervolle Felsvorsprünge Farben , Gelb und Grau, Purpur und Grün, übereinander gestapelt, mit dem seltsamen Licht der Mittagssonne, das über ihnen spielte und ihre Farben in einen Glanz der Herrlichkeit verwandelte. Dahinter befand sich ein Stück Sand, hier und da unterbrochen von Salbeibüschen, Fettholz oder Kakteen, die grotesk ihre stacheligen Stacheln emporreckten.

Auf der linken Seite befanden sich rosafarbene Klippen und etwas weiter entfernt dunkle, kegelförmige Hügel. Auf der anderen Seite erstreckten sich niedrige braune und weiße Hügel bis zu dem wunderbaren versteinerten Wald, in dem große Flächen umgestürzter Baumstämme und Splitter in glitzernden Steinen eingeschlossen lagen.

Im Süden konnte er das bekannte Wasserloch sehen und weiter entfernt den Eingang zur Schlucht, gesäumt von Zedern und Kiefern. Die Erhabenheit der Szene beeindruckte ihn erneut.

"Schön schön!" er murmelte: „Und ein großer Gott, dass es so ist!" Dann huschte ein Schatten der Traurigkeit über sein Gesicht, und er sprach wieder laut, wie es in dieser riesigen Einsamkeit zu seiner Gewohnheit geworden war.

„Ich denke, es lohnt sich", sagte er, „alle einsamen Tage und entmutigenden Monate und Enttäuschungen wert, nur um mit einem wunderbaren Vater wie meinem allein zu sein!"

Er war gerade von einer dreitägigen Reise in Begleitung eines anderen Missionars zurückgekommen, dessen Station zwei Tagesritte zu Pferd von seiner eigenen Station entfernt war und dessen fröhliches kleines Zuhause von einer Frau mit einem süßen Gesicht geleitet wurde, die kürzlich aus dem Osten hierher gekommen war sein Vermögen teilen. Das köstliche Abendessen, das für ihren Mann und seine Gäste zubereitet wurde, die Atmosphäre der Behaglichkeit in der Hütte mit drei Zimmern, die zarten Details, die die Hand einer Frau zeigten, hatten Brownleigh mit edlem Neid erfüllt. Erst bei diesem Besuch wurde ihm klar, wie sehr einsam sein Leben war.

Er war natürlich von morgens bis abends beschäftigt, und sein Enthusiasmus für seine Arbeit war sogar noch größer als damals, als er fast drei Jahre zuvor vom Rat ausgesandt worden war, um sich um die Bedürfnisse der Indianer zu kümmern. Er hatte zahllose Freunde. Wo immer ein weißer Mann oder Händler in der Region lebte, war er immer willkommen; und die Indianer wussten und liebten sein Kommen. Er war jetzt hierher gekommen, um einen indischen Hogan zu besuchen, wo der Schatten des Todes über einer kleinen indischen Jungfrau schwebte, die von ihrem Vater geliebt wurde. Es war ein langer Weg gewesen und der Missionar war von den vielen Tagen im Sattel erschöpft, aber er war froh, dass er gekommen war. Die kleine Magd hatte gelächelt, als sie ihn sah, und hatte das Gefühl, dass ihr das dunkle Tal des Todes jetzt eher wie eine ihrer eigenen, von Blumen erleuchteten Schluchten vorkam, die zu einem helleren, breiteren Tag führten, seit sie die Botschaft des Lebens gehört hatte brachte sie.

Aber als er den langen Weg, den er zurückgelegt hatte, in die Ferne blickte und an das helle kleine Haus dachte, in dem er am Tag zuvor zu Abend gegessen hatte, blieb die Traurigkeit in seinem Gesicht.

„Es wäre gut, so jemanden zu haben", sagte er noch einmal laut, „jemanden, der auf mich wartet und sich freut – aber dann" – nachdenklich – „Ich nehme an, es gibt nicht viele Mädchen, die bereit sind, ihr Leben aufzugeben." Zuhause und geh hinaus, um es hart zu machen, wie sie es getan hat. Es ist ein hartes Leben für eine Frau – für so eine Frau!" Dann eine Pause: „Und ich möchte keine andere Sorte!"

Seine Augen wurden vor Wehmut groß. Es kam nicht oft vor, dass der fröhliche Missionar innehielt, um über sein Schicksal im Leben nachzudenken. Er war mit ganzem Herzen bei der Arbeit und konnte sich für alles einsetzen. Es gab immer viel zu tun. Doch aus irgendeinem unerklärlichen Grund sehnte er sich heute zum ersten Mal, seit er sich richtig an die Arbeit gemacht und sein erstes Heimweh überwunden hatte, nach Gesellschaft. Er hatte ein Leuchten in den Augen seines Mitmissionars gesehen, das beredt von dem Trost und der Freude sprach, die er selbst vermisst hatte, und es traf ihn tief ins Herz. Er hatte hier auf diesem

Tafelberg angehalten, mit dem weiten Panorama der Wüste vor sich, um es mit sich selbst zu erleben.

Das Pferd atmete ruhig, ließ den Kopf hängen und schloss die Augen, um die kurze Atempause optimal zu nutzen, und der Mann saß nachdenklich da und versuchte, seine Seele mit der Schönheit der Szene zu erfüllen und die Sehnsüchte zu verdrängen, die ihn bedrückt hatten. Plötzlich hob er seinen Kopf mit einer ruhigen Aufwärtsbewegung und sagte ehrfürchtig:

„Oh mein Gott, du wusstest, was diese Einsamkeit ist! Du warst auch einsam! Das ist der Weg, den du gegangen bist, und ich werde mit dir gehen! Das wird gut sein."

Er saß einen Moment lang da, das Gesicht zum weiten Himmel erhoben, seine feinen, starken Gesichtszüge wurden von einem sanften Licht berührt, und ihre Traurigkeit verwandelte sich in Frieden. Dann kehrte die alte, fröhliche Helligkeit wieder in sein Gesicht zurück und kehrte zur Erde und ihren Pflichten zurück.

„Billy, es ist Zeit, dass wir weitermachen", bemerkte er freundlich zu seinem Pferd. „Siehst du die Sonne am Himmel? Wenn wir nicht aufpassen, wird sie vor uns dort sein, und wir müssen heute Abend in der Festung sein, wenn wir es überhaupt schaffen. Wir hatten zu viel Urlaub, Das ist ungefähr so groß, und wir sind verwöhnt! Wir sind faul, Billy! Wir müssen uns an die Arbeit machen. Wie wäre es jetzt damit? Können wir in einer halben Stunde an diesem Wasserloch sein? Versuchen wir es dafür, alter Kerl, und dann trinken wir etwas und essen etwas und machen vielleicht zehn Minuten ein Nickerchen, bevor wir den kurzen Weg nach Hause nehmen. Es ist noch etwas Maiskotelett für dich übrig, Billy, also Beeil dich, alter Junge, und komm dorthin.

Billy reagierte mit einem Schnauben als Antwort auf die Worte seines Meisters und bahnte sich vorsichtig seinen Weg über Felsbrocken und Felsen hinunter ins Tal.

Doch knapp eine halbe Meile von der Wasserstelle entfernt hielt der junge Mann plötzlich sein Pferd an, sprang aus dem Sattel und beugte sich neben einer hohen Yucca in den Sand, um etwas aufzuheben, das im Sonnenlicht wie Feuer schimmerte. In all dieser strahlend leuchtenden Landschaft war ihm ein wenig Helligkeit ins Auge gefallen und hatte sich ihm eindringlich als untersuchungswürdig erwiesen. Das scharfe Licht, das es ausstrahlte, hatte etwas, das von einer anderen Welt als der Wüste sprach. John Brownleigh konnte nicht daran vorbeigehen. Es möchte nur ein Stück Glasscherben aus einer leeren Flasche sein, die achtlos zur Seite geworfen wurde, aber so sah es nicht aus. Er muss sehen.

Verwundert bückte er sich und hob es auf, ein Stück leuchtendes Gold am Griff einer hübschen Reitpeitsche. Es war keine solche Peitsche, wie sie die Menschen in dieser Region trugen; Es war zierlich, kostbar, elegant, eine Reitpeitsche für eine Dame! Es handelte von einer Welt des Reichtums und der Aufmerksamkeit für teure Details, so weit wie möglich von dieser Szene entfernt. Brownleigh stand verwundert da und drehte das hübsche Schmuckstück in seiner Hand um. Wie kam es nun, dass diese Peitsche in einem Büschel Salbeibusch in der Wüste lag? Auch mit Juwelen besetzt , und das muss der Flamme den letzten scharfen Lichtpunkt verliehen haben, der ihn dazu veranlasste, im Sand stehen zu bleiben, um sie aufzuheben. Es handelte sich um einen einzelnen klaren Stein von durchsichtigem Gelb, wahrscheinlich ein Topas, dachte er, aber wunderbar lebendig im Licht, der am Ende des Griffs eingelassen war, und als er genau hinsah, sah er ein hübsches Monogramm, das auf der Seite eingraviert war, und erkannte die Buchstaben HR Aber das sagte ihm nichts.

Mit zusammengezogenen Augenbrauen dachte er nach, einen Fuß im Steigbügel, der andere noch auf der Wüste, und betrachtete das elegante Spielzeug. Nun, wer, *wer* wäre so dumm, so etwas in die Wüste zu bringen? Soweit er wusste, gab es nirgendwo eine Reiterin, mit Ausnahme der Schwester des Majors auf der Militärstation, und sie war bei all ihren Verabredungen äußerst unauffällig. Dieses frivole Reitgerät gehörte nie der Schwester des Majors. Touristen kamen selten hierher. Was sollte das heißen?

Er sprang in den Sattel und suchte, mit der Hand die Augen beschattend, die Ebene ab, aber nur der warme Schimmer der von der Sonne erhitzten Erde erschien. Es war nichts Lebendiges zu sehen. Was sollte er dagegen tun? Gab es eine Möglichkeit, den Besitzer herauszufinden und das verlorene Eigentum wiederherzustellen?

So grübelnd, den Blick zwischen der Ferne und dem glitzernden Peitschenstiel wechselnd, gelangten sie zum Wasserloch; und Brownleigh stieg ab, seine Gedanken immer noch bei der kleinen Peitsche.

„Es ist sehr seltsam, Billy. Ich kann keine Theorie finden, die zu mir passt", überlegte er laut. „Wenn jemand auf diesem Weg hinausgeritten ist und es verloren hat, wird er dann vielleicht zurückkehren und danach suchen? Doch wenn ich es dort lasse, wo ich es gefunden habe, könnte jederzeit der Sand darüber treiben. Und ganz gewiss, in diesem dünn besiedelten Land." , werde ich zumindest von Fremden hören können, die solch ein dummes kleines Ding getragen haben könnten. Und wenn ich es dann dort lasse, wo ich es gefunden habe, könnte es jemand stehlen. Nun, ich denke, wir werden es mitnehmen uns, Billy; wir werden zweifellos irgendwann irgendwann von dem Besitzer hören.

Das Pferd antwortete mit einem zufriedenen Schnauben, als es seine feuchte Schnauze vom Rand des Wassers hob und sich zufrieden umsah.

Der Missionar schnallte seinen Sattel ab und warf ihn auf den Boden, öffnete den Beutel mit „Maiskotelett" und breitete ihn bequem vor seinem stummen Begleiter aus. Dann machte er sich daran, ein paar Stöcke aus der Nähe zu sammeln und ein kleines Feuer anzuzünden. Wenige Minuten später blubberte das Wasser fröhlich in seinem kleinen faltbaren Blechbecher für eine Tasse Tee, und in einer winzigen Pfanne daneben briet ein Stück Speck. Maisbrot, Tee und Zucker kamen aus den geräumigen Taschen des Sattels. Billy und sein Missionar bereiteten unter der weiten, hellen Stille des Himmels eine gute Mahlzeit zu.

Als Billy mit dem Maiskotelett fertig war, ließ er seine langen Wimpern tiefer und tiefer sinken, und seine Nase senkte sich immer weiter, bis sie fast den Boden berührte. Er träumte von mehr Maiskotelett und war froh darüber, dass seine Bedürfnisse erfüllt waren. Aber sein Herr, der in voller Länge auf dem Boden lag und den Hut über die Augen gezogen hatte, konnte keine Sekunde lang einschlafen. Seine Gedanken waren bei der juwelenbesetzten Peitsche, und nach und nach streckte er seine Hand danach aus, schob seinen Hut zurück und beobachtete das Glitzern der Lichter im kostbaren Herzen des Topas, während die Sonne ihre Strahlen in den scharfen Strahlen einfing und verwickelte Facetten des Schneidens. Er fragte sich, wie die Peitsche in die Wüste kam und was damit gemeint war. Man kann das Leben in diesem weiten und einsamen Land anhand von Details lesen. Diese Peitsche könnte etwas bedeuten. Aber was?

Schließlich ließ er die Hand sinken, setzte sich auf und sagte laut nach oben :

„Vater, wenn es einen Grund gibt, warum ich nach dem Besitzer suchen sollte, leite mich."

Er sprach, als ob der Eine, den er ansprach, immer in seinem Bewusstsein präsent wäre und sie sich auf engste Vertrautheit befänden.

Dann sprang er auf und begann, die Dinge zusammenzusetzen, als ob die Last der Verantwortung auf jemandem läge, der völlig in der Lage wäre, sie zu tragen.

Bald machten sie sich wieder auf den Weg, und Billy schaukelte mit der vollen Erkenntnis, wie nah sein Zuhause war.

Der Weg führte nun zu dunstigen blauen Tafelbergen mit hier und da Klippen und Graten. Auf der anderen Seite des Tals, das wie ein Wolkenschatten aussah, lag meilenweit entfernt ein langer schwarzer Streifen, die Linie der Schlucht des Canyons. Seine schwache Präsenz schien dem Missionar stärker in den Sinn zu kommen, als er näher kam. Er war seit mehr als einem Monat nicht mehr in dieser Schlucht gewesen. Hier und da lebten ein paar verstreute Indianer mit ihren Familien in Ecken, wo es etwas Erde gab. Der Gedanke an sie zog ihn jetzt an. Er muss bald zu ihnen gehen. Wenn Billy nicht so weit gewesen wäre, würde er heute Nachmittag dorthin gehen. Aber das Pferd brauchte Ruhe, wenn der Mann keine Ruhe brauchte, und es gab natürlich keine wirkliche Eile. Er würde vielleicht morgen früh gehen. In der Zwischenzeit wäre es gut, noch einmal an seinen eigenen Kamin zu gehen und sich um ein paar Briefe zu kümmern, die geschrieben werden sollten. An diesem Abend wurde er zum Abendessen in die Festung eingeladen. Es sollte eine Art Ausgelassenheit geben, einige Besucher aus dem Osten. Er hatte gesagt, er würde kommen, wenn er rechtzeitig nach Hause käme. Er würde es wahrscheinlich tun, aber die Idee war im Moment nicht attraktiv. Er möchte sich lieber ausruhen, lesen und früh schlafen gehen. Aber dann würde er natürlich gehen. Solche Gelegenheiten gab es in diesem einsamen Land nicht allzu häufig, obwohl ihm in seiner gegenwärtigen Stimmung das fröhliche Treiben in der Festung nicht besonders zusagte; außerdem bedeutete es eine Fahrt von zehn Meilen weiter. Aber natürlich würde er gehen. Er fing wieder an, über die Peitsche nachzudenken, und mit der Zeit kam er in seinem eigenen Zuhause an, einer kleinen Hütte mit einem Raum, einem Kamin an der Rückseite und vier großen Fenstern. Am äußersten Ende der eingezäunten Anlage rund um das Gebäude befand sich ein kleiner Schuppen für Billy, und rundherum erstreckte sich die weite, mit Büschen und Unkraut übersäte Ebene mit ihrem Panorama aus Bergen und Hügeln, Tälern und Schluchten. Es war wunderschön, aber es war trostlos. ThereEs gab einige Nachbarn , aber sie lebten in herrlicher Entfernung.

„Wir sollten einen Hund haben, Billy! Warum holen wir uns nicht einen Hund, der uns zu Hause willkommen heißt?“ sagte Brownleigh und klopfte dem Pferd liebevoll auf den Hals, als es aus dem Sattel sprang; „Aber dann würde doch ein Hund mit uns mitgehen, nicht wahr, also müssten wir zu dritt nach Hause kommen statt zu zweit, und das würde nichts nützen. Hühner? Wie würde das gehen? Aber die Kojoten.“ „Ich würde sie stehlen. Ich schätze, wir müssen miteinander auskommen, alter Kerl.“

Das vom Sattel befreite Pferd schüttelte sich tröstend, als würde sich ein Mann nach einer anstrengenden Reise strecken, und trottete in seinen Schuppen. Brownleigh machte es ihm bequem und drehte sich um, um zum Haus zu gehen.

Zaun entlangging, erblickte er einen kleinen dunklen Gegenstand, der an einem Salbeibusch in der Nähe seines Hauses hing. Es schien sich leicht zu bewegen, und er blieb stehen und beobachtete es eine Sekunde lang, weil er dachte, es könnte sich um ein Tier handeln, das im Busch gefangen war oder sich versteckte. Es schien sich wieder zu bewegen, wie es bei Objekten, die man oft beobachtet, der Fall ist, und Brownleigh sprang über den Zaun und ging der Sache nach. In diesem Land wurde nichts der Ungewissheit überlassen. Männer wollten gern wissen, was an ihnen vorging.

Als er sich jedoch dem Busch näherte, nahm das Objekt eine greifbare Form und Farbe an , und als er näher kam, hob er es auf und drehte es unbeholfen in seiner Hand um. Eine kleine Reitmütze aus Samt, zweifellos eine Damenmütze, auf deren Innenfutter der Name eines berühmten New Yorker Kunden in Seidenbuchstaben eingearbeitet war. Ja, es war keine Frage, dass es sich um eine Damenmütze handelte, denn langes, goldglänzendes Haar, das zweifellos dazu neigte, sich zu kräuseln, klebte noch immer am Samt. Eine plötzliche Verlegenheit erfüllte ihn, als ob er unwissentlich zu sehr mit dem Eigentum eines anderen umgegangen wäre. Er hob den Blick und beschattete ihn mit der Hand, um über die Landschaft zu blicken, ob der Besitzer vielleicht in der Nähe war, obwohl er dabei schon die Überzeugung verspürte, dass die kleine Samtmütze dem Besitzer der Peitsche gehörte, die er immer noch trug in der anderen Hand gehalten. HR Wo war HR und wer könnte sie sein?

Einige Minuten lang dachte er darüber nach und fand in seiner Erinnerung genau die Stelle, an der er die Peitsche gefunden hatte. Es war nicht auf einem regulären Weg gewesen. Das war seltsam. Er bückte sich, um zu sehen, ob es noch weitere Spuren von Passanten gab, aber die leichte Brise hatte alle eindeutigen Spuren sanft verdeckt. Nachdem er jedoch den Boden in einiger Entfernung in beide Richtungen untersucht hatte, war er überzeugt, dass es sich nur um ein Pferd hätte handeln können. Er war weise in der Überlieferung des Weges. Durch bestimmte kleine Dinge, die er sah oder nicht sah, kam er zu diesem Schluss.

Gerade als er sich umdrehte, um zu seiner Hütte zurückzukehren, blieb er erneut mit einem Ausruf des Staunens stehen, denn dicht zu seinen Füßen, halb verborgen unter einem Stück Salbei, lag ein kleiner Muschelkamm. Er bückte sich und hob es triumphierend auf.

„Ich erkläre, ich habe eine ganze Sammlung", sagte er laut. „Gibt es noch mehr? Mit diesen Zeichen kann ich sie vielleicht doch finden." Und er begann mit einem klaren Ziel und suchte den Boden nach mehreren Ruten ab, dann ging er zurück und nahm eine etwas andere Richtung, suchte immer wieder und schaute jedes Mal zurück, um sich an der Seite zu orientieren, in der er die Peitsche gefunden hatte , und argumentierte, dass das Pferd wahrscheinlich eine ziemlich gerade Linie genommen und ein schnelles Tempo genommen haben muss.

Schließlich wurde er belohnt, indem er zwei Muschelhaarnadeln und daneben einen einzelnen Hufabdruck fand, der, geschützt durch einen dichten Salbeiwuchs, der Vernichtung durch den Wind entgangen war. Er kniete nieder und studierte es sorgfältig, wobei er alle Einzelheiten von Größe, Form und Richtung erfasste; Dann fand er keine Haarnadeln oder Kämme mehr, steckte seine Beute vorsichtig in die Tasche und eilte mit nachdenklich gerunzelter Stirn zurück zur Hütte.

„Vater, ist das deine Führung?" Er blieb an der Tür stehen und blickte auf. Er öffnete die Tür und trat ein. Die Ruhe des Ortes rief ihn zum Bleiben auf.

Da war der große Kamin mit einem Feuer, das darauf vorbereitet war, mit einem Streichholz berührt zu werden, das ein angenehmes Feuer erzeugte und die Einsamkeit des Ortes vertrieb. Da war der Sessel, sein einziger Luxus, mit Lederkissen und verstellbarer Rückenlehne; seine Pantoffeln auf dem Boden in der Nähe; Der kleine Tisch mit seiner hübschen Studentenlampe, seiner Studienzeitung und der einzigen Zeitschrift, die ihn mit der Welt in Kontakt hielt, war frisch eingetroffen, bevor er zu seiner letzten Reise aufbrach, und noch ungeöffnet. Wie sie ihn riefen! Doch als er die Peitsche auf das Magazin legte, fing der schräge Sonnenstrahl, der durch die Tür eindrang, den Glanz des Topas ein und ließ ihn funkeln, und irgendwie verlor das Magazin seine Kraft, ihn festzuhalten.

Eine nach der anderen legte er seine Trophäen neben die Peitsche; die Samtmütze, die Haarnadeln und den kleinen Kamm, dann trat er erschrocken zurück und schaute sich in seinem Junggesellenquartier um.

Es war ein angenehmer Ort, viel schöner, als sein wettergeflecktes Äußeres vermuten ließe. Eine Navajo-Decke hing an einer Wand über dem Bett, und eine andere umhüllte das Bett selbst und bedeckte es vollständig, was dem Raum einen Hauch von Luxus und einen Hauch von Luxus verlieh. Zwei urige Teppiche indischer Handwerkskunst auf dem Boden, einer vor dem Bett, der andere vor dem Kamin, wo die Füße ruhten, wenn man auf dem großen Stuhl saß, trugen viel dazu bei, die Unstimmigkeiten des hässlichen Bodens zu verbergen. Ein grobes Regal an der Seite des Kamins, das vom Sessel aus leicht zu erreichen war, war gefüllt mit Schätzen großer Geister, den Büchern, die er sehr liebte, allem, was er sich leisten konnte, ein paar Kommentare, nicht viele, einer Enzyklopädie , eine kleine Biografie, ein paar Klassiker, Botanik, Biologie, Astronomie und eine viel getragene Bibel. An der Wand darüber hing ein großer Zettelkatalog mit indischen Wörtern; und im Raum hingen einige seiner eigenen Bleistiftzeichnungen von Pflanzen und Tieren.

Drüben am anderen Ende des Zimmers, vom Bett aus gesehen, stand ein Tisch, der mit weißem Wachstuch bedeckt war; und an der Wand dahinter der Schrank, der sein Geschirr und seinen Vorrat an Lebensmitteln enthielt. Es war ein angenehmer und wohlgeordneter Ort, denn er verließ sein

Quartier nie gern in Unordnung, damit niemand während seiner Abwesenheit hineinkommen oder mit ihm zurückkommen könnte. Außerdem war es angenehmer, dorthin zurückzukehren. Ein grober Schrank von ansehnlichen Ausmaßen beherbergte seine Kleidung, seinen Koffer und alle anderen Vorräte.

Er stand da und schaute sich ab und zu um, dann ließ er seinen Blick zurück zu den kleinen Damenartikeln wandern, die auf dem kleinen Tisch neben ihm lagen. Es gab ihm ein seltsames Gefühl. Was wäre, wenn sie dorthin gehörten? Was wäre, wenn der Besitzer dort wohnte und gleich hereinkäme, um ihn zu treffen? Wie würde es erscheinen? Wie würde sie sein? Einen Moment lang ließ er sich träumen, streckte seine Hand aus und berührte den Samt der Mütze, dann nahm er sie in die Hand und glättete die seidene Oberfläche. Ein schwacher Duft einer anderen Welt schien aus seiner Textur zu stehlen und an seinen Händen zu verweilen. Er atmete verwundert ein und legte ihn nieder; dann erschrak er. Angenommen, sie gehörte tatsächlich dazu und wäre irgendwo draußen, und er wüsste nicht, wohin? Angenommen, ihr wäre etwas passiert – das Pferd ist weggelaufen, vielleicht hat sie sie irgendwohin geworfen – oder sie wäre vielleicht von einem Lager abgekommen und hätte sich verirrt – oder hätte Angst gehabt?

Das mochten alles törichte Fantasien eines müden Gehirns sein, aber der Mann wusste, dass er nicht ruhen konnte, bis er zumindest den Versuch unternommen hatte, es herauszufinden. Er ließ sich für einen Moment in den großen Stuhl sinken, um darüber nachzudenken, schloss die Augen und schmiedete schnelle Pläne.

Billy muss eine Chance haben, sich ein wenig auszuruhen; Ein erschöpftes Pferd könnte nicht viel erreichen, wenn die Reise weit wäre und Eile geboten wäre. Er konnte noch eine Stunde lang nicht gehen. Und es müssten Vorbereitungen getroffen werden. Er muss die Satteltaschen mit Futter für Billy, Futter für sich selbst und einen möglichen Fremden, Stärkungsmitteln und ein oder zwei einfachen Mitteln für den Fall eines Unfalls füllen. Dies waren Gegenstände, die er auf langen Reisen immer mitnahm. Er dachte darüber nach, sein Campingzelt mitzunehmen, aber das würde den Wagen bedeuten, und damit konnten sie nicht so schnell vorankommen. Er durfte Billy nicht schwer belasten, nach den Meilen, die er bereits zurückgelegt hatte. Aber er konnte ein am Sattel festgeschnalltes Stück Segeltuch und eine kleine Decke mitnehmen. Natürlich könnte es doch nur eine wilde Gänsejagd sein – dennoch konnte er seinen Eindruck nicht unbeachtet lassen.

Dann war da noch die Festung. Falls er die Dame finden und ihr Eigentum rechtzeitig wiederherstellen sollte, könnte er die Festung vielleicht noch am Abend erreichen. Auch das muss er berücksichtigen.

Mit Eifer stand er auf und machte sich an die Vorbereitungen, wobei er bald sein kleines Gepäck beisammen hatte. Als nächstes kam seine eigene Toilette. Ein Bad und frische Kleidung; Dann warf er sich glattrasiert und bis auf seinen Mantel bereit für zehn Minuten völliger Entspannung auf sein Bett und fühlte sich danach ganz fit für die Expedition. Er sprang auf, zog Mantel und Hut an, sammelte mit ehrfurchtsvoller Berührung die gefundenen Stücke ein, schloss seine Kabine ab und ging mit einem Stück Zucker in der Hand zu Billy hinaus.

„Billy, alter Kerl, wir haben den Befehl, wieder zu marschieren", sagte er entschuldigend, und Billy antwortete mit einem erfreuten Wiehern und ließ sich auf den Sattel nieder, als wäre er bereit für alles, was von ihm verlangt wurde.

„Nun, Vater", sagte der Missionar mit seinem Blick nach oben, „zeige uns den Weg."

Also folgten Billy und sein Meister der Richtung des Hufabdrucks im Sand und rasten noch einmal in das westliche Licht der Wüste zum langen, schwarzen, schattigen Eingang des Canyons.

III

DIE WÜSTE

Hazel, während sie getragen wurde, ihr schönes Haar wehte im Wind und peitschte ihr hin und wieder über Gesicht und Augen, ihr Atem ging schmerzhaft, ihre Augen schmerzten, ihre Finger schmerzten in dem schraubstockartigen Halt, den sie auf dem Sattel festhalten musste Sie begann sich zu fragen, wie lange sie es durchhalten würde. ItEs schien ihr nur eine Frage von Minuten zu sein, bis sie loslassen und in die Luft geschleudert werden musste, während das stürmische Ross weiterraste und sie verließ.

Eine vergleichbare Bewegung hatte sie noch nie zuvor erlebt. Einmal war sie davongelaufen, aber das war wie eine Wiege für diesen Tornado der Bewegung. Sie hatte schon früher Angst gehabt, aber noch nie so sehr. Das Blut pochte in ihrem Kopf und in ihren Augen, bis es schien, als würde es herausplatzen, und hin und wieder hatte das Rauschen in ihren Ohren das Gefühl, zu ertrinken, doch sie ging immer weiter. Es war schrecklich, kein Zaumzeug zu haben und nichts sagen zu können, wohin sie gehen sollte, keine Möglichkeit, ihr Pferd zu kontrollieren. Es war, als würde man in einem Schnellzug sitzen, der Lokführer tot im Führerstand sitzen und keine Möglichkeit haben, an die Bremsen zu gelangen. Sie müssen irgendwann aufhören und was dann? Der Tod schien unausweichlich, und doch wünschte sie sich fast, als der wilde Ansturm anhielt, er möge kommen und den Schrecken dieser Fahrt beenden.

Es schien Stunden zu dauern, bis ihr klar wurde, dass das Pferd nicht mehr ganz so halsbrecherisch schnell lief, oder dass sie sich an die Bewegung gewöhnte und wieder zu Atem kam, sie konnte sich nicht ganz sicher sein, was. Aber nach und nach bemerkte sie, dass das wilde Fliegen sich zu einem langen Flug entwickelt hatte. Das Pony hatte offensichtlich nicht vor, anzuhalten, und es war offensichtlich, dass es einen bestimmten Ort im Sinn hatte, zu dem es so gerade und entschlossen ging, wie irgendein Mensch jemals einen Kurs vorgab und auf diesem voranschritt. Da war etwas an seiner ganzen tierischen Gestalt, das zeigte, dass es völlig sinnlos war, zu versuchen, ihn davon abzuhalten oder von der Seite abzuwenden.

Als ihr Atem weniger schmerzhaft wurde, unternahm Hazel einen unruhigen kleinen Versuch, ihm ein leises, vernünftiges Wort ins Ohr zu werfen.

„Nettes Pony, schönes, gutes Pony ——!" Sie beruhigte sie, aber der Wind fing ihre Stimme auf und schleuderte sie zur Seite, wie er kurz zuvor ihre Mütze geschleudert hatte, und das Pony legte nur die Ohren zurück und floh tapfer weiter.

Sie sammelte ihre Kräfte wieder.

„Nettes Pony! Whoa, Sir!" Sie weinte, etwas lauter als beim letzten Mal und versuchte, ihre Stimme fest und befehlend klingen zu lassen.

Aber das Pony hatte nicht die Absicht zu „heulen " , und obwohl sie den Befehl viele Male wiederholte und ihre Stimme jedes Mal fester und normaler wurde , zeigte er ihr nur das Weiße seiner Augen und setzte beharrlich seinen Weg fort.

Sie sah, dass es nutzlos war; und die Tränen, die sie normalerweise gut unter Kontrolle hatte, strömten über ihre weißen Wangen.

„Pony, gutes Pferd, *liebes* Pony, willst du nicht aufhören!" Sie weinte und ihre Worte endeten mit einem Schluchzen. Aber das Pony machte trotzdem weiter.

Die Wüste floh um sie herum, schien aber vor ihr nicht kürzer zu werden, und die dunkle Linie des Wolkengeheimnisses mit den hoch aufragenden Bergen dahinter war nicht näher als beim ersten Aufbruch. Es fühlte sich an, als würde man auf einem Schaukelpferd reiten, man kam nie irgendwohin, nur flog kein Schaukelpferd so schnell.

Doch jetzt wurde ihr klar, dass sich das Tempo im Vergleich zu Anfang stark verändert hatte und anddie Bewegung des Ponys nicht schwer war. Wenn sie nicht so steif gewesen wäre und in allen Gelenken und Muskeln Schmerzen gehabt hätte wegen der schrecklichen Anspannung, die sie aufrechterhalten hatte, wäre das Reiten überhaupt nicht schlimm gewesen. Aber sie war sich einer schrecklichen Müdigkeit bewusst, einer Sehnsucht, sich in den Sand der Wüste fallen zu lassen und auszuruhen, ohne sich darum zu kümmern, ob sie jemals wieder weitergehen würde oder nicht. Sie hatte noch nie in ihrem Leben eine so schreckliche Müdigkeit verspürt.

Sie konnte sich jetzt mit einer Hand festhalten und die Muskeln der anderen ein wenig entspannen. Sie versuchte sofort, mit einer Hand etwas mit dem ausladenden Haarwimpel zu machen, der ihr ab und zu so unerwartet ins Gesicht peitschte, aber es gelang ihr nur, es um ihren Hals zu drehen und die Enden in den Hals ihres Reitkostüms zu stecken; und aus dieser schwachen Bindung löste es sich bald wieder.

Sie spürte die Hitze der Sonne auf ihrem nackten Kopf und das Brennen in ihren Augen. Der Schmerz in ihrer Brust ließ nach und sie konnte wieder frei atmen, aber ihr Herz fühlte sich müde an, so müde, und sie wollte sich hinlegen und weinen. Würde sie nie irgendwohin gelangen und ihr geholfen werden?

Wie schnell würden ihr Vater und ihr Bruder sie vermissen und hinter ihr her sein? Als sie es wagte, schaute sie schüchtern nach hinten und dann noch einmal zögernder, aber da war nichts zu sehen außer der gleichen schrecklichen Strecke mit Bergen von leuchtenden Farben an den Grenzen überall; kein Lebewesen außer sich selbst und dem Pony, das man sehen kann. Es war furchtbar. Irgendwo zwischen ihr und den Bergen dahinter lag der Ort, von dem sie gestartet war, aber die helle Sonne schien stetig, heiß herab und schimmerte wieder von der hellen Erde zurück, und nichts störte die schreckliche Ruhe des einsamen Raums. Es war, als wäre sie plötzlich eingeholt und in eine Welt geschleudert worden, in der es kein anderes Lebewesen gab.

Warum waren sie nicht hinter ihr her? Sicherlich würde sie sie bald kommen sehen. Sie trieben ihre Pferde an, wenn sie feststellten, dass sie mit ihr weggelaufen war. Ihr Vater und ihr Bruder ließen sie nicht lange in dieser schrecklichen Lage zurück.

Dann fiel ihr ein, dass ihr Vater und ihr Bruder vor Beginn ihres Rennens schon seit einiger Zeit außer Sichtweite waren. Sie würden nicht sofort merken, dass sie weg war; Aber natürlich würde Herr Hamar etwas tun. Er würde sie nicht hilflos zurücklassen. Die Gewohnheit, ihm jahrelang zu vertrauen, bestätigte ihr das. Für einen Moment hatte sie den Grund ihrer Flucht vergessen. Dann erinnerte sie sich plötzlich mit widerlichen Gedanken daran. Er, der für sie ein tapferer, guter Held gewesen war und täglich unter der Nachlässigkeit einer Frau gelitten hatte, die ihn nicht verstand, war von seinem Podest herabgestiegen und zum Niedrigsten der Niedrigen geworden. Er hatte es gewagt, sie zu küssen! Er hatte gesagt, er würde sie heiraten – er, einen verheirateten Mann! Ihre ganze Seele empörte sich erneut gegen ihn, und jetzt war sie froh, dass sie weggelaufen war – froh, dass das Pferd sie so weit gebracht hatte – froh, dass sie ihm gezeigt hatte, wie schrecklich ihr das Ganze vorkam. Sie war sogar froh, dass auch ihr Vater und ihr Bruder vorerst weit weg waren, bis sie sich wieder an das Leben gewöhnen konnte. Wie hätte sie ihnen nach dem, was passiert ist, begegnen können? Wie könnte sie jemals wieder mit diesem Mann, diesem gefallenen Helden, in derselben Welt leben ? Wie konnte sie jemals so viel von ihm halten? Sie hatte ihn fast angebetet und war so erfreut gewesen, als er ihre Gesellschaft zu genießen schien, und machte ihr ein Kompliment, indem sie ihr sagte, sie hätte eine anstrengende Stunde für ihn verbracht! Und er? Er hatte – *das* – die ganze Zeit gemeint! Mit diesem Gedanken hatte er sie angeschaut! Oh – schreckliche Erniedrigung!

Die Erinnerung an seine Stimme und sein Gesicht, als er ihr erzählt hatte, hatte etwas so Abscheuliches, dass sie die Augen schloss und schauderte, als sie sich daran erinnerte, und erneut liefen ihr die Tränen über die Wangen und sie schluchzte laut, mitleiderregend und senkte den Kopf Immer tiefer und tiefer über den Hals des Ponys, ihr helles Haar fiel ihr über die Schultern und schlug gegen die Brust und die Knie des Tieres, während es rannte, ihre steifen Finger umklammerten seine Mähne, um das Gleichgewicht zu halten, ihre ganze müde kleine Gestalt hing in einer Bewegung über seinem Hals zunehmende Erschöpfung, ihr gesamtes Wesen wird abwechselnd von Wellen aus Wut, Abscheu und Angst erfasst.

Vielleicht hatte dies alles Auswirkungen auf das Tier; Vielleicht gab es irgendwo in seiner Verfassung einen Punkt, nennen Sie es Instinkt oder wie Sie wollen, der als Reaktion auf die Not des menschlichen Geschöpfs, das er trug, vibrierte. Vielleicht erregte die Tatsache, dass sie in Schwierigkeiten war, sein Mitgefühl, so ein böser kleiner, eigenwilliger Kobold er normalerweise war. Es ist sicher, dass er seinen Schritt entschieden verlangsamte, bis er schließlich gehen konnte, und schließlich stehen blieb und sich mit besorgtem Wiehern umdrehte, als wolle er sie fragen, was los sei.

Das plötzliche Aufhören der Bewegung warf sie fast von ihrem Sitz; und mit neuer Angst, die ihr Herz packte, umklammerte sie die Mähne des Ponys noch fester und sah sich zitternd um. Sie war sich mehr als alles andere der weiten Weiten, die sie in alle Richtungen umgaben, der Einsamkeit des Ortes und ihres eigenen trostlosen Zustands bewusst. Sie hatte gewollt, dass das Pferd anhielt und es auf festen Boden fallen ließ, und nun, da er es getan hatte und sie absteigen konnte, erfüllte sie ein großes Entsetzen, und sie wagte es nicht. Aber als das Bedürfnis nachließ, die Anspannung von Nerven und Muskeln aufrechtzuerhalten, begann sie plötzlich zu spüren, dass sie nicht länger aufrecht sitzen konnte, dass sie sich hinlegen musste, um diese schreckliche Anspannung loszulassen und mit diesem unkontrollierbaren Zittern aufzuhören, das da war zitterte am ganzen Körper.

Auch das Pony schien sich zu wundern, ungeduldig, dass sie nicht sofort abstieg. Mit einem fragenden Schnupftabak und einem Schnauben drehte er ihr erneut die Nase zu und zeigte in wilder Verwirrung das böse Weiße seiner Augen. Dann erfasste sie eine Panik. Was wäre, wenn er wieder anfangen würde zu rennen? Diesmal würde sie sicherlich geworfen werden, denn ihre Kraft war fast erschöpft. Sie muss absteigen und irgendwie an das Zaumzeug gelangen. Mit dem Zaumzeug könnte sie vielleicht hoffen, seine Bewegungen zu steuern und weiteres wildes Reiten unmöglich zu machen.

Langsam, schmerzhaft und vorsichtig nahm sie ihren Fuß vom Steigbügel und ließ sich zu Boden gleiten. Ihre verkrampften Füße weigerten sich für einen Moment, ihr Gewicht zu halten, und sie schwankte und fiel zu einem kleinen Haufen auf den Boden. Das Pony fühlte, dass seine Pflicht vorerst erfüllt war, entfernte sich von ihr und begann hungrig das Gras zu mähen.

Das Mädchen sank müde in voller Länge auf den Boden und für einen Moment schien es ihr, als könne sie nie wieder aufstehen. Sie war zu müde, um ihre Hand zu heben oder den Fuß, der unter ihr verdreht war, in eine bequemere Position zu bringen, zu müde, um überhaupt nachzudenken.

Dann plötzlich weckte das Geräusch des Tieres, das sich stetig von ihr entfernte, die Notwendigkeit, es zu sichern. Sollte er in dieser großen Trostlosigkeit entkommen, wäre sie in der Tat hilflos.

Sie sammelte ihre nachlassende Energie und kam unter Schmerzen auf die Beine. Das Pferd war fast eine Rute entfernt und bewegte sich langsam und gleichmäßig, während es aß, wobei es hin und wieder unruhig den Kopf hob, um in die Ferne zu blicken und ein paar entschlossene Schritte zu machen, bevor es für einen weiteren Bissen stehen blieb. Dieses Pferd hatte etwas im Kopf und ging direkt darauf zu. Sie hatte das Gefühl, dass es ihm egal war, was aus ihr wurde. Sie muss auf sich selbst aufpassen. Das war etwas, was sie noch nie zuvor tun musste; aber der Instinkt kam mit dem Bedürfnis.

Langsam, zitternd, ihre Schwäche spürend, schlich sie sich auf ihn zu, einen Grasbüschel in der Hand, den sie beim Kommen gepflückt hatte, und hielt ihn offensichtlich, als hätte sie ihrer gepflegten Stute in New York ein Stück Zucker oder einen Apfel gefüttert. Aber das Gras, das sie hielt, war wie alles Gras um ihn herum, und das Pony war nicht als Haustier erzogen worden. Er rümpfte energisch und verächtlich die Nase, als sie näher kam und ein oder zwei Schritte beschleunigte.

Vorsichtig kam sie wieder auf ihn zu und sprach ihn sanft, flehend und lobend an: „Schönes, gutes Pferd! Hübsches Pony, also war er!" Aber er schob sich nur wieder zurück.

Und so gingen sie ein kleines Stück weiter, bis Hazel fast daran verzweifelte, ihn überhaupt zu fangen, und ihr immer mehr die Weite des Universums um sie herum und die Kleinheit ihres eigenen Wesens bewusst wurde.

Doch schließlich berührten ihre Finger das Zaumzeug, sie spürte den schnellen Ruck des Ponys, spannte jeden Muskel an, um sich festzuhalten, und stellte fest, dass sie gesiegt hatte. Er war in ihren Händen. Wie lange, war eine Frage, denn er war stark genug, wegzugehen und sie vielleicht am Zügel zu zerren, und sie wusste wenig über Managementtricks. Außerdem waren ihre Muskeln durch die lange Fahrt so schlaff und wund, dass sie nicht in der Lage war, mit dem klugen und bösen kleinen Biest fertig zu werden. Sie furchtete sich davor, wieder auf seinen Rücken zu steigen, und bezweifelte, dass sie es schaffen würde, wenn sie es versuchen würde, aber es schien die einzige Möglichkeit zu sein, irgendwohin zu gelangen oder mit dem Pony in Gesellschaft zu bleiben, denn sie konnte nicht hoffen, ihn durch bloße physische Gewalt festzuhalten, wenn er es tat anders entschieden.

Sie blieb einen Moment neben ihm stehen und blickte sich über die weite Distanz um. Alles sah gleich aus und war anders als alles, was sie jemals zuvor gesehen hatte. Sie musste auf jeden Fall auf den Rücken des Ponys steigen, denn ihre Angst vor der Wüste wurde immer größer. Es war fast so, als würde es sie in einem Augenblick entreißen, wenn sie länger dort bliebe, und sie in noch größere Bereiche des Weltraums tragen, wo ihre Seele in der Unendlichkeit verloren gehen würde. Sie hatte noch nie zuvor ein solches Gefühl gehabt und es machte ihr unverhältnismäßige Angst.

Sie drehte sich zum Pony um, maß den Abstand vom Boden bis zum seltsamen Sattel und fragte sich, wie Menschen solche Dinge ohne Pferdepfleger bestiegen. Als sie an diesem Morgen aufgestiegen war, war es Milton Hamars starker Arm gewesen , der sie in den Sattel schwang, und seine Hand, die ihren Fuß für den Moment ihres Sprunges festhielt. Die Erinnerung daran ließ nun einen Schauer der Abneigung über ihren ganzen Körper laufen. Wenn sie es gewusst hätte, hätte er sie nie berühren dürfen! Das Blut stieg unangenehm in ihr müdes Gesicht und machte ihr die Hitze des Tages und einen brennenden Durst bewusst. Sie muss weitergehen und irgendwo etwas Wasser finden. Sie konnte das nicht mehr lange ertragen.

Sie befestigte vorsichtig das Zaumzeug über ihrem Arm, streckte die Hand aus und ergriff den Sattel, zunächst zweifelnd, dann verzweifelt; versuchte mit einem Fuß den Steigbügel zu erreichen, scheiterte und versuchte es erneut; und dann kämpfte sie wild, sprang und trat um sich und versuchte vergeblich, wieder in den Sattel zu klettern. Aber das Pony war eine solche Demonstration beim Aufsteigen nicht gewohnt und er protestierte entschieden dagegen. Er warf den Kopf zurück, richtete sich auf und rannte davon, wobei er das Mädchen fast zu Boden warf und ihr schreckliche Angst einjagte.

Dennoch gab ihr die Verzweiflung ihrer Situation die Kraft für eine neue Prüfung, und sie kämpfte sich wieder hoch und hatte fast ihren Sitz erreicht, als das Pony eine Reihe von Kreisen begann, die sie zu Boden warfen und ihr bei dem Versuch, mit ihm Schritt zu halten, schwindelig wurde.

So spielten sie das verzweifelte Spiel noch eine halbe Stunde lang. Zweimal verlor das Mädchen das Zaumzeug und musste es sich auf heimliche Weise wieder aneignen, und einmal war sie fast am Rande des Aufgebens, so völlig erschöpft.

Aber das Pony war auch durstig, und er musste entschieden haben, dass der schnellste Weg zum Tränken darin bestand, es aufsteigen zu lassen; denn schließlich stand er mit erhobenem Kopf stocksteif da und ließ sie an seiner Seite hochklettern; und schließlich, fast vor lauter Müdigkeit umgefallen, saß sie da und war erstaunt, dass sie es geschafft hatte. Sie lag auf seinem Rücken, und sie würde es nie wieder wagen, herunterzukommen, dachte sie, bis sie an einen sicheren Ort gelangte. Doch nun begann das Tier, dem durch den Biss, den es erlitten hatte, neuen Mut schenkte, wieder in schnellem Tempo davonzuschnauben, wobei es seine Reiterin schon beim Start fast aus der Fassung brachte und sie beinahe erneut das Zaumzeug verlor. Sie saß zitternd da, hielt Zaumzeug und Sattel eine Zeit lang fest und hatte genug damit zu tun, ihren Sitz zu behalten, ohne zu versuchen, ihrem Träger Anweisungen zu geben, und dann sah sie vor sich einen plötzlichen Abstieg, steil, aber nicht sehr lang, und am Ende ein großer Pfütze aus schmutzigem Wasser. Das Pony blieb am Rande nur einen Moment stehen und begann dann mit dem Abstieg. Das Mädchen schrie vor Angst auf, schaffte es aber, ihren Platz zu behalten, und das ungeduldige Tier war bald knöcheltief im Wasser und trank lange und glückselig.

Hazel saß da und blickte bestürzt um sich. Das Wasserloch schien vollständig von steilen Ufern umgeben zu sein, so wie sie es herabgestiegen waren, und es gab keinen Ausweg außer der Rückkehr. Konnte das Pferd mit ihr auf dem Rücken hochklettern? Und konnte sie ihren Platz behalten? Bei dem Gedanken wurde ihr vor Angst kalt, denn sie hatte ihre gesamte Reiterfahrung auf der gleichen Ebene verbracht und wurde sich ihrer nachlassenden Kraft immer bewusster.

Außerdem wurde der wachsende Durst immer schrecklicher. Oh, für nur einen Tropfen des Wassers, das das Pony genoss! So schwarz und schmutzig es auch war, sie hatte das Gefühl, sie könnte es trinken. Aber es war außerhalb ihrer Reichweite und sie wagte nicht, herunterzukommen. Plötzlich kam ihr ein Gedanke. Sie machte ihr Taschentuch nass und befeuchtete damit ihre Lippen. Wenn sie sich ganz vorsichtig vorbeugte, konnte sie es vielleicht weit genug herunterlassen, um das Wasser zu berühren.

Sie zog das kleine Stück Leinen aus der winzigen Tasche ihres Habits und das Pony watete, als wollte es ihr helfen, weiter ins Wasser, bis ihr Rock es fast berührte. Jetzt stellte sie fest, dass sie, indem sie ihren Arm um den Hals des Ponys legte, den größten Teil ihres Taschentuchs ins Wasser tauchen konnte, und so schmutzig es auch war, war es äußerst erfrischend, ihr Gesicht, ihre Hände und Handgelenke zu baden und ihre Lippen zu befeuchten.

Doch als das Pony satt war, hatte es keine Lust mehr zu zögern, und mit einem Platschen, einem Sprung und einem Suhlen, das dem Mädchen ein unerwartetes Schauerbad bescherte, bahnte er sich seinen Weg aus dem Loch und die felsige Seite des Abstiegs hinauf. während sie sich ängstlich am Sattel festklammerte und sich fragte, ob sie sich vielleicht durchhalten konnte, bis sie wieder oben auf dem Tafelberg waren. Das zierliche Taschentuch, das im Flug herunterfiel, schwamm erbärmlich auf dem schlammigen Wasser und ließ ein weiteres Stück Trost zurück.

Aber als sie wieder aufstanden und weggingen, hatte das Mädchen vor Angst und der Tatsache, dass sie auf der gegenüberliegenden Seite aus dem Loch herausgekommen waren, von der aus sie hineingegangen waren, jeglichen Orientierungssinn verloren und streckte sich überall hin eine riesige Leere, gesäumt von Bergen, die klar, kalt und unfreundlich hervortraten.

Die gesamte Atmosphäre der Erde schien sich verändert zu haben, während sie unten am Trinkloch waren, denn jetzt waren die Schatten lang und wirkten fast bedrohlich, als sie den Reisenden entlangkrochen oder seitwärts sprangen . Hazel bemerkte mit einem erschrockenen Blick zum Himmel, dass die Sonne tief stand und bald untergehen würde. Und dass, wo die Sonne wie ein großer brennender Opal hing, natürlich der Westen sein musste, aber das sagte ihr nichts, denn die Sonne stand hoch am Himmel, als sie begannen, und sie hatte keine Notiz von der Richtung genommen. Osten, Westen, Norden oder Süden waren für sie eins in ihrem glücklichen, unbeschwerten Leben, das sie bisher geführt hatte. Sie versuchte es herauszufinden und sich daran zu erinnern, in welche Richtung sie von der Eisenbahn abgebogen waren, wurde aber immer verwirrter, und das leuchtende Schauspiel im Westen flammte alarmierend auf, als ihr klar wurde, dass die Nacht hereinbrach und sie sich in einer großen Wüste mit nur einem Wild verloren hatte müdes kleines Pony als Gesellschaft, hungrig und durstig und müder als alles, was sie jemals zuvor geträumt hatte.

Sie waren schon seit einiger Zeit in ein breites Tal hinabgestiegen, was die Nacht noch näher erscheinen ließ. Hazel hätte ihr Pferd umgedreht und versucht, in ihre Fußstapfen zurückzukehren, aber er hätte es nicht getan, denn so sehr sie sich auch bemühte und ihn umdrehte, drehte er sich um und war bald wieder auf dem gleichen Weg, so dass jetzt die müden Hände konnte die Zügel nur steif halten und sich tragen lassen, wohin das Pony wollte. Es war ganz offensichtlich, dass er ein Ziel vor Augen hatte und den Weg dorthin kannte. Hazel hatte vom Instinkt der Tiere gelesen. Sie begann zu hoffen, dass er sie bald zu einer menschlichen Behausung bringen würde, wo sie Hilfe finden würde, um wieder zu ihrem Vater zu gelangen.

Aber plötzlich ging sogar der Glanz der sterbenden Sonne verloren, als das Pferd in die Dunkelheit der Schluchtöffnung eintrat, deren hohe Mauern aus rotem Stein, die sich zu beiden Seiten feierlich erhoben, hier und da von langen Querlinien aus Gräsern und Baumfarnen durchzogen waren in den Spalten wuchsen, und weiter oben erschienen die schwarzen Öffnungen von Höhlen, die in der Dämmerung geheimnisvoll und furchteinflößend waren. Der Weg vor uns zeichnete sich düster ab. Irgendwo aus den Erinnerungen an ihre Kindheit kam ein Satz aus dem Gottesdienst, dem sie nie bewusst Beachtung geschenkt hatte, der ihr aber jetzt lebhaft in den Sinn kam: „Obwohl ich durch das Tal des Schattens gehe – das Tal des Schattens!" " Das muss es doch sein. Sie wünschte, sie könnte sich an den Rest erinnern. Was könnte es bedeutet haben? Sie zitterte sichtlich und sah sich mit wilden Augen um.

Die Pappeln und Eichen wuchsen dicht am Fuß der Klippen und verbargen sie manchmal fast, und über den Mauern ragten sie dunkel und hoch empor. Der Weg war holprig und rutschig, voller großer Felsbrocken und Steine, um die herum sich das Pony bewegte, ohne auf die Zweige der Bäume zu achten, die ihr ins Gesicht strichen und sich im Vorbeigehen in ihren langen Haaren verfingen.

Vergeblich versuchte sie, ihn zurückzuführen, aber er drehte sich nur um, um sich erneut entschlossen umzudrehen. Irgendwo in der tiefen Dunkelheit vor ihm hatte er ein Ziel, und kein Mädchen konnte ihn davon abhalten, es so schnell wie möglich zu erreichen. Für sein Pferdeverstand war klar, dass seine Reiterin nicht wusste, was sie wollte, und er wusste es, also gab es keinen anderen Ausweg. Er hatte vor, so geradlinig und schnell wie möglich zu seinem alten Meister zurückzukehren. Diese Schlucht war der kürzeste Weg und er wollte durch diese Schlucht laufen, ob es ihr gefiel oder nicht.

Immer tiefer drangen sie in die Dunkelheit vor, und das Mädchen schrie voller Angst auf, in der wilden Hoffnung, dass jemand in der Nähe sein und ihr zu Hilfe kommen könnte. Aber der düstere Gang der Schlucht fing ihre Stimme ein und hallte sie weit und hoch wider, bis sie in einer Lautstärke von Grabgeräuschen zu ihr zurückkam, die sie mit einer namenlosen Angst erfüllte und ihr Angst machte, ihre Lippen wieder zu öffnen. Es war, als hätte sie durch ihren Schrei den bösen Geist geweckt, der in der Schlucht lebte, und ihn auf die Suche nach dem Eindringling geschickt. "Hilfe Hilfe!" Wie die Worte rollten und zu ihren zitternden Sinnen zurückkehrten, bis sie unter ihrem Echo zitterte und zitterte!

Das Pony ging weiter in die immer dunkler werdenden Schatten, und mit jedem Augenblick wurde die Dunkelheit undurchdringlicher, bis das Mädchen nur noch die Augen schließen und den Kopf so weit wie möglich senken konnte, um den Ästen zu entkommen – und zu beten.

Dann plötzlich erklang von oben, wo der ferne Himmel eine Lichtlinie gab und ein einzelner Stern wie ein großer Juwel auf dem Kleid einer Dame die Dämmerung zu durchdringen schien, ein Geräusch; markerschütternd und abscheulich, hoch, hohl, weithin widerhallend, ließ ihre Seele vor Entsetzen erstarren und ließ ihr Herz vor Angst stillstehen. Sie hatte es schon einmal gehört, vor ein oder zwei Nächten, als ihr Zug in einer weiten Wüste angehalten hatte, um Wasser oder Reparaturen oder so etwas zu holen, und der Gepäckträger ihr gesagt hatte, es seien Kojoten. Damals war es fern und seltsam und interessant gewesen, sich vorzustellen, so nah an echten, lebenden Wildtieren zu sein. Sie hatte aus der Sicherheit ihrer Koje hinter die Seidenvorhänge geschaut und glaubte, schattenhafte Gestalten zu sehen, die sich im Mondlicht über die Ebene schlichen. Aber es war etwas ganz anderes, das Geräusch jetzt zu hören, allein in ihren Schlupfwinkeln, ohne Waffe und ohne jemanden, der sie beschützte. Die Schrecklichkeit ihrer Situation raubte ihr fast die Besinnung.

Noch immer hielt sie sich schwach und zitternd am Sattel fest und erwartete, dass jede Minute ihre letzte sein würde; und das schreckliche Heulen der Kojoten ging weiter.

Irgendwo unten am Weg konnte sie hin und wieder das sanfte Plätschern des Wassers hören, das einen in den Wahnsinn treiben ließ. Oh, wenn sie diesen schrecklichen Durst nur stillen könnte! Das Pony erfrischte sich einigermaßen durch sein Gras und seinen Schluck Wasser, aber das Mädchen, dessen Leben bis zu diesem Tag noch nie ein unbefriedigtes Bedürfnis gekannt hatte, war schwach vor Hunger und brennend vor Durst, und diese ungewohnte Beanspruchung ihrer Kräfte ließ sie schnell nach es bis an seine Grenzen.

Die Dunkelheit in der Schlucht wurde tiefer und über ihnen sammelten sich weitere Sterne. aber weit, so sehr weit weg! Die Kojoten schienen nur ein Schatten zu sein, der ringsum und darüber entfernt war. Ihre Sinne schwammen. Sie konnte nicht sicher sein, wo sie waren. Das Pferd rutschte aus und stolperte in der Dunkelheit weiter, und sie vergaß, zu versuchen, es von seinem Vorhaben abzubringen.

Nach und nach wurde ihr bewusst, dass der Weg wieder nach oben führte. Sie kletterten über holprige Stellen, große Steine lagen im Weg, Bäume wuchsen dicht am Weg, und das Pony schien nicht in der Lage zu sein, ihnen auszuweichen, oder vielleicht war es ihm auch egal. Das Geheul der Kojoten wurde von Minute zu Minute deutlicher, aber irgendwie wurde ihre Angst vor ihnen ebenso gedämpft wie ihre Angst vor allem anderen. Sie lag tief auf dem Pony und klammerte sich an seinen Hals, zu schwach, um zu schreien, zu schwach, um die Tränen zu stoppen, die langsam seine Mähne benetzten. Dann wurde sie plötzlich von einem tief herabhängenden Ast umarmt, dessen Haare sich an dessen Rauheit verhedderten. Das Pony bemühte sich, seinen unsicheren Halt zu finden, der Ast hielt es fest und das Pony kletterte weiter, wobei sein hilfloser Reiter zusammengekauert auf dem steinigen Pfad zurückblieb, von dem harten alten Ast aus dem Sattel gerissen.

Das Pony blieb für einen Moment auf einem Stück Fels stehen, das es mit Mühe erreicht hatte, und schaute mit einem besorgten Schnauben zurück, aber der zusammengekauerte Haufen in der Dunkelheit unter ihm gab kein Lebenszeichen von sich, und nach einem weiteren anderthalb Schnauben wieherte es Als er warnte, drehte sich das Pony um und kletterte immer weiter, bis es die Mesa oben erreichte.

Der späte Mond ging auf und jagte seinen Weg durch die Schlucht, bis er das Gold ihres Haares auf dem felsigen Weg fand und ihr süßes, bewusstloses

Gesicht mit dem Licht kalter Schönheit berührte; Die Kojoten heulten im feierlichen Chor, und noch immer lag die kleine Gestalt still und sich ihrer Situation nicht bewusst.

IV

DAS STREBEN

John Brownleigh erreichte das Wasserloch bei Sonnenuntergang und während er darauf wartete, dass sein Pferd trank, dachte er darüber nach, was er als nächstes tun würde. Wenn er beabsichtigte, zum Abendessen in die Festung zu gehen, sollte er sofort scharf nach rechts abbiegen und schnell reiten, es sei denn, er war bereit, zu spät zu kommen. Er wusste, dass die Dame in der Festung ihre Gäste gern pünktlich zur Stelle hatte.

Die Sonne war untergegangen. Es hatte im Westen lange Spritzer aus Purpur und Gold hinterlassen, und ihr Spiegelbild schimmerte über dem schlammigen Wasser unter ihm, sodass Billy aussah, als würde er den reichsten Wein aus einem goldenen Becher trinken, während er zufrieden seinen Durst stillte.

Doch als der Missionar das bemalte Wasser beobachtete und versuchte, seinen Kurs zu bestimmen, bemerkte er plötzlich etwas Weißes, das halb an einem Zweig am Rande des Wassers schwamm, ein dünnes, durchsichtiges Stück mit einem zarten Spitzenrand. Es erschreckte ihn an diesem Wüstenort genauso, wie ihn an diesem Morgen das Juwel in seiner goldenen Fassung im Sand erschreckt hatte.

Mit einem Ausruf der Überraschung beugte er sich vor, hob das kleine nasse Taschentuch auf und hielt es hin – zierlich, weiß und fein, und trotz seines nassen Zustands verströmte er seinen violetten Atem an die Sinne eines Mannes, der in der Wildnis gewesen war der Wüste für drei Jahre. Es sprach von Vornehmheit und Kultur und einer Welt, die er im Osten zurückgelassen hatte.

In der Ecke war ein winziger Buchstabe eingestickt, aber das Licht wurde bereits zu schwach, um ihn zu lesen, und obwohl er ihn hochhielt, hindurchschaute und die Stickerei mit der Fingerspitze betastete, konnte er nicht sicher sein, ob das auch der Fall war der Buchstaben, die auf der Peitsche eingraviert waren.

Dennoch bestimmte der kleine weiße Bote seinen Kurs. Er suchte den Rand des Wasserlochs nach Hufabdrücken ab, die das erlöschende Licht offenbaren würde, dann bestieg er entschlossen Billy und nahm seine Suche dort wieder auf, wo er sie fast aufgegeben hatte. Er war überzeugt, dass irgendwo eine Dame allein in der Wüste war.

Es war lange nach Mitternacht, als Billy und der Missionar das Pony hoch oben auf dem Tafelberg beim Grasen entdeckten. Das Tier hatte offensichtlich das Bedürfnis nach Nahrung und Ruhe verspürt, bevor es weiterging, und war vielleicht ein wenig unruhig wegen der zusammengekauerten Gestalt in der Dunkelheit, die es zurückgelassen hatte.

Billy und das Pony wurden bald gehumpelt und mussten zusammen fressen, während der Missionar, völlig vergessen an sein eigenes Ruhebedürfnis, eine systematische Suche nach dem vermissten Reiter begann. Er untersuchte zunächst das Pony und den Sattel sorgfältig. Der Sattel erinnerte ihn irgendwie an Shag Bunce, aber das Pony war ihm fremd; Auch den Buchstaben der Marke konnte er im blassen Mondlicht nicht erkennen. Es könnte sich jedoch um ein neues Tier handeln, das gerade erst gekauft und noch nicht gebrandmarkt wurde – oder es könnte tausend Erklärungen geben. Der Gedanke an Shag Bunce erinnerte ihn an den hübschen Privatwagen, den er an diesem Morgen auf der Rennstrecke gesehen hatte. Aber selbst wenn eine Gruppe ausgefahren wäre, wie würde einer von ihnen getrennt werden? Sicherlich würde sich keine Dame allein durch die Wüste wagen, schon gar nicht als Fremde.

Immer noch im Silber und Schwarz der schattigen Nacht suchte er weiter, und erst als das rosige Licht der Morgendämmerung im Osten zu erröten und zu wachsen begann, kam er an die Spitze der Schlucht, wo er nach unten schauen und das Mädchen sehen konnte Ihr grünes Reitkleid verschmolz dunkel mit den dunklen Formen der Bäume, die noch im Schatten lagen, das Gold ihres Haares glänzte im frühen Licht und ihr weißes, weißes Gesicht war nach oben gerichtet.

Er verlor keine Zeit und kletterte an ihre Seite, voller Angst vor dem, was er finden könnte. War sie tot? Was war mit ihr passiert? Es war ein gefährlicher Ort, an dem sie lag, und die Gefahren, die ihr hätten schaden können, waren zahlreich. Der Himmel wurde rosa und färbte alle Wolken rosa, als er neben der reglosen Gestalt kniete.

Ein kurzer Moment diente dazu, ihn davon zu überzeugen, dass sie noch am Leben war; selbst im Halbdunkel konnte er den erschöpften, müden Ausdruck ihres Gesichts erkennen. Armes Kind! Armes kleines Mädchen, verloren in der Wüste! Er war froh, froh, dass er gekommen war, um sie zu finden.

Er nahm sie in seine starken Arme und trug sie hinauf zum Licht.

Er legte sie an einen geschützten Ort, holte schnell Wasser, badete ihr Gesicht und drückte ein Stimulans zwischen ihre weißen Lippen. Er rieb ihre kalten kleinen Hände, verursachte durch das Zaumzeug Blasen, gab ihr noch mehr Reizmittel und wurde belohnt, indem er sah, wie eine schwache Farbe in die Lippen und Wangen eindrang. Schließlich öffneten sich die weißen Lider für eine Sekunde und gaben ihm einen Blick auf große dunkle Augen, in denen sich noch immer der Schrecken und die Angst der Nacht spiegelten.

Er gab ihr noch einen Schluck und beeilte sich, einen bequemeren Ruheplatz vorzubereiten, indem er die Leinwand aus Billys Rucksack und ein oder zwei andere kleine Gegenstände mitbrachte, die für Trost sorgen könnten, darunter eine kleine Wärmflasche. Als er sie auf der Leinwand niedergelassen hatte, darunter süße Farne und Gras als Kissen, und seine eigene Decke über ihr ausgebreitet hatte, machte er sich daran, Holz für ein Feuer zu sammeln, und bald hatte er in seinem Blechbecher kochendes Wasser, genug, um die Gummiflasche zu füllen . Als er es in ihre kalten Hände legte , öffnete sie verwundert wieder die Augen. Er lächelte beruhigend und sie kuschelte sich zufrieden in die wohlige Wärme. Sie war zu erschöpft, um irgendetwas in Frage zu stellen oder zu wissen, außer dass sie endlich von einem schrecklichen Schrecken befreit wurde.

Als er das nächste Mal zu ihr kam, hielt er ihr eine Tasse starken Rindfleischtees an die Lippen und überredete sie zum Schlucken. Als es fertig war , legte sie sich zurück und schlief wieder mit einem langen, zitternden Seufzer ein, der fast wie ein Schluchzen klang, und das Herz des jungen Mannes wurde zutiefst erschüttert über die Qual, die sie durchgemacht haben musste. Armes Kind, armes kleines Kind!

Er beschäftigte sich damit, ihr vorübergehendes Lager so angenehm wie möglich zu gestalten und sich um die Bedürfnisse der Pferde zu kümmern. Als er dann zu seiner Patientin zurückkehrte, blickte er auf sie herab, während sie schlief, und fragte sich, was er als nächstes tun sollte.

Sie waren weit von jeder menschlichen Besiedlung entfernt. Was auch immer das Pony dazu brachte, diesen einsamen Weg zu gehen, war ein Rätsel. Es führte zu einer entfernten Indianersiedlung, und zweifellos kehrte das Tier zu seinem früheren Herrn zurück, aber wie konnte es kommen, dass der Reiter es nicht zurückwies?

Dann schaute er auf das gebrechliche Mädchen hinunter, das auf dem Boden schlief, und wurde ernst, als er an die Gefahren dachte, durch die sie allein und unbewacht gegangen war. Die exquisite Zartheit ihres Gesichts berührte ihn wie die Vision eines Engelswesens, und für einen Moment vergaß er alles in dem Staunen, mit dem ihre Schönheit ihn erfüllte; der schöne Umriss des Profils, wie es sanft an ihrem erhobenen Arm anliegt, die Feinheit und Länge ihres üppigen Haars, das wie gesponnenes Gold im Glitzern des Sonnenscheins wirkt, der gerade über den Rand des Berges blickt, die Klarheit ihrer Haut , so weiß und anders als die Frauen in dieser Region, das erbärmliche Herabhängen der süßen Lippen zeugt von völliger Erschöpfung. Sein Herz verließ ihn mit der Sehnsucht, sie zu trösten, zu beschützen und sie wieder glücklich zu machen. Eine seltsame, freudige Zärtlichkeit für sie erfüllte ihn bei seinem Blick, so dass er seinen Blick kaum von ihrem Gesicht abwenden konnte. Dann wurde ihm plötzlich klar, dass sie es nicht wollte, dass ein Fremder so dastand und ihre Hilflosigkeit anstarrte, und mit rascher Ehrfurcht wandte er seinen Blick zum Himmel ab.

Es war ein eigenartiger Morgen, wunderbar schön. Die Wolken waren rosa gefärbt, fast wie ein Sonnenuntergang, und hielten so über eine Stunde an, als würde die Morgendämmerung sanft anbrechen, um die Schlafende nicht zu wecken.

Mit einem weiteren Blick, um zu sehen, ob es seiner Patientin gut ging, ging Brownleigh leise weg, um Holz zu holen, mehr Wasser zu holen und verschiedene kleine Vorbereitungen für ein Frühstück später zu treffen, wenn sie aufwachen sollte . Nach einer Stunde schlich er auf Zehenspitzen zurück, um zu sehen, ob alles gut ging, und legte, indem er sich bückte, einen geübten Finger auf das zarte Handgelenk, um das Flattern ihres Pulses zu bemerken. Er konnte es vorsichtig abzählen, schwach, als wäre das Herz stark belastet, aber im Großen und Ganzen immer stabiler geworden. Es ging ihr gut, zu schlafen. Es war besser als jedes Medikament, das er verabreichen konnte.

In der Zwischenzeit muss er scharf nach Reisenden Ausschau halten . Sie lagen hier ziemlich abseits des Weges, und der Weg war sowieso alt und fast unbenutzt. Viele Passanten waren kaum zu erwarten. Es konnte Tage dauern, bis jemand diesen Weg erreichte. Es gab keine menschliche Behausung in Reichweite und er wagte es nicht, seinen Schützling zu verlassen, um nach Hilfe zu suchen, um sie wieder zurück in die Zivilisation zu bringen. Er muss einfach hier warten, bis sie reisen konnte.

Es kam ihm in den Sinn, sich zu fragen, wo sie hingehörte und wie es dazu kam, dass sie so allein war, und ob es nicht durchaus wahrscheinlich war, dass bald eine Gruppe Sucher mit einer Art Transportmittel unterwegs sein würde, um sie nach Hause zu bringen. Er muss scharf Ausschau halten und jedem vorbeifahrenden Fahrer ein Zeichen geben.

Zu diesem Zweck entfernte er sich so weit von dem schlafenden Mädchen, wie er es wagte, sie zu verlassen, und stieß gelegentlich einen langen, klaren Ruf aus, doch es kam keine Antwort.

Signal zu benutzen, damit ihm nicht die Munition ausging, die er möglicherweise brauchte, bevor er mit seinem Schützling zurückkam. Er hielt es jedoch für klug, die Jagd mit dem Signalisieren zu kombinieren , und als nicht weit entfernt ein Kaninchen über seinen Weg eilte , schoss er darauf, und das Geräusch hallte in dem klaren Morgen wider, aber es kam kein Antwortsignal.

Nachdem er zwei Kaninchen geschossen und sie für das Abendessen vorbereitet hatte, wenn sein Gast aufwachen sollte, füllte er das Feuer wieder auf, ließ die Kaninchen auf einem seltsamen kleinen Gerät braten und legte sich auf die gegenüberliegende Seite des Feuers. Er war selbst unaussprechlich erschöpft, aber er dachte kein einziges Mal daran. Die Aufregung des Anlasses hielt ihn wach. Er lag immer noch da und staunte über die Seltsamkeit seiner Lage und fragte sich, was sich offenbaren würde, wenn das Mädchen aufwachen würde. Er fürchtete sich fast davor, dass sie es tun würde, damit sie nicht so perfekt wäre, wie sie im Schlaf aussah. Sein Herz war voller Staunen über sie und voller Dankbarkeit, dass er sie gefunden hatte, bevor ein schreckliches Schicksal sie ereilt hatte.

Als er da lag und sich ausruhte, erfüllt von überschwänglicher Freude, wanderten seine Gedanken zu den Sehnsüchten des Vortages, dem kleinen Lehmhaus seines Mitarbeiters, das er verlassen hatte, seiner Gemütlichkeit und Freude; seine eigene Einsamkeit und Sehnsucht nach Kameradschaft. Dann schaute er schüchtern zum Schatten des Baumes, wo er nur das Glitzern goldener Haare und die dunkle Linie seiner Decke von dem Mädchen sehen konnte, das er in der Wildnis gefunden hatte. Was wäre, wenn sein Vater sein Gebet erhört und sie zu ihm geschickt hätte! Was für ein Wunder der Freude! Ein Schauer der Zärtlichkeit durchfuhr ihn und er presste in einer Art Ekstase die Hände auf seine geschlossenen Augen.

Was für eine Dummheit! Träume natürlich! Er versuchte, nüchtern zu werden, konnte aber nicht anders, als daran zu denken, wie es wäre, wenn dieses hübsche Mädchen in seiner kleinen Hütte thront und bereit ist, seine Freuden zu teilen und seine Sorgen zu trösten; von ihm geliebt, behütet und zärtlich umsorgt zu werden.

Eine Bewegung der alten Decke und ein leiser Seufzer ließen diese köstliche Träumerei zu Ende gehen, und er stand auf und wurde kalt und heiß, als er daran dachte, ihr im Wachzustand gegenüberzustehen.

Sie hatte sich leicht zu ihm umgedreht, ihre Wangen waren vom Schlaf gerötet. Eine Hand wurde über ihren Kopf zurückgeworfen, und die Sonne fing das Funkeln der Juwelen ein und ließ sie in seinen Augen aufblitzen, große, glitzernde Edelsteine wie Tautropfen am Morgen, wenn die Sonne neu auf sie scheint, und das Aufblitzen der Juwelen sagte es ihm einmal mehr, als er zuvor gewusst hatte, dass es sich hier um eine Tochter aus einer anderen Welt als seiner handelte. Sie schienen ihn zu verletzen, als er hinsah, diese kostbaren Edelsteine, denn sie durchbohrten sein Herz und sagten ihm, dass sie eine Mauer der Trennung darstellten, die für immer zwischen ihr und ihm bestehen könnte.

Dann kam er plötzlich zu sich selbst und war wieder der Missionar, mit allen Sinnen in Alarmbereitschaft und mit der deutlichen Erkenntnis, dass es Mittag war und sein Patient aufwachte. Er muss selbst geschlafen haben, obwohl er glaubte, die ganze Zeit hellwach gewesen zu sein. Die Stunde des Handelns war gekommen und er musste die dummen Gedanken beiseite legen, die ihm aufgedrängt waren, als sein müdes Gehirn nicht mehr in der Lage war, mit den kühlen Tatsachen des Lebens klarzukommen. Natürlich war das alles Zeug und Unsinn, von dem er geträumt hatte. Er muss jetzt seine Pflicht gegenüber diesem Bedürftigen erfüllen.

leisen Schritten brachte er einen Becher Wasser, den er zum Kühlen in den Schatten gestellt hatte, und stellte sich neben das Mädchen und redete leise, als wäre er seit Jahren ihre Amme.

„Möchtest du nicht etwas Wasser trinken?" er hat gefragt.

Das Mädchen öffnete die Augen und sah verwirrt zu ihm auf.

„Oh ja", sagte sie eifrig, obwohl ihre Stimme sehr schwach war. „Oh ja, – ich bin so durstig. – Ich dachte, wir würden nie irgendwohin kommen!"

Sie ließ zu, dass er ihren Kopf hob und trank eifrig, dann sank sie erschöpft zurück und schloss die Augen. Er dachte fast, sie würde wieder schlafen.

„Möchten Sie nicht etwas essen?" er hat gefragt. „Das Abendessen ist fast fertig. Glaubst du, dass du zum Essen aufsitzen kannst, oder würdest du lieber still liegen bleiben?"

"Abendessen!" sagte sie träge; „Aber ich dachte, es wäre Nacht. Habe ich das alles geträumt und wie bin ich hierher gekommen? Ich erinnere mich nicht an diesen Ort."

Sie sah sich neugierig um und schloss dann die Augen, als wäre die Anstrengung fast zu groß.

„Oh, ich fühle mich so komisch und müde, als wollte ich mich nie wieder bewegen", murmelte sie.

„Beweg dich nicht", befahl er. „Warte, bis du etwas gegessen hast. Ich bringe es sofort."

Er holte eine Tasse dampfend heißen Rindfleischextrakt mit kleinen Keksstückchen aus einer kleinen Blechdose in der Packung und fütterte sie löffelweise damit.

"Wer bist du?" fragte sie, während sie den letzten Löffel hinunterschluckte und ihre Augen öffnete, die die meiste Zeit geschlossen gewesen waren, während er sie fütterte, als wäre sie zu müde, um sie offen zu halten.

„Oh, ich bin nur der Missionar. Brownleigh ist mein Name. Jetzt reden Sie nicht, bis Sie den Rest Ihres Abendessens gegessen haben. Ich bringe es gleich. Ich möchte Ihnen eine Tasse Tee machen, aber Sie sehen, ich muss diese Tasse zuerst waschen. Der Vorrat an Geschirr ist begrenzt. Sein freundliches Lächeln und seine herzlichen Worte beruhigten sie und sie lächelte und unterwarf sich.

„Ein Missionar!" Sie grübelte und öffnete verstohlen ihre Augen, um ihn zu beobachten, wie er seiner Aufgabe nachging. Ein Missionar! Soweit sie wusste, hatte sie noch nie zuvor einen Missionar gesehen. Sie hatte sie sich schon immer als ganz andere Spezies vorgestellt, schlichte alte Jungfern mit fest hinter den Ohren zusammengebundenen Haaren und einer struppigen Haube mit kleinen weißen Rasenbändern.

Dies war ein Mann, jung, stark, einnehmend und gutaussehend wie ein feines Stück Bronze. Das braune Flanellhemd, das er trug, passte problemlos über gut ausgebildete Muskeln und passte genau zum Braun des üppigen, gewellten Haares, in das die Morgensonne goldene Schimmer ließ, als er vor dem Feuer kniete und geschickt seine Kochkünste beendete. Sein weicher, breitkrempiger Filzhut, der weit nach hinten auf den Kopf geschoben war, die Cordhose, die Lederchaps und der Gürtel mit Pistolenriemen passten alle ins Bild und gaben dem Mädchen das Gefühl, plötzlich die Erde verlassen zu haben, auf der sie bisher gelebt und gewesen war Sie landete in einem unbekannten Land und wurde von einem starken, freundlichen Engel begleitet, der sich um sie kümmerte.

Ein Missionar! Dann braucht sie natürlich keine Angst vor ihm zu haben. Als sie sein Gesicht betrachtete , wurde ihr klar, dass sie sowieso keine Angst vor diesem Gesicht haben konnte, es sei denn, sie hätte es vielleicht gewagt, den Befehlen seines Besitzers nicht zu gehorchen. Er hatte ein starkes, festes Kinn, und seine Lippen wirkten, obwohl sie freundlich geschwungen waren, entschieden, als dürfe man mit ihnen nicht leichtfertig spielen. Im Großen und Ganzen muss sie, wenn sie eine Missionarin war, von nun an ihre Vorstellung von Missionaren ändern.

Sie beobachtete seine leichten, freien Bewegungen, mal lehnte er sich auf den Fersen zurück, um den Becher mit kochendem Wasser an einem merkwürdig konstruierten Griff über das Feuer zu halten, mal erhob er sich und ging zum Sattelrucksack, um etwas zu holen, was er brauchte. Jede seiner Bewegungen hatte etwas Anmutiges und Kraftvolles. Er gab einem ein Gefühl von Stärke und nahezu unendlichen Ressourcen. Dann beschwor ihre Fantasie plötzlich neben sich den Mann, vor dem sie geflohen war, und im Licht dieses schönen Gesichts verdunkelte sich das andere Gesicht und wurde schwächer, und sie erkannte schnell seinen wahren Charakter und wunderte sich, dass sie es noch nie zuvor gewusst hatte. Ein Schauder überkam sie, und bei der Erinnerung trat eine graue Blässe in ihr Gesicht. Sie verspürte eine große Abneigung gegen das Denken oder die Notwendigkeit, in diesem Moment überhaupt zu leben.

Dann stand er sofort mit einem Blechteller und der Tasse dampfendem Tee neben ihr und begann, sie, als wäre sie ein Baby, mit gebratenem Kaninchen und geröstetem Maisbrot zu füttern. Sie aß bedingungslos und trank ihren Tee. Nach dem langen Fasten fand sie alles köstlich und schöpfte mit jedem Bissen neue Kraft.

"Wie kam ich hier hin?" fragte sie plötzlich, stützte sich auf einen Ellbogen und sah sich um. „An einen Ort wie diesen kann ich mich anscheinend nicht erinnern.“

„Ich habe dich im Mondlicht an einem Busch hängend gefunden“, sagte er ernst, „und habe dich hierher gebracht.“

Hazel lehnte sich zurück und dachte darüber nach. Er hatte sie hierher gebracht. Dann muss er sie getragen haben! Nun, seine Arme sahen stark genug aus, um eine schwerere Person als sie selbst zu heben – aber er hatte sie hierher gebracht!

Eine schwache Farbe schlich sich in ihre blassen Wangen.

„Danke“, sagte sie schließlich. „Ich glaube, ich konnte nicht einfach selbst kommen.“ In ihrem Mundwinkel befand sich eine lustige kleine Falte.

„Nicht ganz“, antwortete er, während er das Geschirr einsammelte.

„Ich erinnere mich, dass mein verrücktes kleines Ross im Dunkeln geradewegs an einer schrecklichen Mauer hochkletterte und schließlich beschloss, mich mit einem Baum abzuwischen. Das ist das Letzte, woran ich mich erinnern kann. Ich spürte, wie ich ausrutschte und konnte es nicht.“ „Ich halte nicht länger durch. Dann wurde es dunkel und ich ließ los.“

"Wo bist du hingegangen?" fragte der junge Mann.

„Gehen? Ich wollte nirgendwo hingehen“, sagte das Mädchen; „Das hat das Pony gemacht. Er ist weggelaufen, nehme ich an. Er ist stundenlang mit mir gelaufen und ich konnte ihn nicht aufhalten. Ich habe das Zaumzeug verloren, wissen Sie, und er hatte Ideen, was er tun wollte . Ich hatte fast Todesangst und den ganzen Tag war keine Menschenseele in Sicht. Ich habe noch nie in meinem Leben einen so leeren Ort gesehen. Es kann nicht sein, dass wir immer noch Arizona sind, wir sind so weit gekommen.“

"Wann hast du angefangen?" fragte der Missionar ernst.

„Na ja, heute Morgen – das heißt – warum, es muss gestern gewesen sein. Ich weiß sicher nicht wann. Es war Mittwochmorgen gegen elf Uhr, als wir zu Pferd das Auto verließen, um einen Minenpapa zu besuchen hatte davon gehört. Es scheint ungefähr ein Jahr her zu sein, seit wir angefangen haben.

„Wie viele waren in Ihrer Gruppe?“ fragte der junge Mann.

„Nur Papa und mein Bruder und Herr Hamar , ein Freund meines Vaters", antwortete das Mädchen, ihre Wangen röteten sich bei der Erinnerung an den Namen.

„Aber war überhaupt kein Führer, kein Eingeborener bei Ihnen?" Im Tonfall des jungen Mannes lag Besorgnis. Er hatte Visionen von anderen verlorenen Menschen, um die man sich kümmern musste.

„Oh ja, da war der Mann, dem mein Vater geschrieben hatte, der die Pferde brachte, und zwei oder drei Männer mit ihm, einige davon Indianer, glaube ich. Sein Name war Bunce, Mr. Bunce. Er war ein seltsamer Mann mit vielen wild aussehenden Haaren.

„Shag Bunce", sagte der Missionar nachdenklich. „Aber wenn Shag dabei war, kann ich nicht verstehen, wie Sie so weit von Ihrer Gruppe getrennt wurden. Er reitet das schnellste Pferd in dieser Region. Kein Pony seiner Truppe, und sei es noch so flink, könnte Shag Bunce weit voraus sein. Er hätte dich innerhalb weniger Minuten erwischt. Was ist passiert? Gab es einen Unfall?"

Er sah sie scharf an und war sich sicher, dass hinter ihren Wanderungen ein Geheimnis steckte, das er im Interesse des Mädchens und ihrer Freunde lüften sollte. Hazels Wangen wurden rosig.

„Na ja, eigentlich ist nichts passiert", sagte sie ausweichend. „Mr. Bunce war mit meinem Vater vorne. Tatsächlich war er außer Sichtweite, als mein Pony anfing zu rennen. Ich ritt mit Mr. Hamar , und da uns die Mine egal war, beeilten wir uns nicht. Vorher Uns wurde klar, dass die anderen weit vorne über einem Hügel oder so waren, ich weiß nicht mehr, was vor uns war, nur dass sie nicht gesehen werden konnten. Dann wir – ich – das heißt – nun, ich muss mein Pony ziemlich hart mit meiner Peitsche berührt haben und Er drehte sich um und begann zu rennen. Ich bin mir nicht sicher, aber ich habe auch Herrn Hamars Pferd berührt, und er benahm sich schlecht. Ich hatte wirklich keine Zeit, nachzusehen. Ich weiß nicht, was aus Herrn Hamar wurde . Er ist kein großer Reiter. Ich glaube nicht, dass er jemals zuvor geritten ist. Möglicherweise hatte er Probleme mit seinem Pferd. Wie dem auch sei, bevor ich mich versah, war ich außer Sichtweite von allem außer weiten, leeren Strecken mit Bergen und Wolken das Ende überall und immer weiter und nichts näher kommend .

„Dieser Herr Hamar muss ein Narr gewesen sein, wenn er Ihre Freunde nicht sofort alarmiert hat, wenn er selbst nichts tun konnte", sagte Brownleigh streng. „Ich kann nicht verstehen, wie es passieren konnte, dass dich niemand früher gefunden hat. Es war reiner Zufall, dass ich auf deine Peitsche und andere Kleinigkeiten stieß und so große Angst hatte, dass jemand verloren gehen könnte. Es ist sehr seltsam, dass dich vorher niemand gefunden hat." das. Dein Vater wird sehr besorgt gewesen sein."

Hazel setzte sich mit glühenden Wangen auf und fing an, ihr Haar zu einem Knoten zusammenzubinden. Eine plötzliche Erkenntnis ihrer Position hatte sie überkommen und ihr Kraft gegeben.

„Nun ja", stolperte sie und versuchte es zu erklären, ohne etwas zu sagen, „Herr Hamar hätte vielleicht gedacht, ich wäre zum Auto zurückgegangen, oder er hätte gedacht, ich würde in ein paar Minuten umkehren. Ich glaube nicht." er hätte mir in diesem Moment folgen wollen. Ich war – wütend auf ihn!"

Der junge Missionar betrachtete das schöne Mädchen, das aufrecht auf der Leinwand saß, die er für ihr Bett ausgebreitet hatte, und vergeblich versuchte, ihr helles Haar in Ordnung zu bringen, ihre Wangen glühten, ihre Augen leuchteten jetzt, halb vor Wut, halb vor Verlegenheit, und Einen Moment lang hatte er Mitleid mit der Person, die ihren Zorn auf sich gezogen hatte. Eine seltsame, unvernünftige Wut gegenüber dem unbekannten Mann erfasste ihn und sein Gesicht wurde zärtlich, als er das Mädchen beobachtete.

„Das war keine Entschuldigung dafür, dich allein in die Gefahren der Wüste ziehen zu lassen", sagte er streng. „Er hätte es nicht wissen können. Es war unmöglich, dass er es hätte verstehen können, sonst hätte er sein Leben riskiert, um dich vor dem zu retten, was du durchgemacht hast. Kein Mensch könnte etwas anderes tun!"

Hazel blickte auf, überrascht über die Heftigkeit der Worte, und erneut fiel ihr der Kontrast zwischen den beiden Männern eindringlich auf.

„Ich fürchte", murmelte sie und blickte nachdenklich zu den fernen Bergen, „dass er kein großer Mann ist."

Und irgendwie war die junge Missionarin erleichtert, als sie das hörte. Einen Moment herrschte verlegenes Schweigen, dann begann Brownleigh in seiner Tasche zu suchen, als er sah, wie sich die goldene Haarsträhne wieder aus ihrem Knoten löste.

„Werden Ihnen diese helfen?" fragte er und verteilte den Kamm und die Haarnadeln, die er gefunden hatte, als ihn plötzlich Unbehagen überkam.

„Oh, mein eigener Kamm!" rief sie aus. „Und Haarnadeln! Wo hast du sie gefunden? Tatsächlich werden sie helfen", und sie ergriff sie eifrig.

Er wandte sich verlegen ab und staunte über die Berührung ihrer Finger, als sie ihm die Muschelstückchen aus der Hand nahm. Seit er sich von seiner gebrechlichen Mutter verabschiedete und in die Wildnis kam, um seine Arbeit zu erledigen, hatte noch keine Frau eine solche Hand berührt, auch nicht zur Begrüßung. Es erschütterte ihn bis ins Innerste, und er erinnerte sich an die süße Ehrfurcht, die ihn in seiner eigenen Kabine empfunden hatte, als er die kleinen Toilettenartikel der Frau betrachtete, die auf seinem Tisch lagen, als wären sie zu Hause. Er konnte seine eigene Stimmung nicht verstehen. Es schien eine Schwäche zu sein. Er wandte sich ab und runzelte die Stirn wegen seiner törichten Sentimentalität gegenüber einem Fremden, den er in der Wüste gefunden hatte. Er führte es auf die Strapazen der langen Reise und der schlaflosen Nacht zurück.

„Ich habe sie im Sand gefunden. Sie haben mir den Weg gezeigt, wie ich dich finden kann", sagte er und versuchte vergeblich, in einem alltäglichen Ton zu sprechen. Aber irgendwie schien seine Stimme eine tiefe Bedeutung zu bekommen. Er blickte sie schüchtern an, fürchtete halb, sie müsse es spüren, und dann murmelte er etwas über die Pflege der Pferde und eilte davon.

Als er zurückkam, hatte sie das widerspenstige Haar im Griff, und es lag glänzend und schön, geflochten und aufgerollt um ihren wohlgeformten Kopf. Sie stand jetzt, nachdem sie ihr zerknittertes Reitkleid abgeschüttelt und geglättet hatte, und sah trotz der eingeschränkten Toilettenmöglichkeiten recht frisch und hübsch aus.

Er hielt den Atem an, als er sie sah. Die beiden betrachteten einander einen Moment lang intensiv und waren sich der Persönlichkeit des anderen auf verblüffende Weise bewusst, so wie Männer und Frauen manchmal einen Blick über den bloßen Körper und die Seele werfen. Jeder empfand ein aufregendes Vergnügen in der Gegenwart des anderen. Es war etwas Neues und Wunderbares, das noch nicht ausgedrückt oder auch nur in Gedanken umgesetzt werden konnte, aber etwas dennoch Reales, das durch ihr Bewusstsein huschte wie der Gesang des einheimischen Vogels, der Duft des Veilchens, der Atem des Morgens.

Der Moment der Seelenerkennung verging und dann erlangten alle ihre Selbstbeherrschung zurück, aber es war die Frau, die zuerst sprach.

„Ich fühle mich viel respektabler", lachte sie freundlich. „Wo ist mein bösartiges kleines Pferd? Ist es nicht an der Zeit, dass wir zurückkommen?"

Dann breitete sich eine Wolke der Angst über das strahlende Gesicht des Mannes aus.

„Das wollte ich dir sagen " , sagte er in einem besorgten Ton. „Das böse kleine Biest hat sein Humpeln abgefressen und ist geflohen. Weit und breit ist nichts von ihm zu sehen. Er muss sich während unseres Abendessens aus dem Staub gemacht haben, denn er hat ganz friedlich Gras gefressen, bevor du aufwachtest." . Es war fahrlässig von mir, ihn nicht sicherer zu machen. Der Humpel war alt und abgenutzt, aber der beste, den ich hatte. Ich kam zurück, um dir zu sagen, dass ich ihm sofort nachreiten muss. Du wirst keine Angst davor haben Bleib eine Weile allein, ja? Mein Pferd hat sich ausgeruht. Ich denke, ich sollte es schaffen, es zu fangen.

V

DER PFAD

Aber der Ausdruck des Entsetzens in den Augen des Mädchens hielt ihn davon ab.

Sie warf einen kurzen, ängstlichen Blick in die Runde, dann flehten ihre Augen ihn an. Der ganze Schrecken der Nacht allein in der Weite kehrte über sie zurück. Sie hörte erneut das Heulen der Kojoten und sah die langen dunklen Schatten in der Schlucht. Bei dem Gedanken daran wurden ihr die Lippen weiß.

„Oh, lass mich nicht allein!" sagte sie und versuchte mutig zu sprechen. „Ich habe das Gefühl, dass ich es nicht ertragen könnte. Es sind wilde Tiere in der Nähe" – sie warf einen verstohlenen Blick hinter sich, als würde sie selbst jetzt heimlich verfolgt – „es war schrecklich – schrecklich! Ihr Geheul! Und es ist so einsam." hier! – Ich war noch nie allein!"

Da war etwas in ihrer verlockenden Hilflosigkeit, das in ihm den wilden Wunsch weckte, sich zu ihr zu beugen, sie in seine Arme zu schließen und ihr zu sagen, dass er sie niemals verlassen würde, solange sie ihn wollte. Die Farbe in seinem fein gebräunten Gesicht kam und ging, und seine Augen wurden vor Gefühl zärtlich.

„Ich werde dich nicht verlassen", sagte er sanft, „nicht, wenn du so denkst, obwohl hier tagsüber wirklich keine Gefahr besteht. Die wilden Tiere sind sehr scheu und zeigen sich nur nachts. Aber wenn ich sie nicht finde." Dein Pferd , wie sollst du schnell zu deinen Freunden zurückkommen? Du hast eine weite Strecke zurückgelegt, und du könntest nicht alleine reiten.

Ihr Gesicht wurde besorgt.

„Konnte ich nicht laufen?" Sie schlug vor. „Ich bin ein guter Wanderer. Ich bin schon oft fünf Meilen auf einmal gelaufen."

„Wir sind mindestens vierzig Meilen von der Eisenbahn entfernt", er lächelte sie an, „und die Straße ist holprig, der nächste Weg führt über einen Berg. Ihr Pferd muss tatsächlich entschlossen gewesen sein, Sie an einem Tag so weit zu bringen. Er ist offensichtlich ein Neukauf von Shag und möchte unbedingt in seine Heimatheide zurückkehren. Pferde tun das manchmal. Es ist ihr Instinkt. Ich sage Ihnen, was ich tun werde. Es kann sein, dass er nur ins Tal gegangen ist, um das Wasserloch. Da ist eines nicht weit weg, glaube ich. Ich gehe zum Rand der Mesa und schaue mir das an. Wenn er nicht weit weg ist, kannst du mit mir hinter ihm herkommen. Setz dich einfach hier hin und beobachte mich . Ich werde nicht aus deinen Augen und Ohren verschwinden, und ich werde keine fünf Minuten weg sein. Du wirst keine Angst haben?"

Sie setzte sich gehorsam dorthin, wo er sie bat, mit großen Augen vor Angst, denn die Einsamkeit der Wüste fürchtete sie mehr als jede Angst, die sie jemals zuvor heimgesucht hatte.

„Ich verspreche, dass ich nicht außer Sichtweite gehen und rufen werde", beruhigte er sie und drehte sich mit einem Lächeln zu seinem eigenen Pferd, schwang sich in den Sattel und galoppierte schnell zum Rand der Mesa.

Sie sah zu, wie er davonritt, ihre Ängste waren in ihrer Bewunderung für ihn fast vergessen, und ihr Herz klopfte seltsam bei der Erinnerung an sein Lächeln. Der Schutz schien hinter ihm zu bleiben und ihre Angst zu beruhigen.

Er ritt direkt nach Osten, dann drehte er sich langsamer um, umrundete den Horizont und ritt am Rand der Mesa entlang nach Norden. Sie sah, wie er seine Augen mit der Hand beschattete und in alle Richtungen wegschaute. Nach einem längeren Blick direkt nach Norden wendete er schließlich sein Pferd und kam schnell zu ihr zurück.

Sein Gesicht war ernst, als er abstieg.

„Ich habe ihn gesichtet", sagte er, „aber es nützt nichts. Er hat einen Start von drei oder vier Meilen hinter sich und einen steilen Hügel erklommen. Als er die Spitze des nächsten Tafelbergs erreicht, hat er einen geraden Kurs vor sich, und das wahrscheinlich." Danach geht es bergab. Es könnte drei oder vier Stunden dauern, bis ich ihn einfange, und es ist fraglich, ob ich es dann schaffe. Wir müssen ihn aus unseren Vereinbarungen entlassen und mit Billy auskommen. Fühlen Sie sich dem Reiten gewachsen? jetzt? Oder solltest du dich wieder ausruhen?"

„Oh, ich kann reiten, aber – ich kann dein Pferd nicht mitnehmen. Was wirst du tun?"

„Ich werde es gut machen", antwortete er erneut lächelnd; „Nur wir werden langsamer vorankommen, als wenn wir beide Pferde hätten. Wie schade, dass ich ihm den Sattel nicht abgenommen hätte! Kümmere dich um das Pferd, außer um es hastig zu humpeln. Und als ich dich fand Du hast meine ganze Aufmerksamkeit gebraucht. Jetzt rate ich dir, dich hinzulegen und auszuruhen, bis ich eingepackt habe. Es wird nicht lange dauern.

Sie rollte sich gehorsam zusammen, um sich auszuruhen, bis er bereit war, das Segeltuch, auf dem sie lag, zusammenzufalten, und beobachtete seine leichten Bewegungen, während er die wenigen Gegenstände des Rucksacks zusammenstellte und den Sattel so aufstellte, dass es ihr bequem war. Dann ging er auf sie zu.

„Mit Ihrer Erlaubnis", sagte er und hob sie leicht in seine Arme, indem er sich bückte, und setzte sie auf das Pferd.

„Ich bitte um Verzeihung", sagte er, „aber Sie sind der Anstrengung, auf gewöhnliche Weise aufzusteigen, nicht gewachsen. Sie werden jede noch so kleine Kraft für den Ritt brauchen. Sie sind schwächer, als Sie denken."

Ihr Lachen erklang schwach.

„Du gibst mir das Gefühl, ein unbedeutendes Baby zu sein. Ich wusste nicht, was los war, bis du mich hier hattest. Du musst die Kraft eines Riesen haben. Ich habe mich noch nie so klein gefühlt."

„Du bist keine schwere Last", sagte er lächelnd. „Fühlst du dich jetzt ganz wohl? Wenn ja, fangen wir an."

Billy krümmte den Hals und drehte stolz den Kopf, um seinen neuen Reiter zu betrachten, ein freundlicher Ausdruck auf seinem braunen Gesicht und in seinen freundlichen Augen.

„Oh, ist er nicht eine Schönheit!" rief das Mädchen schüchtern aus und tätschelte seinen Hals. Das Pferd verneigte sich und schien fast zu lächeln. Brownleigh bemerkte den Glanz eines prächtigen Juwels an der kleinen Hand.

„Billy ist mein guter Freund und ständiger Begleiter", sagte der Missionar. „Wir haben einige lange, harte Tage zusammen hinter uns. Er möchte, dass ich dir jetzt sage, dass er stolz ist, dich zu deinen Freunden zurückzubringen."

Billy verbeugte sich auf und ab und lächelte erneut, und Hazel lachte vor Vergnügen. Dann wurde ihr Gesicht wieder nüchtern.

„Aber du musst laufen", sagte sie. „Ich kann dein Pferd nicht nehmen und dich laufen lassen. Das werde ich nicht tun. Ich werde mit dir gehen."

„Und so viel Kraft verbraucht, dass du nicht einmal reiten könntest?" sagte er freundlich. „Nein, das konnte ich nicht zulassen, wissen Sie, und ich freue mich, mit einem Begleiter unterwegs zu sein. Das Leben eines Missionars ist manchmal ziemlich einsam, wissen Sie. Komm, Billy, wir müssen anfangen, denn wir wollen etwas Gutes bewirken Zehn Meilen, bevor wir anhalten, um uns auszuruhen, wenn unser Gast die Reise aushält.

Mit stattlichen Schritten , als ob er wüsste, dass er eine Prinzessin gebärt, fuhr Billy auf; und mit langen, leichten Schritten ging Brownleigh an seiner Seite, immer auf der Hut vor dem Weg, und beobachtete verstohlen das Gesicht des Mädchens, dessen Kräfte, wie er wohl wusste, nach ihrem Ritt am Vortag äußerst begrenzt sein mussten.

Draußen auf der Spitze des Tafelbergs blickte Hazel auf die großen Berge und die weite Fläche scheinbar unendlicher Schattierungen und Farben und atmete verwundert über die Schönheit der Szene ein. Ihr Begleiter machte sie auf diesen und jenen interessanten Punkt aufmerksam. Die schmale dunkle Linie über der Ebene war mesquitenartig. Er erzählte ihr, dass es, sobald sie es betreten hatten, so aussah, als ob es sich riesig ausbreitete, als würde es das ganze Tal ausfüllen, und dass der grasbewachsene Hang unter ihnen im Rückblick wie ein unbedeutender gelber Streifen aussah. Er erzählte ihr, dass es in diesem Land immer so sei, dass die Landschaft, durch die man ging, das ganze Bild ausfüllte und das Einzige im Leben schien. Er sagte, er gehe davon aus, dass es in unserem Leben so sei, dass die unmittelbare Gegenwart den gesamten Blick auf die Zukunft ausfülle, bis wir zu etwas anderem kämen; und der Ausdruck in seinen Augen veranlasste sie, sich von der Landschaft abzuwenden und über ihn und sein Leben nachzudenken.

Dann bückte er sich, zeigte auf ein Büschel Seifenkraut, brach müßig ein Stück eines anderen Busches ab und reichte es ihr.

„Die Indianer nennen es ‚das Unkraut, das keine Angst hatte‘“, sagte er. „Ist das nicht ein seltsamer, suggestiver Name?“

„Es muss in der Tat ein mutiges kleines Unkraut sein, hier draußen ganz allein unter diesem schrecklich großen Himmel zu leben. Es würde mir nicht gefallen, selbst wenn ich nur ein Unkraut wäre“, und sie sah sich um und zitterte bei dem Gedanken an ihre furchtbare Fahrt allein in der Nacht. Aber sie steckte den kleinen Spritzer kräftigen Grüns in das Knopfloch ihres Reitkleids, und er sah aus, als wäre er von stolzerer Abstammung als jedes Unkraut, als er vor der schönen Dunkelheit des satten grünen Stoffes ruhte. Für einen Moment betrachtete der Missionar das Bild des hübschen Mädchens auf dem Pferd und vergaß, dass er nur ein Missionar war. Dann erschrak er. Sie mussten vorankommen, denn die Sonne hatte bereits ihren Zenit überschritten und der Weg lag noch lange vor ihnen. Sein Blick verweilte wehmütig auf dem Glanz ihres Haares, wo die Sonne es in brüniertes Gold verwandelte. Dann erinnerte er sich.

„Übrigens, ist das deins?“ fragte er und holte die kleine Samtmütze aus seiner Tasche.

„Oh, wo hast du es gefunden?“ „, schrie sie und legte es auf ihren Kopf wie ein Stück Samt in eine Krone.“ „Ich ließ es vor einer winzigen Hütte fallen, als meine letzte Hoffnung verschwand. Ich rief und rief, aber der Wind warf mir die Stimme zurück in die Kehle und niemand kam heraus, um mir zu antworten.“

„Es war mein Haus", sagte er. „Ich habe es auf einem Salbeibusch ein paar Meter von meiner eigenen Tür entfernt gefunden. Wäre ich doch zu Hause gewesen, um Ihren Anruf entgegenzunehmen!"

"Dein Haus!" rief sie verwundert aus. „Oh, warum, das konnte nicht sein. Es war nicht groß genug für irgendjemanden – nicht für jemanden wie dich –, um darin zu leben. Nun, es war nicht mehr als ein – ein Schuppen – nur eine kleine Bretterhütte ."

„Genau; meine Hütte!" sagte er halb entschuldigend, halb komisch. „Sie sollten sich das Innere ansehen. Es ist nicht so schlimm, wie es aussieht. Ich wünschte nur, ich könnte Sie so mitnehmen, aber Tatsache ist, dass es etwas abseits der Eisenbahn liegt und wir die Abkürzung nehmen müssen, wenn wir wollen." „Verkürzen Sie die Angst Ihres Vaters. Fühlen Sie sich jetzt in der Lage, weiterzumachen?"

„Oh ja, durchaus ", sagte sie mit plötzlicher Sorge im Gesicht. „Papa wird sich große Sorgen machen, und Tante Maria – ach, Tante Maria wird vor Angst wahnsinnig sein. Sie wird mir sagen, dass sie genau das erwartet hat, wenn ich in diesem heidnischen Land ausgeritten bin. Sie hat mich davor gewarnt. Sie sagte, es sei nicht damenhaft.

Während sie nach und nach weitergingen , erzählte sie ihm alles über ihr Volk und beschrieb seine kleinen Eigenheiten; ihre Tante, ihr Bruder, ihr Vater, ihre Magd und sogar der dicke Koch. Der junge Mann hatte bald das Bild des Privatwagens mit all seinem Luxus vor Augen und die Geschichte der Reisetage, die ein einziges langes Märchen voller Vergnügen gewesen waren. Nur der Mann Hamar wurde nicht erwähnt; aber der Missionar hatte ihn nicht vergessen. Irgendwie hatte er seit der ersten Erwähnung seines Namens eine Abneigung gegen ihn entwickelt. Er machte ihm scharfe Vorwürfe, weil er der Jungfrau nicht gefolgt war, und segnete dennoch das Vermögen, das ihm diese Ehre zuteil geworden war .

Sie stiegen jetzt in die Schlucht hinab, aber nicht über den steilen Pfad, den das Pony sie in der Nacht zuvor hinaufgetragen hatte. Allerdings war es hart genug, und der Abstieg, obwohl er mitten in die Schönheitskammer der Natur führte, machte Hazel doch Angst. Sie begann an jeder steilen Stelle, klammerte sich wild an den Sattel und drückte ihre weißen Zähne fest in ihre Unterlippe, bis diese weiß und angespannt wurde. Auch ihr Gesicht war weiß, und eine plötzliche Ohnmacht schien sie zu überkommen. Brownleigh bemerkte es sofort, ging dicht neben das Pferd und lenkte sorgfältig jeden seiner Schritte, legte seinen freien Arm um sie, um sie zu stützen, und befahl ihr, sich zu ihm zu beugen und keine Angst zu haben.

Seine Stärke gab ihr Halt und gab ihr Selbstvertrauen; und seine angenehme Stimme, die sie auf die Schönheiten des Weges hinwies, half ihr, ihren Schrecken zu vergessen. Er ließ sie aufschauen und zeigte ihr, wie die großen Farne in einem grünen Saum oben auf den kahlen Felsen hingen und sich mit ihren zarten Spitzen wie grüne Laubsägearbeiten vom Blau des Himmels abhoben. Er zeigte auf eine Höhle in den Felsen weit oben und erzählte ihr von den Bewohnern der alten Zeit, die sie als Zuhause ausgehöhlt hatten; von den Steinäxten und Tonkrügen, den Maismühlen und aus Yucca geflochtenen Sandalen, die dort gefunden wurden; und von anderen seltsamen Höhlenhäusern in diesem Teil des Landes; Als Antwort auf ihre fragenden Fragen gab sie viele seltsame Informationen, wie sie sie noch nie zuvor gehört hatte.

Dann, als sie ganz unten im Schatten der Schlucht waren, brachte er ihr einen kühlenden Schluck Quellwasser aus dem Blechbecher, und als er sie unerwartet vom Pferd hob, setzte er sich an einen moosigen Platz, wo sich süße Blumen drängten, und ruhte sich eine Weile aus Er wusste, dass die Fahrt über den steilen Pfad ihre Nerven sehr strapaziert hatte.

Doch alle seine Aufmerksamkeiten, die er ihr widmete, ob er sie zum und vom Sattel hob oder seinen Arm um sie legte, um sie auf dem Weg zu stützen, geschahen mit solcher Anmut und Höflichkeit, dass seine Berührung jegliche Persönlichkeit verschwand, und sie staunte darüber während sie da saß und sich ausruhte und aus der Ferne zusah, wie er Billy an einem lauten kleinen Bach tränkte, der durch die Schlucht plätscherte.

Er setzte sie wieder aufs Pferd, und sie machten sich auf den Weg durch die Kühle und Schönheit der Schlucht, die sich am Rande des kleinen Baches entlang schlängelte, zwischen den Bäumen hindurch, über Felsbrocken und unebene Stellen, bis sie schließlich am späten Nachmittag auf sie warteten kam wieder auf die Ebene hinaus.

Besorgt blickte der Missionar in die Sonne. Es hatte länger gedauert, durch die Schlucht zu kommen, als er erwartet hatte. Der Tag ging zu Ende. Er beschleunigte Billys Trab und ließ neben ihm einen langen, athletischen Lauf laufen, während die Wangen des Mädchens durch die Bewegung und den Wind gerötet waren und ihre Bewunderung für ihre Begleitung wuchs.

„Aber bist du nicht sehr müde?" fragte sie schließlich, als er langsamer wurde und Billy wieder laufen ließ. Billy hatte das Rennen übrigens sehr genossen. Er dachte, er hätte eine tolle Zeit mit einer Prinzessin auf dem Rücken und seinem geliebten Herrn, der mit ihm Schritt hielt. Zu diesem Zeitpunkt war er zuversichtlich, dass sie die Prinzessin nach Hause bringen würden, um sie bei allen künftigen Rückkehrvorgängen willkommen zu heißen . Sein Pferdesinn war zu einem Schluss gekommen und stimmte ihm herzlich zu.

"Müde!" antwortete Brownleigh und lachte; „Nicht bewusst. Mir selbst geht es schon mehrere Meilen gut. Ich hatte seit drei Jahren nicht mehr so eine gute Zeit, nicht seit ich mein Zuhause – und meine Mutter – verlassen habe", fügte er sanft und ehrfürchtig hinzu.

In seinen Augen lag ein Ausdruck, der bei dem Mädchen den Wunsch weckte, mehr zu erfahren. Sie beobachtete ihn aufmerksam und fragte:

„Oh, dann hast du eine Mutter!"

„Ja, ich habe eine Mutter – eine wundervolle Mutter!" Er hauchte die Worte wie einen Segen. Das Mädchen sah ihn ehrfürchtig an. Sie hatte keine Mutter. Ihr eigenes war gestorben, bevor sie sich erinnern konnte. Tante Maria war ihre einzige Vorstellung von Müttern.

„Ist sie hier draußen?" Sie fragte.

„Nein, sie ist zu Hause in New Hampshire, in einer kleinen ruhigen Landstadt, aber sie ist eine wundervolle Mutter."

„Und hast du sonst niemanden, keine andere Familie hier draußen bei dir?"

Hazel war sich nicht bewusst, wie gespannt sie auf die Antwort auf diese Frage wartete. Irgendwie verspürte sie eine eifersüchtige Abneigung gegen jeden , der zu ihm gehören könnte, sogar gegen eine Mutter – und der plötzliche Gedanke an eine Schwester oder Frau, die die kleine Hütte mit ihm teilen könnte, ließ sie sein Gesicht aufmerksam beobachten. Aber die Antwort kam schnell, mit fast einem Schatten tiefer Sehnsucht auf seinem Gesicht:

„Oh nein, ich habe niemanden. Ich bin ganz allein. Und wenn es nicht die Briefe meiner Mutter gäbe, wäre es manchmal ein toller Weg weg von zu Hause."

Das Mädchen wusste nicht, warum es so angenehm war, das zu wissen, und warum ihr Herz sofort aus Mitleid mit ihm ausbrach.

„O- oo !" sagte sie sanft. „Erzähl mir bitte von deiner Mutter!"

Und so erzählte er ihr, während er neben ihr ging, von seiner gebrechlichen Mutter, deren gebrechlicher Körper und ihre Bedürfnisse sie an eine Couch in ihrem alten Haus in Neuengland fesselten, hilflos und sorgfältig umsorgt von einer hingebungsvollen Krankenschwester, die sie liebte und die sie liebte. Ihr großer Geist hatte das Opfer auf sich genommen, ihren einzigen Sohn im Auftrag seines Wunsches in die Wüste zu schicken.

Sie waren einen langen, abfallenden Hügel hinaufgestiegen und hatten am Höhepunkt der Geschichte den Gipfel erreicht und konnten wieder über eine weite Fläche des Landes blicken. Für Hazels stadtgezüchtete Augen schien es, als lägen die Königreiche der ganzen Welt ausgebreitet vor ihrem ehrfürchtigen Blick. Ein strahlender Sonnenuntergang verbreitete ein großes silbernes Licht hinter den purpurnen Bergen im Westen, rot und blau in flammender Üppigkeit, mit weißen Wolkenschwaden darüber, die darüber schwebten, und darüber war in scharfem Kontrast der Himmel samtschwarz vor Sturm. Im Süden fiel der Regen in einem strahlenden Schauer wie Gelbgold, und im Osten waren zwei weitere Regenflecken rosarot wie die Blütenblätter einiger wundersamer Blumen und wölbten sich darüber wie ein halber Regenbogen. Als man sich leicht nach Norden drehte, sah man, wie der Regen in großen weißen Lichtstreifen aus dunkelblauen Wolken fiel.

„Oh- oo !" hauchte das Mädchen; „Wie wunderbar! So etwas habe ich noch nie gesehen."

Doch der Missionar hatte keine Zeit für eine Antwort. Er begann schnell, das Segeltuch hinter dem Sattel abzuschnallen und beobachtete dabei die Wolken.

„Wir werden einnässen, fürchte ich", sagte er und sah seinen Begleiter besorgt an.

VI

LAGER

Es kam tatsächlich, bevor er dazu bereit war, aber er schaffte es, die Leinwand über Pferd und Dame zu werfen und befahl ihr, sie auf einer Seite festzuhalten, während er, dicht unter dem improvisierten Zelt stehend, die andere Seite festhielt und vorne eine Öffnung ließ Sie brauchten Luft, und so gelang es ihnen, einigermaßen trocken zu bleiben, während zwei Stürme über ihnen aufeinandertrafen und einen Sturzbach über sie ergossen.

Das Mädchen lachte fröhlich, als die ersten großen Spritzer ihr Gesicht trafen, zog sich dann, wie ihr befohlen, in den Unterschlupf zurück und saß still da, beobachtete und wunderte sich über alles.

Hier war sie, eine sorgfältig erzogene Tochter der Gesellschaft, die es bisher nie gewagt hatte, auch nur einen Zentimeter über die Grenze der Konventionalität hinauszugehen, fern von all ihren Freunden und Verwandten auf einer weiten Wüstenebene, unter einem Stück Leinwand, mit dem Arm eines seltsamen Missionars Sie saß so sicher und zufrieden, ja glücklich, als hätte sie in ihrem eigenen gepolsterten Sessel in ihrem New Yorker Boudoir gesessen. Zwar war der Arm um sie gelegt, um die Leinwand festzuhalten und den Regen abzuhalten, aber darin lag eine wunderbare Sicherheit und ein Gefühl der Stärke, die sie mit einer seltsamen neuen Freude erfüllten und in ihr den Wunsch weckten, den Elementen zu entkommen Das Universum könnte noch eine Weile in strahlendem Glanz um ihren Kopf toben, wenn sie dadurch weiterhin die Kraft dieser schönen Präsenz in ihrer Nähe und um sich herum spüren könnte. Eine große Müdigkeit überkam sie und das bedeutete Ruhe und Zufriedenheit, also verdrängte sie für eine Weile alle anderen Gedanken und lehnte sich an den starken Arm zurück, im vollen Bewusstsein ihrer Sicherheit inmitten der Unruhe der Elemente.

Der Missionar trug seinen nach oben gerichteten Blick. Sie wechselten kein Wort, während das Panorama des Sturms vorbeizog. Nur Gott wusste, was in seiner Seele vorging und wie aus dieser lieben Nähe des schönen Mädchens eine große Sehnsucht entstand, sie immer in seiner Nähe zu haben, sein Recht, sie stets vor den Stürmen des Lebens zu schützen.

Aber er war ein Mann von ausgeprägter Selbstbeherrschung. Er hielt sogar seine Gedanken im Gehorsam gegenüber einer höheren Macht, und während der wilde Wunsch seines Herzens ihn überwältigte, stand er ruhig da und übergab ihn dem Himmel zurück, als wüsste er, dass es ein wandernder Wunsch war, eine Prüfung seines wahren Selbst .

Im ersten Moment der Erleichterung aus der Not nahm er seinen Arm weg. Nachdem der Wind nachgelassen hatte, traute er sich keine Sekunde, die Leinwand zu halten, und sie gefiel ihm dadurch umso mehr, und sie spürte, wie ihr Vertrauen in ihn stärker wurde, als er die Regentropfen sanft aus ihrem vorübergehenden Schutz schüttelte.

Der Regen hatte nur ein paar Minuten gedauert, und als sich die Wolken verzogen, wurde die Erde eine Weile heller. Der Regenbogen verschmolz sanft mit dem Silber, dem Amethyst und dem Smaragd des Himmels, und nun eilten sie weiter, denn Brownleigh wollte einen bestimmten Ort erreichen, an dem er für die Nacht trockenen Unterschlupf zu finden hoffte. Er sah, dass die Aufregung der Reise und der Sturm die Kräfte des Mädchens stark erschöpft hatten und dass sie Ruhe brauchte, also trieb er das Pferd vorwärts und eilte an seiner Seite her.

Doch plötzlich hielt er das Pferd an und blickte im schwindenden Licht scharf in das Gesicht seines Begleiters.

„Du bist sehr müde", sagte er. „Man kann kaum noch sitzen."

Sie lächelte schwach.

Ihr ganzer Körper hing vor Müdigkeit zusammen und eine seltsame, krankhafte Ohnmacht überkam sie.

„Wir müssen hier anhalten", sagte er und suchte nach einem geeigneten Platz. „Nun, das reicht. Hier ist ein trockener Ort, der Schutz dieses großen Felsens. Der Regen kam aus der anderen Richtung und der Boden hier wurde nicht einmal besprüht. Diese Baumgruppe reicht als privater Raum." Wir werden bald ein Feuer machen und etwas zu Abend essen, und dann wird es dir besser gehen.

Damit zog er seinen Mantel aus, breitete ihn im trockenen Schutz eines großen Felsens auf dem Boden aus, hob das herabhängende Mädchen aus dem Sattel und legte es sanft auf den Mantel.

Sie schloss müde die Augen und sank zurück. Tatsächlich war sie einer Ohnmacht näher als je zuvor in ihrem Leben, und der junge Mann beeilte sich, ihr ein Stärkungsmittel zu verabreichen, das ihren blassen Wangen wieder Farbe verlieh.

„Es ist nichts", murmelte sie, öffnete die Augen und versuchte zu lächeln. „Ich war einfach müde und mein Rücken schmerzte vom vielen Fahren."

„Reden Sie nicht!" sagte er sanft. „Ich gebe dir gleich etwas, das dich aufmuntert."

Er sammelte schnell Stöcke und hatte bald ein loderndes Feuer nicht weit von der Stelle, wo sie lag, und der Glanz davon spielte über ihr Gesicht und ihr goldenes Haar, während er eine zweite Tasse Rindfleischextrakt zubereitete und das Glück segnete, das ihn satt gemacht hatte Er füllte seine Feldflasche mit Wasser an der Quelle in der Schlucht, denn Wasser war vielleicht nicht ganz in der Nähe, und er hatte das Gefühl, dass es eine Katastrophe wäre, das Mädchen in dieser Nacht weiter transportieren zu müssen. Er konnte sehen, dass sie fast erschöpft war. Aber während er sich auf das Abendessen vorbereitete, hatte Billy, der zwar gehbehindert war, sich aber durchaus langsam fortbewegen konnte, ein Wasserloch für sich entdeckt und dieses Problem gelöst. Brownleigh atmete erleichtert auf und lächelte glücklich, als er sah, wie sein Patient unter dem Einfluss des heißen Getränks und ein paar Minuten Ruhe wieder auflebte.

„Ich kann durchaus noch ein bisschen weitergehen", sagte sie und setzte sich mühsam auf, „wenn Sie denken, wir sollten heute Abend noch weiter gehen. Ich fühle mich wirklich überhaupt nicht mehr schlecht . "

Er lächelte erleichtert.

„Ich bin so froh", sagte er; „Ich hatte Angst, ich hätte Sie zu weit reisen lassen. Nein, ich glaube, wir werden erst bei Tagesanbruch weitergehen. Dies ist ein ebenso guter Ort zum Campen wie jeder andere, und das Wasser ist nicht weit entfernt. Ihr Boudoir finden Sie gleich drinnen Diese Baumgruppe, und in etwa einer halben Stunde wird die Leinwand für Ihr Bett ziemlich trocken sein. Ich habe sie ausgebreitet, sehen Sie, in der Nähe des Feuers auf der anderen Seite dort. Und sie war nicht durchnässt . Die Decke war geschützt. Es wird warm und trocken sein. Ich denke, wir können es Ihnen bequem machen. Haben Sie schon einmal unter den Sternen geschlafen – natürlich mit Ausnahme der letzten Nacht? Das glaube ich nicht Ich habe diese Erfahrung wirklich genossen.

Hazel schauderte bei dem Gedanken.

„Ich erinnere mich nicht an viel, nur an schreckliche Dunkelheit und Heulen. Glaubst du , werden diese Kreaturen hierher kommen? Ich habe das Gefühl, ich müsste vor Angst sterben, wenn ich sie noch einmal hören müsste."

„Vielleicht hört man sie in der Ferne, aber nicht in der Nähe", antwortete er beruhigend; „Sie mögen das Feuer nicht. Sie kommen nicht in deine Nähe und stören dich auch nicht. Außerdem werde ich die ganze Nacht in deiner Nähe sein. Ich bin es gewohnt, in der Nacht zuzuhören und aufzuwachen. Ich werde ein helles Feuer brennen lassen."

„Aber du – du – was wirst du tun? Du hast vor, mir die Leinwand und die Decke zu geben und selbst wach zu bleiben und Wache zu halten. Du bist den ganzen Tag gelaufen, während ich geritten bin, und du warst auch

Krankenschwester und Köchin, während ich zu nichts taugte. Und jetzt willst du, dass ich die ganze Nacht bequem ruhe, während du aufsitzt."

Als er ihr antwortete, lag ein Klang in der Stimme des jungen Mannes, der sie bis ins Herz erschütterte.

„Mir wird es gut gehen", sagte er, und seine Stimme klang ausgesprochen freudig, „und ich werde die schönste Nacht meines Lebens damit verbringen, mich um dich zu kümmern. Ich halte es für ein Privileg. Viele Nächte habe ich allein unter den Sternen geschlafen." Ich hatte niemanden, den ich bewachen konnte, und spürte die Einsamkeit. Jetzt werde ich mich immer daran erinnern. Außerdem werde ich mich nicht aufsetzen. Ich bin es gewohnt, mich überall hinzuwerfen. Meine Kleidung ist warm und mein Sattel ist es gewohnt, so zu handeln ein Kissen. Ich werde schlafen und ausruhen und dennoch immer auf der Hut sein, das Feuer am Laufen zu halten und jedes Geräusch zu hören, das in die Nähe kommt. Er redete, als würde er den Plan einer entzückenden Freizeitbeschäftigung erzählen, und das Mädchen lag da und betrachtete sein hübsches Gesicht im Spiel des Feuerscheins und freute sich darüber. Irgendwie war es etwas sehr Süßes, allein in der großen Stille mit diesem fremden Freund zusammen zu sein. Sie war froh über die Weite der Wüste und die Stille der Nacht, die die Welt ausschloss und ihre ungewöhnlichste Beziehung für kurze Zeit ermöglichte. Eine große Sehnsucht erfüllte sie, mehr über die wunderbare Persönlichkeit dieses Mannes zu erfahren und ihn besser zu verstehen, der ein Mann unter Männern war, davon war sie überzeugt.

Plötzlich, als er kam und sich nicht weit von ihr ans Feuer setzte, nachdem er sich um die wenigen Abendessengerichte gekümmert hatte, platzte sie mit einer Frage heraus:

"Warum hast du das getan?"

Er wandte sich ihren Augen zu, die von tiefer Zufriedenheit erfüllt waren, und fragte: „Was tun?"

„Komm her! Sei ein Missionar! Warum hast du das getan? Du bist für bessere Dinge geeignet. Du könntest eine große Stadtkirche füllen oder – sogar andere Dinge auf der Welt tun. Warum hast du das getan?"

Der Feuerschein flackerte auf seinem Gesicht und zeigte seine feinen und starken Gesichtszüge mit einem Ausdruck tiefer Gefühle, der ihm ein erhabenes Aussehen verlieh. In seinen Augen schien ein Licht zu leuchten, das mehr als nur Feuerschein war, als er sie mit einem schnellen Blick nach oben hob und leise sagte, als wäre es die einfachste Materie im Universum:

„Weil mein Vater mich zu dieser Arbeit berufen hat. Und – ich bezweifle, dass es etwas Besseres geben kann. Hören Sie!"

Und dann erzählte er ihr von seiner Arbeit, während das Feuer fröhlich brannte und die Dämmerung tiefer wurde, bis der Mond seine silberne Kugel deutlich zeigte, die hoch am Sternenhimmel schwebt.

Die traurige Stimme der Kojoten hallte aus der Ferne wider, aber das Mädchen hatte keine Angst, denn ihre Gedanken waren von der Geschichte der seltsamen kindlichen Rasse gefesselt, für die dieser Mann unter Männern sein Leben gab.

Er erzählte ihr von den indianischen Hogans, kleinen runden Hütten, die aus aneinander gereihten Baumstämmen gebaut waren und schräg zu einer gemeinsamen Mitte führten , die mit Torf und Stroh gedeckt war, mit einer Öffnung für eine Tür und einer weiteren oben, um den Rauch des Feuers und die Erde abzulassen Boden, keine Möbel, aber ein paar Decken, Schaffelle und etwas Blechgeschirr. Er trug sie in seiner Fantasie zu einem solchen Hogan, wo die kleine sterbende indische Jungfrau lag, und machte das Bild ihres kargen Lebens so lebendig, dass ihr Tränen in den Augen standen, als sie zuhörte. Er erzählte von den Medizinmännern, der Unwissenheit und dem Aberglauben, den Schlangentänzen und heidnischen Riten; der wilde, poetische, konservative Mann der Wüste mit seinem Misstrauen, seinem großen liebevollen Herzen, seinen gebrochenen Hoffnungen und blinden Sehnsüchten; Bis Hazel zu erkennen begann, dass er sie wirklich liebte, dass er die Möglichkeit der Größe in ihnen erkannt hatte und sich danach sehnte, bei ihrer Entwicklung mitzuhelfen.

Er erzählte ihr vom gerade vergangenen Sabbat, als er in Begleitung seines entfernten Nachbarmissionars eine Evangelisationsreise zu den Stämmen weit weg von der Missionsstation unternommen hatte. Er stellte sich vor, wie die Indianer kurz vor Sonnenuntergang auf Felsen und Steinen im langen Schatten der Zedern saßen und einer Predigt lauschten. Er hatte sie an ihren indischen Gott Begochiddi und an Nilhchii erinnert , von dem die Indianer glauben, dass er alle Dinge erschaffen hat, derselbe, den weiße Männer Gott nennen; und zeigte ihnen ein Buch namens Bibel, das die Geschichte von Gott und seinem Sohn Jesus erzählte, der kam, um die Menschen von ihrer Sünde zu retten. Keiner der Inder hatte jemals zuvor den Namen Jesus gehört und wusste auch nichts von der großen Heilsgeschichte.

Hazel fragte sich, warum es einen so großen Unterschied machte, ob diese armen, unwissenden Kreaturen das alles wussten oder nicht, und doch sah sie am Gesicht des Mannes vor ihr, dass es unendlich wichtig war. Für ihn war es wichtiger als alles andere. Der flüchtige Wunsch, sie wäre eine Inderin, um sein Interesse zu wecken, schoss ihr durch den Kopf, aber er sprach noch von seiner Arbeit, und sein verzückter Blick erfüllte sie mit Ehrfurcht. Sie war überwältigt von der Größe und der Feinheit des Mannes vor ihr. Als er dort im wechselhaften Feuerschein saß, mit dem rötlichen Schimmer auf seinem Gesicht, ohne Hut und dem Mond, der ihm eine silberne Krone aufs Haupt setzte, kam er mir vor, als wäre er halb Engel, halb Gott. Sie war noch nie so von der Freude erfüllt gewesen, eine andere Seele zu sehen. Sie hatte keinen Raum für Gedanken an etwas anderes.

Dann fiel ihm plötzlich ein, dass es spät war.

„Ich habe dich viel zu lange wach gehalten", sagte er reumütig und sah sie mit einem Lächeln an, das ganz zärtlich schien. „Wir sollten uns auf den Weg machen, sobald es hell ist, und ich habe dich dazu gebracht, mir zuzuhören, wenn du hättest schlafen sollen. Aber ich möchte immer ein Wort mit meinem Vater sprechen , bevor ich in den Ruhestand gehe. Sollen wir unseren Gottesdienst haben?" zusammen?"

Hazel, von Staunen und Verlegenheit überwältigt, stimmte zu und blieb still an ihrem geschützten Platz liegen und beobachtete ihn, wie er ein kleines Lederbuch aus seiner Brusttasche zog und es an der Stelle aufschlug, die durch eine winzige Seidenkordel markiert war. Dann entzündete er das Feuer, bis es heller wurde, und begann zu lesen, und die majestätischen Worte des einundneunzigsten Psalms drangen wie eine bezaubernde Seite zu ihren ungewohnten Ohren.

„Wer im Verborgenen des Allerhöchsten wohnt , wird unter dem Schatten des Allmächtigen bleiben."

„Er wird dich mit seinen Federn bedecken und unter seinen Flügeln wirst du vertrauen." Die Worte wurden mit einem klaren, vertrauensvollen Ton ausgesprochen. Der Zuhörer wusste wenig über Vögel und ihre Verhaltensweisen, aber die Formulierung erinnerte sie daran, wie sie kurz zuvor vor dem Sturm geschützt worden war, und ihr Herz klopfte erneut bei dem Gedanken daran.

„Du sollst keine Angst vor dem Schrecken der Nacht haben!"

Ah! Terror bei Nacht! Sie wusste, was das bedeutete. Diese schreckliche Nacht der Dunkelheit, der steilen Fahrt, der heulenden Bestien und der schwarzen Vergessenheit! Bei der Erinnerung schauderte sie unwillkürlich. Nicht ängstlich! Welche Zuversicht hatte die Stimme, als sie weiterklang, und plötzlich wusste sie, dass diese Nacht für sie frei von Schrecken war, weil der Mann sein Vertrauen in das Unsichtbare setzte.

„Er wird seinen Engeln die Obhut über dich geben ", und als sie ihn ansah, erwartete sie halb, im mondbeschienenen Hintergrund flatternde Flügel zu sehen. Wie stark und wahr das Gesicht! Wie zart die Falten um den Mund! Was für ein Glanz innerer Ruhe und Kraft in den Augen, als er sie hin und wieder über den Feuerschein hinweg zu ihrem Gesicht hob! Was für ein Ding wäre es, einen solchen Freund immer zu haben, der einen beschützt! Ihre Augen leuchteten sanft bei dem Gedanken und wieder einmal blitzte in ihrem Kopf der Kontrast zwischen diesem Mann und dem auf, vor dem sie am Tag zuvor entsetzt geflohen war.

Als die Lesung zu Ende war, steckte er den kleinen Stift wieder zurück und ließ sich in der Wüste auf ein Knie fallen, sein Gesicht zum Himmel erhoben, und der ganze Glanz des Mondes überflutete ihn, und er sprach zu Gott, wie ein Mann mit seinem Freund von Angesicht zu Angesicht spricht.

Hazel lag mit offenen, fragenden Augen da und beobachtete ihn, während Ehrfurcht in ihr wuchs. Das Gefühl einer unsichtbaren Präsenz in unmittelbarer Nähe war so stark, dass sie einmal halb erschrocken den Blick zum weiten, klaren Himmel richtete. Das Licht auf dem Gesicht des Missionars schien wie Herrlichkeit aus einer anderen Welt.

Sie fühlte sich durch seine Worte in die Gegenwart des Unendlichen eingehüllt und emporgehoben, und er vergaß nicht, ihre Lieben der Fürsorge des Allmächtigen anzuvertrauen. Als sie den einfachen, ernsten Worten lauschte, empfand sie einen großen Frieden und ein Gefühl der Sicherheit, wie sie es noch nie zuvor gekannt hatte.

Nach dem kurzen Gebet wandte er sich mit einem Lächeln an sie und sagte ein paar Worte der Zusicherung über die Nacht. Hinter diesen Bäumen befand sich ihr Ankleidezimmer, und sie brauchte keine Angst zu haben; er würde nicht weit weg sein. Er würde das Feuer die ganze Nacht über hell halten, damit sie nicht durch das nahende Heulen der Kojoten gestört würde. Dann entfernte er sich, um mehr Holz zu sammeln, und sie hörte ihn singen, zunächst leise, dann immer lauter, je weiter er entfernt war, und seine satte Tenorstimme hallte in einer alten Hymne klar in der Nacht wider. Die Worte drangen deutlich zu ihren hörenden Ohren zurück:

„Mein Gott, ist jede Stunde so süß

Von der Morgenröte bis zum Abendstern,

Als das, was mich zu Deinen Füßen ruft,

Die Stunde des Gebets?

„Dann wird meine Kraft durch Dich erneuert;

Dann werden mir meine Sünden von Dir vergeben;

Dann erheiterst Du meine Einsamkeit

Mit Hoffnungen auf den Himmel.

„Keine Worte können sagen, was für eine süße Erleichterung

Für jeden meiner Wünsche bin ich da;

Welche Kraft für den Krieg, Balsam für die Trauer,

Was für ein Seelenfrieden!"

Sie legte sich für die Nacht hin und staunte immer noch über den Mann. Er sang diese Worte, als ob er jeden einzelnen von ihnen meinte, und sie wusste, dass er etwas besaß, das ihn von anderen Männern unterschied. Was war es? Es schien ihr, dass er der einzige Mann auf der ganzen Erde war, und wie konnte sie ihn hier draußen allein in der Wüste gefunden haben?

Die großen Sterne brannten scharf am Himmel über ihr, der weiße Glanz des Mondes umgab sie , der Feuerschein spielte zu ihren Füßen. Von weitem konnte sie das Heulen der Kojoten hören, aber sie hatte keine Angst.

Sie konnte die breiten Schultern des Mannes sehen, als er sich auf die andere Seite des Feuers beugte, um mehr Holz nachzuwerfen. Plötzlich wusste sie, dass er sich mit dem Kopf auf den Sattel geworfen hatte, aber sie konnte hören, wie er immer noch leise etwas summte, das wie ein Schlaflied klang. Als der Feuerschein aufflammte, zeigte sich sein schönes Profil.

Nicht weit entfernt konnte sie hören, wie Billy das Gras mähte, und im weiten, offenen Universum schien eine große und friedliche Stille zu herrschen. Sie war sehr müde und ihre Augenlider hingen herunter. Das Letzte, woran sie sich erinnerte, war eine Zeile, die er aus dem kleinen Buch gelesen hatte: „Er wird seinen Engeln den Befehl geben –" und sie fragte sich, ob sie jetzt irgendwo waren.

Das war alles, bis sie plötzlich mit dem Bewusstsein erwachte, dass sie allein war und dass in der Nähe ein Gespräch mit leiser Stimme geführt wurde.

VII

OFFENBARUNG

Der Mond war verschwunden und die leuchtende silberne Atmosphäre verwandelte sich in ein klares Dunkelblau mit Schatten von der Schwärze von Samt; aber die Sterne brannten jetzt röter und näher an der Erde.

Das Feuer flackerte immer noch hell, der Mond war verblasst, bevor sie einschlief, aber es gab keine schützende Gestalt auf der anderen Seite der Flammen, und die Engel schienen alles vergessen zu haben.

In einiger Entfernung, wo eine Gruppe Salbeibüsche für dichte Dunkelheit sorgte, hörte sie das Sprechen. Einer spricht mit leiser Stimme, mal flehend, mal erklärend, zutiefst ernst, mit einer Mischung aus Angst und Kummer. Sie konnte keine Worte hören. Sie schien zu wissen, dass die Stimme so leise war, dass sie sie vielleicht nicht hören konnte; Dennoch erfüllte es sie mit großer Angst. Was passiert ist? War jemand gekommen, um ihnen Schaden zuzufügen, und flehte er um ihr Leben? Seltsamerweise kam es ihr nie in den Sinn, an seiner Loyalität zu zweifeln, so seltsam er auch war. Ihr einziges Gefühl war, dass er im Schlaf überwältigt worden sein könnte und selbst jetzt Hilfe brauchte. Was konnte sie tun?

Nach dem ersten Moment erstarrten Entsetzens war sie in Alarmbereitschaft. Er hatte sie gerettet , sie musste ihm helfen. Sie konnte keine andere Stimme als seine hören. Wahrscheinlich flüsterte der Feind, aber sie wusste, dass sie sofort gehen und herausfinden musste, was los war. Die Entfernung von ihrem gemütlichen Lager neben dem Feuer betrug nur ein paar Schritte, und doch kam es ihrem verängstigten Herzen und ihren zitternden Gliedern vor, als wären es Meilen, als sie sanft zum Salbeistrauch hinüber kroch.

Endlich war sie nah am Busch, konnte ihn mit ihrer kalten Hand öffnen und in den kleinen Unterschlupf schauen.

Im Osten hinter den Bergen war ein schwaches Licht zu sehen, das die bevorstehende Morgendämmerung anzeigte, und als Silhouette davor sah sie die Gestalt ihres Retters, der auf einem Knie lag, den Ellbogen auf dem anderen und das Gesicht in der Hand verbeugt. Sie konnte seine Worte jetzt deutlich hören, aber es war kein anderer Mann anwesend, obwohl sie die Dunkelheit sorgfältig absuchte.

„Ich habe sie verloren hier draußen in der Wildnis gefunden", sagte er mit leiser, ernster Stimme, „so schön, so lieb! Aber ich weiß, dass sie nicht für mich sein kann. Ihr Leben war nur Luxus und ich wäre kein Mann." Sie zu bitten, die Wüste zu teilen! Ich weiß auch, dass sie für die Arbeit nicht geeignet ist. Ich weiß, dass alles falsch wäre, und ich darf es nicht wünschen, aber ich liebe sie, auch wenn ich es ihr nicht sagen darf! Ich muss Sei entschlossen und stark und zeige ihr nicht, was ich fühle. Ich muss mich meinem Gethsemane stellen, denn dieses Mädchen ist mir so lieb wie meine eigene Seele! Gott segne und beschütze sie, denn ich darf es nicht tun."

Das Mädchen stand wie angewurzelt da und konnte sich nicht bewegen, während die leise Stimme mit ihrer Offenbarung fortfuhr, aber als die Bitte um einen Segen für sie mit der gewaltigen Sehnsucht einer Seele kam, die alles in sich aufnahm, war es, als ob sie dazu nicht in der Lage wäre um es zu ertragen, und sie drehte sich um und floh schweigend zurück zu ihrem Sofa, kroch unter die Leinwand, begeistert, verängstigt, beschämt und froh zugleich. Sie schloss die Augen und die Freudentränen flossen schnell. Er liebte sie! Er liebte sie! Wie der Gedanke sie begeisterte. Wie ihr eigenes Herz aufsprang, um seiner Liebe zu begegnen. Diese Tatsache war alles, was sie vorerst zurückhalten konnte, und es erfüllte sie mit einer Ekstase, wie sie sie noch nie zuvor gekannt hatte. Sie öffnete ihre Augen für die Sterne und sie strahlten einen großen Glanz der Freude auf sie zurück. Die stille Dunkelheit der riesigen Erde um sie herum schien plötzlich zum schönsten Ort geworden zu sein, den sie je gekannt hatte. Sie hätte nie gedacht, dass es so eine Freude geben könnte.

Allmählich beruhigte sie das wilde Pochen ihres Herzens und versuchte, ihre Gedanken zu ordnen. Vielleicht hielt sie zu viel für selbstverständlich. Vielleicht sprach er von einem anderen Mädchen, von jemandem, den er am Tag zuvor kennengelernt hatte. Dennoch schien es, als könne es keinen Zweifel geben. In dieser Wüste würden nicht zwei Mädchen verloren gehen. Das ging nicht – und ihr Herz sagte ihr, dass er sie liebte. Konnte sie ihrem Herzen vertrauen? Oh, wie teuer es wäre, wenn es wahr wäre!

Auch ihr Gesicht brannte vor der süßen Scham, gehört zu haben, was nicht für ihre Ohren bestimmt war.

Dann blitzte der Schmerz in der Freude auf. Er hatte nicht vor, es ihr zu sagen. Er wollte seine Liebe verbergen – und ihr zuliebe! Und er war großartig genug, dies zu tun. Der Mann, der die Dinge opfern konnte, die anderen Menschen am Herzen liegen, um für ein vergessenes, halbwildes Volk in die Wildnis zu ziehen, konnte alles für das opfern, was er für richtig hielt. Diese Tatsache ragte wie eine Mauer aus Unnachgiebigkeit über die schöne Art und Weise, die ihr die Freude offenbart hatte. Ihr Herz sank bei dem Gedanken, dass er ihr nichts davon sagen sollte – und sie wusste, dass sie sich mehr als alles andere im Leben, mehr als alles andere, was sie jemals gekannt hatte, danach sehnte, ihn diese Worte zu ihr sagen zu hören. Ein halber Groll erfüllte sie darüber, dass er einem anderen sein Geheimnis verraten hatte – was sie beunruhigte – und es ihr nicht sagen wollte.

Die Prüfung ihres Herzens ging weiter, und nun gelangte sie zur heiklen Tatsache der ganzen Offenbarung. Es hatte neben der Sorge um sich selbst noch einen weiteren Grund gegeben, warum er ihr nicht von seiner Liebe erzählen konnte – warum er sie nicht bitten konnte, sein Leben zu teilen. Man hatte sie für nicht würdig befunden. Er hatte es in freundliche Worte gebracht und gesagt, sie sei ungeeignet, aber er hätte es genauso gut deutlich machen und sagen können, wie nutzlos sie in seinem Leben sein würde.

Jetzt kamen die Tränen, Tränen der Demütigung, denn Hazel Radcliffe war noch nie in ihrem geliebten Leben für eine Position unwürdig erachtet worden. Sie dachte überhaupt nicht daran, die Stelle anzunehmen, die ihr nicht angeboten werden sollte. Ihr erschrockener Geist war noch nicht einmal so weit gekommen; Aber ihr Stolz war verletzt, als sie dachte, dass irgendjemand sie für unwürdig halten sollte.

Dann überkam den ganzen turbulenten Gemütszustand die Erinnerung an seine gefühlvolle Stimme, als er sagte: „Sie ist mir lieb wie meine eigene Seele", und die Freude darüber würde alles andere hinwegfegen.

Es gab keinen Schlaf mehr für sie.

Die Sterne wurden blass, und im Osten brach die rosafarbene Morgendämmerung an. Plötzlich hörte sie, wie ihre Begleiterin zurückkam und das Feuer wieder anzündete, leise zwischen den Schüsseln hin und her rührte und sich wieder entfernte, aber sie hatte den Kopf abgewandt, damit er ihr Gesicht nicht sehen konnte, und er glaubte offenbar, sie schliefe noch.

Also lag sie da und versuchte, die Dinge zu klären; versuchte, sich selbst dafür zu schelten, dass sie glaubte, seine Worte beträfen sie; versuchte, sich an ihr Stadtleben und ihre Freunde zu erinnern und daran, wie völlig fremd dieser Mann und seine Arbeit für sie sein würden; versuchte an den neuen Tag zu denken, an dem sie ihre Freunde wahrscheinlich wieder erreichen und diese neue Freundin aus den Augen verlieren würde; verspürte bei dem Gedanken einen stechenden Schmerz; fragte sich, ob sie Milton Hamar treffen könnte und was sie einander sagen würden und ob es jemals wieder zu einer angenehmen Beziehung zwischen ihnen kommen könnte; und wusste, dass sie es nicht konnten. Wieder einmal überkam sie das große Entsetzen bei dem Gedanken an seinen Kuss. Dann kam ihm der verblüffende Gedanke, dass er fast die gleichen Worte zu ihr verwendet hatte, die dieser Mann aus der Wüste über sie verwendet hatte, und doch wie unendlich anders! Wie zärtlich und tief und wahr und rein und erhaben sein Gesicht im Gegensatz zu dem Ausdruck, den sie auf dem schönen, bösen Gesicht gesehen hatte, das sich über sie beugte! Sie bedeckte ihre Augen und schauderte erneut und hegte den flüchtigen Wunsch, für immer hier zu bleiben und nicht in seine verhasste Gegenwart zurückzukehren.

Dann kam der Gedanke an den Missionar und seine Liebe zu ihr wie eine Flut aus Sonnenschein zurück, und alles andere würde in der Verzückung, die es mit sich brachte, ausgelöscht werden.

Und so dämmerte der Morgen auf rosigen Flügeln, ein klarer, gerader Sonnenaufgang.

Hazel konnte hören, wie der Missionar leise hier und dort hin und her trat, um das Frühstück vorzubereiten, und wusste, dass es für ihn an der Zeit war, sich auf den Weg zu machen. Sie musste sich aufraffen und sprechen, doch bei dem Gedanken daran wurden ihre Wangen rot. Sie wartete weiter und versuchte darüber nachzudenken, wie sie guten Morgen sagen könnte, ohne einen Ausdruck schuldbewussten Wissens in ihren Augen zu haben. Plötzlich hörte sie, wie er Billy rief und sich in die Richtung entfernte, in der das Pferd sein Frühstück aß. Dann nutzte sie die Gelegenheit und schlüpfte unter der Leinwand in ihr grünes Boudoir.

Aber auch hier fand sie Beweise für die Fürsorge ihres weisen Führers, denn vor der größten Zeder standen zwei Blechbecher mit klarem Wasser und daneben ein kleines Seifenetui und ein sauberes, gefaltetes Taschentuch, fein und weiß. Er hatte sein Bestes getan, um sie mit Toilettenartikeln zu versorgen.

Ihr Herz machte erneut einen Sprung, als er so nachdenklich war. Sie spritzte das Wasser in ihr glühendes Gesicht und vergrub es in den sauberen Falten des Taschentuchs – seines Taschentuchs. Wie wunderbar, dass es so sein sollte! Wie war es möglich, dass ein gewöhnliches Stück Leinen so sehr von den Strömungen des Lebens durchdrungen war, dass es bei Berührung eine so freudige Erfrischung verschaffte? Das Wunder von allem war wie ein Wunder. Sie hatte nicht gedacht, dass irgendetwas im Leben so sein könnte.

Die große rote Klippe auf der anderen Seite des Tals wurde von der Morgensonne berührt, als sie aus ihrem grünen Unterschlupf kam, schüchtern im Bewusstsein des Geheimnisses, das zwischen ihnen verborgen lag.

Ihr kleines Lager lag noch im Schatten. Der letzte Stern war verschwunden, als hätte eine Hand mit einem Blitz das Licht gedimmt und den Morgen enthüllt.

Sie stand einen Moment lang im Scheitel der Zedern, eine Hand auf jeder Seite hielt die Zweige zurück und schaute von ihrem Rückzugsort weg; Und der Mann, der näher kam, sah sie und wartete mit entblößtem Kopf darauf, ihr Ehrerbietung zu erweisen, ein großes Licht der Liebe in seinen Augen, von dem er nicht wusste, dass es sichtbar war, das aber die Augen des beobachtenden Mädchens blendete und ihre Wangen rosiger werden ließ.

Die Luft um sie herum schien von elektrischem Strom aufgeladen zu sein. Die kleinen Gemeinplätze, die sie sprachen, drangen tief in das Herz jedes Einzelnen ein und blieben dort, um die Zukunft zu segnen. Die Blicke ihrer Augen hatten viele Begegnungen und verweilten schüchtern auf intimerem Boden als am Tag zuvor, doch jeder war stiller geworden. Die Zärtlichkeit seiner Stimme klang wie ein Segen, als er sie begrüßte.

Er setzte sie auf die Leinwand, die er frisch arrangiert hatte, neben ein Stück grünes Gras und bereitete sich darauf vor, ihr wie eine Königin zu dienen. Obwohl sie klein und schlank war, hatte sie in der Tat eine königliche Haltung, ihr goldenes Haar glänzte am Morgen und ihre Augen leuchteten wie die Sterne, die gerade am Tag verblasst waren.

In dem winzigen Kochtopf kochten gebratene Kaninchen, und auf zwei scharfen Stöcken wurde Maisbrot vor dem Feuer geröstet. Zu ihrer Überraschung stellte sie fest, dass sie hungrig war und dass das Frühstück, das er zubereitet hatte, ein äußerst köstliches Festmahl zu sein schien.

Sie wurde sich sicherer, dass er nicht wusste, dass sie sein Geheimnis erraten hatte, und ließ die Freude über alles über sie hinwegströmen und sie umhüllen. Ihr Lachen hallte musikalisch über die Ebene, und er beobachtete sie hungrig und entzückt und genoss jede Minute der Gesellschaft mit einer Art doppelter Freude wegen der kargen Tage, die, wie er sicher war, kommen würden.

Schließlich brach er mit einem Ausruf aus dem angenehmen Zögern ab, denn die Sonne stieg schnell auf und es war Zeit, dass sie sich auf den Weg machten. Hastig packte er die Sachen weg, sie versuchte in ihrer stümperhaften Ungewohntheit zu helfen und leistete nur süßen Widerstand, mit den kleinen weißen Händen, die ihn so wunderbar erregten, als sie mit einem Teller oder einer Tasse oder einem Stück Maisbrot, das es getan hatte, näher kamen weggelassen worden.

Er setzte sie auf das Pferd und sie machten sich auf den Weg. Doch nicht ein einziges Mal in all dem angenehmen Kontakt hatte er sein Geheimnis verraten, und Hazel begann zu spüren, wie die Last dessen, was sie herausgefunden hatte, schuldbewusst auf ihr lastete wie ein gestohlenes Ding, das sie gerne ersetzen würde, sich aber nicht traute. Manchmal, während sie entlangritten und er leise wie am Tag zuvor redete, ihr etwas Interessantes zeigte oder ihr eine bemerkenswerte Geschichte seiner Erlebnisse erzählte, fragte sie sich, ob sie sich nicht völlig geirrt hatte; Vielleicht hat sie etwas falsch verstanden oder mehr aus den Worten gemacht, als sie hätte tun sollen. Sie hatte immer mehr das Gefühl, dass er sie überhaupt nicht gemeint haben konnte. Und als sie sich plötzlich umdrehte, bemerkte sie, dass seine Augen auf ihr ruhten, mit einem Licht in ihnen, das so zärtlich und sehnsüchtig war, dass sie verwirrt ihre Augen senkte und fühlte, wie ihr Herz vor Freude und Schmerz wild schlug.

Gegen Mittag kamen sie zu einem Regenwasserloch, in dessen Nähe sich drei Indianerhogans befanden. Brownleigh erklärte, er sei diesen Weg gekommen, etwas abseits des kürzesten Weges, in der Hoffnung, ein weiteres Pferd zu bekommen, damit sie schneller reisen und vor Sonnenuntergang die Eisenbahn erreichen könnten.

Das Herz des Mädchens wurde plötzlich schwer, als er sie auf Billy unter einer Pappel sitzen ließ, während er nach vorne ging, um herauszufinden, ob jemand zu Hause war und ob sie ein Pferd übrig hatten. Natürlich wollte sie so schnell wie möglich ihre Freunde finden und ihnen ihre Angst nehmen, doch als er davon sprach, weiterzueilen, lag etwas in der Stimme des jungen Missionars, das eine Mauer zwischen ihnen zu errichten schien. Der angenehme Verkehr des Vormittags schien so schnell zu Ende zu gehen: Die wunderbare Sympathie und das Interesse zwischen ihnen verschwanden mit gewaltsamer Hand außer Reichweite. Sie verspürte ein würgendes Gefühl in ihrer Kehle, als würde sie am liebsten ihren Kopf auf Billys raue Halslocken legen und schluchzen.

Sie versuchte, mit sich selbst zu reden. Es war erst etwas mehr als vierundzwanzig Stunden her, seit sie diesen Fremden zum ersten Mal sah, und doch war ihr Herz so an ihn gebunden, dass sie ihre Trennung fürchtete. Wie könnte es sein? Solche Dinge waren nicht real. Die Leute lachten immer über plötzliche Liebesbeziehungen, als ob sie unmöglich wären, aber ihr Herz sagte ihr, dass es nicht nur Stunden waren, nach denen sie ihre Bekanntschaft zählten. Die Seele dieses Mannes war ihr in dieser kurzen Zeit offenbart worden, wie es die Seele eines anderen seit Jahren vielleicht nicht getan hätte. Sie fürchtete das Ende dieser Kameradschaft. Es wäre natürlich das Ende. Er hatte es gesagt und sie wusste, dass seine Worte wahr waren. Seine Welt war nicht ihre Welt, mehr noch das Mitleid! Er würde seine Welt niemals aufgeben, und er hatte gesagt, sie sei für die seine ungeeignet. Es war nur allzu wahr – diese Welt der rauen, unhöflichen Fremden und der wilden Leere der Schönheit. Aber wie sehr sehnte sie sich danach, diesen Tag mit ihm auf unbestimmte Zeit an ihrer Seite zu haben!

Die Vision würde natürlich verblassen, wenn sie wieder auf die Welt zurückkäme, und die Dinge würden höchstwahrscheinlich ihre normalen Ausmaße annehmen. Doch gerade jetzt gestand sie sich ein, dass sie nicht zurück wollte. Sie wäre völlig zufrieden, wenn sie für den Rest ihres natürlichen Lebens mit ihm durch die Wüste wandern könnte.

Er kam bald zu ihr zurück, begleitet von einem Indianerjungen, der einen Eisentopf und etwas frisches Hammelfleisch trug. Hazel sah ihnen zu, wie sie ein Feuer machten, den Topf mit Wasser zum Kochen brachten und das

Fleisch zum Braten hinstellten. Der Missionar bereitete gerade Maiskuchen zu, der nun in der Asche backte und ein herzhaftes Gericht hervorbrachte Geruch .

Eine indische Squaw erschien in der Tür eines der Hogans, ihr Baby auf dem Rücken festgeschnallt, und beobachtete sie mit großen, runden, staunenden Augen. Hazel lächelte den kleinen Papus an, und schon bald verwandelte sich sein Grübchen in ein Antwortlächeln. Dann entdeckte sie, dass der Missionar sie beide beobachtete, sein Herz war in seinen Augen, eine seltsame, wunderbare Freude in seinem Gesicht, und ihr Herzschlag beschleunigte sich. Sie gefiel ihm! Als sie das Kind des Waldes anlächelte, entdeckte sie ihr eigenes Interesse an seinen vernachlässigten Menschen. Sie konnte nicht wissen, dass das kleine dunkelhäutige Baby, das ihr aufgefallen war, von nun an das besondere, liebevolle Objekt der Fürsorge des Missionars werden würde, nur weil sie es bemerkt hatte.

Sie hatten eine fröhliche Mahlzeit, wenn auch nicht so intim wie die anderen; denn eine Gruppe indischer Frauen und Kinder drängte sich vor dem nächstgelegenen Hogan zusammen und beobachtete jede ihrer Bewegungen mit großen, starrenden Augen und ernsten, aber interessierten Gesichtszügen; und der kleine Junge schwebte nicht weit entfernt, um alles zu bringen, was sie brauchen könnten. Es war alles angenehm, aber Hazel war ungeduldig wegen der Unterbrechung, da ihre gemeinsame Zeit jetzt so kurz war. Sie war froh, als sie, wieder auf Billy reitend, und ihr Begleiter auf einem rauen kleinen Indianerpony mit bösen Augen gemeinsam in die Nachmittagssonne ritten.

Aber jetzt schien es nur noch ein atemloser Zeitraum zu sein, bis sie in die Gegenwart von Menschen gelangen würden, denn die beiden Pferde liefen schnell, und die Entfernungen flogen Meile für Meile an ihnen vorbei, wobei das Mädchen jeden Moment schüchterner und verlegener wurde und sich dessen bewusst wurde Worte, die sie am frühen Morgen gehört hatte.

Es schien ihr eine Last zu sein, die sie nicht unbemerkt von ihrer Seele tragen konnte, und doch wie konnte sie es ihn wissen lassen?

VIII

VERZICHT

Sie hatten einen Streifen silbrigen Sandes erreicht, der etwa zwei Meilen breit war, und ritten fast schweigend weiter, denn eine seltsame Schüchternheit hatte sich über sie ausgebreitet.

Das Mädchen spürte, dass sein Blick sie mit einer Art zärtlicher Sehnsucht ansah, als würde er sich das Bild für die Zeit einprägen, in der sie nicht mehr bei ihm sein würde. Jeder hatte das merkwürdige Gefühl, die Gedanken des anderen zu verstehen und keine Worte zu brauchen. Aber als sie sich einem großen, raschelnden Maisfeld näherten, blickte er sie erneut scharf an und sagte:

„Du bist sehr müde, da bin ich mir sicher." Es war keine Frage, aber sie hob den Blick, um es zu leugnen, und eine Flut süßer Farbe strömte über ihre Wangen. „Ich wusste es", sagte er und forschte in ihren erhobenen Augen. „Wir müssen anhalten und uns ausruhen, nachdem wir diesen Mais durchquert haben. Unter einigen Bäumen gibt es eine Stelle, wo Sie vor der Sonne geschützt sind „Nur noch eine kurze Strecke" – er hielt den Atem an, als würden ihn die Worte verletzen – „unsere Reise ist fast zu Ende!" Sie ritten schweigend durch das Maisfeld, aber als es vorbei war und sie unter den Bäumen saßen, blickte das Mädchen voller unaussprechlicher Dinge zu ihm auf.

„Ich wusste nicht, wie ich dir danken soll", sagte sie ernst, die Tränen waren fast sichtbar.

„Bitte nicht!" sagte er sanft. „Es hat mir gut getan, bei dir zu sein. Wie gut, das kann man nie wissen." Er hielt inne und sah sie dann scharf an.

„Haben Sie sich letzte Nacht, Ihre erste Nacht unter den Sternen, gut ausgeruht? Haben Sie die Kojoten gehört oder hatten Sie überhaupt Angst?"

Ihre Farbe verschwand und sie senkte ihren Blick auf Billys Hals, während ihr Herz schmerzhaft pochte.

Er sah, wie verstört sie war.

„Du hattest Angst", sagte er sanft. „Warum hast du nicht angerufen? Ich war die ganze Zeit in der Nähe. Was hat dir Angst gemacht?"

„Oh, es war nichts!" sagte sie ausweichend. „Es war nur für eine Minute."

"Sag es mir bitte!" seine Stimme zwang sie.

„Es war nur für eine Minute", sagte sie noch einmal, sprach schnell und versuchte, ihre Verlegenheit zu verbergen. „Ich wachte auf und dachte, ich hätte etwas gehört, und du warst nicht in Sicht; aber es dauerte nicht lange, bis du mit einem Arm voll Holz zurückkamst, und ich sah, dass es fast Morgen war."

Ihre Wangen waren rosig, als sie ihre klaren Augen hob, um seinem forschenden Blick zu begegnen, und versuchte, ihn fest anzusehen, aber er blickte in die tiefsten Tiefen ihrer Seele und erkannte die Wahrheit. Sie spürte, wie ihr der Mut schwand, und versuchte, den Blick achtlos abzuwenden, aber es gelang ihr nicht.

Schließlich sagte er mit leiser , gefühlvoller Stimme:

"Du hast mich verstanden?"

Ihre Augen, die er mit seinem Blick festgehalten hatte, zitterten, schwankten und senkten sich. „Ich hatte Angst", sagte er, als ihr Schweigen seine Überzeugung bestätigte. „Ich hörte, wie sich jemand bewegte. Ich schaute und dachte, ich hätte gesehen, wie du zu deiner Couch zurückgehst." In seinem Ton lag ein schwerer Selbstvorwurf, aber kein Vorwurf gegen sie. Dennoch brannte ihr Herz vor Scham und ihre Augen füllten sich mit Tränen. Sie verbarg ihr strahlendes Gesicht in ihren Händen und rief:

„Es tut mir so leid. Ich wollte nicht zuhören. Dem Tonfall deiner Stimme nach zu urteilen, dass du in Schwierigkeiten wärst, hatte ich Angst. Ich hatte Angst, dass dich jemand angegriffen hätte, und vielleicht könnte ich etwas tun, um zu helfen –"

„ Du armes Kind!" sagte er tief bewegt. „Wie unverzeihlich von mir, dass ich dir Angst mache. Es ist meine Angewohnheit, laut zu sprechen, wenn ich allein bin. Die große Einsamkeit hier draußen hat es kultiviert. Ich wusste nicht, dass ich dich stören könnte. Was musst du von mir denken? Was *kannst* du ." denken?"

"Denken!" sie brach leise hervor. „Ich denke, dass du völlig falsch liegst, wenn du versuchst, so etwas für dich zu behalten!"

Und dann dämmerte ihr die volle Bedeutung dessen, was sie gesagt hatte, und ihr Gesicht verfärbte sich rot vor Verlegenheit.

Aber er sah sie mit einem gespannten Leuchten in den Augen an.

"Wie meinst du das?" er hat gefragt. „Kannst du es mir bitte nicht erklären?"

Hazel saß jetzt mit völlig abgewandtem Gesicht da und das weiche Haar wehte verdeckt um ihre brennenden Wangen. Es kam ihr so vor, als müsste sie aufstehen, in die Wüste fliehen und dieses schreckliche Gespräch beenden. Sie drang von Minute zu Minute tiefer und tiefer ein.

"Bitte!" sagte die sanfte, feste Stimme.

„Aber ich – denke – eine – eine – Frau – hat ein Recht – so etwas zu wissen!" sie stockte verzweifelt.

"Warum?" fragte die Stimme nach einer Pause erneut.

„Weil sie – sie – vielleicht nie – vielleicht nie erfährt, dass es auf der Welt eine solche Liebe für eine Frau gibt!" stammelte sie, den Kopf immer noch ganz von ihm abgewandt. Sie hatte das Gefühl, dass sie sich nie wieder umdrehen und diesem wunderbaren Mann aus der Wüste gegenüberstehen könnte. Sie wünschte, der Boden würde sich öffnen und ihr einen bequemen Fluchtweg zeigen.

Diesmal war die Pause lang, so lang, dass es ihr Angst machte, aber sie wagte nicht, sich umzudrehen und ihn anzusehen. Wenn sie das getan hätte, hätte sie gesehen, dass er einige Zeit mit gesenktem Kopf in tiefer Meditation dasaß und schließlich seinen Blick wieder zum Himmel hob, als wollte er um schnelle Erlaubnis bitten. Dann sprach er.

„Ein Mann hat kein Recht, einer Frau zu sagen, dass er sie liebt, wenn er sie nicht bitten kann, ihn zu heiraten."

„Das", sagte das Mädchen, während ihre Kehle schmerzhaft pochte, „ *das* hat nichts damit zu tun. Ich habe nicht davon gesprochen, zu heiraten! Aber ich denke, sie hat ein Recht darauf, es zu erfahren. Es würde für sie einen Unterschied machen." Leben!" Ihr Hals war trocken und pochte. Die Worte schienen hängenzubleiben, als sie versuchte, sie auszusprechen, und doch wurden sie gesagt. Sie sehnte sich danach, ihr brennendes Gesicht in einem kühlen Unterschlupf zu verstecken und diesem schrecklichen Gerede zu entkommen, aber sie konnte nur starr und still dasitzen, die Finger fest im rauen Gras an ihrer Seite verkrampft.

Es herrschte nun eine längere Stille und sie wagte noch immer nicht, den Mann anzusehen.

Ein großer Adler erschien oben am Himmel und segelte schnell und kraftvoll auf einen Berggipfel zu. Hazel spürte ihre eigene Kleinheit und die Tatsache, dass ihre Worte der Seele ihres Gefährten einen außerordentlichen Kummer bereitet hatten, doch ihr fiel nichts ein, was sie hätte sagen können, was die Sache besser machen könnte. Schließlich sprach er, und seine Stimme klang, als würde er einen traurigen und heiligen Ritus für einen zärtlich Geliebten vollziehen :

„Und jetzt, wo du weißt, dass ich dich liebe, kann es für dich möglicherweise einen Unterschied machen?"

Hazel versuchte dreimal zu antworten, aber jedes Mal brachten ihre zitternden Lippen keine Worte hervor. Dann wanderte plötzlich ihr Gesicht in ihre Hände und die Tränen kamen. Es kam ihr so vor, als sei ihr ein Segen aufs Haupt gelegt worden, dessen Herrlichkeit größer war, als sie ertragen konnte.

Der Mann beobachtete sie, seine Arme sehnten sich danach, sie zu umarmen und ihre Unruhe zu lindern, aber er wollte es nicht. Sein Herz brannte von der Süße und dem Schmerz des gegenwärtigen Augenblicks, doch er konnte ihre Situation in der einsamen Ebene nicht ausnutzen und die Schönheit des Vertrauens, das sie ihm entgegengebracht hatte, entweihen.

Dann kam ihre Kraft wieder zurück, und sie hob ihren Kopf und blickte in seine wartenden Augen mit einem zitternden, schüchternen Blick, aber dennoch wahr und ernst.

„Es wird einen Unterschied machen – für mich!" Sie sagte. „Ich werde dem Leben gegenüber nie wieder dasselbe empfinden, weil ich weiß, dass es so einen wunderbaren Mann auf der Welt gibt."

Sie hatte ihre Stimme jetzt gut unter Kontrolle und hielt die Tränen zurück. Ihr Umgang mit der Welt kam ihr zu Hilfe. Er durfte nicht sehen, wie viel ihr das bedeutete, wie sehr. Sie streckte eine kleine kalte Hand aus und legte sie schüchtern in seine große braune Hand, und er hielt sie einen Moment lang fest und blickte mit großer Zärtlichkeit auf sie herab, schloss seine Finger fest darüber und legte sie dann sanft zurück in ihren Schoß als ob es zu kostbar wäre, um es zu behalten. Ihr Herz erregte und erregte erneut bei seiner Berührung.

„Danke", sagte er einfach, in seiner Stimme klang eine große Zurückhaltung. „Aber ich kann mir nicht vorstellen, wie du gut von mir denken kannst. Ich bin ein völliger Fremder für dich. Ich habe kein Recht, mit dir über solche Dinge zu reden."

„Du hast es mir nicht gesagt ", antwortete Hazel. „Du hast es gesagt – Gott." Ihre Stimme war langsam und leise vor Ehrfurcht. „Ich habe nur zugehört. Es war meine Schuld – aber – es tut mir nicht – leid. Es war eine tolle – Sache zu hören!"

Er beobachtete ihre schüchterne Würde, während sie sprach, ihr Gesicht gesenkt und halb abgewandt. Sie war in ihrer Verwirrung überaus schön. Sein ganzer Geist sehnte sich nach ihr.

„Ich fühle mich wie ein Monster", sagte er plötzlich. „Du weißt, dass ich dich liebe, aber du verstehst nicht, wie du in dieser kurzen Zeit mein Leben, mein ganzes Wesen erfüllt hast. Und doch werde ich vielleicht nie versuchen oder hoffen, deine Liebe zurückzugewinnen. Es muss seltsam erscheinen." zu dir--"

„Ich glaube, ich verstehe", sagte sie mit leiser Stimme; „Sie haben in der Nacht darüber gesprochen – wissen Sie." Es schien, als würde sie davor zurückschrecken, es noch einmal zu hören.

„Darf ich es dir ausführlich erklären?"

„Wenn – du es am besten denkst." Sie wandte ihr Gesicht ab und beobachtete den Adler, der jetzt nur noch ein Fleck in der Ferne war.

„Sehen Sie, es ist so. Ich habe nicht die Freiheit zu tun, was ich mir wünschen könnte – so wie andere Menschen frei sind. Ich habe mein Leben dem Dienst Gottes an diesem Ort geweiht. Ich weiß – ich wusste es, als ich hierher kam – das Es war kein Ort, an den man eine Frau bringen konnte. Es gibt nur wenige, die das Leben ertragen könnten. Es ist voller Entbehrungen und Nöte. Sie sind unvermeidlich. Sie sind an zärtliche Fürsorge und Luxus gewöhnt. Kein Mann könnte ein Opfer wie das einer Frau verlangen Er liebte. Er wäre kein Mann, wenn er es täte. Es ist nicht so, als würde man ein Mädchen heiraten, das den Ruf selbst verspürt hat und es liebt, sein Leben der Arbeit zu widmen. Das wäre eine andere Sache. Aber ein Mann hat kein Recht „Das von einer Frau zu erwarten –" er hielt inne, um die richtigen Worte zu finden, und Hazel erinnerte ihn mit leiser, ruhiger Stimme der Würde:

„Sie vergessen einen der Gründe."

„Vergessen?" Er drehte sich verwundert zu ihr und ihre Blicke trafen sich für einen Moment, dann wandten sie sich wieder ab.

„Ja", fuhr sie unergründlich fort. „Du dachtest, ich wäre nicht fit!"

Sie riss neben sich Grünstücke vom Boden auf. Sie spürte ein ängstliches Flattern in ihrer Kehle. Es war die Spitze des Dorns, der in ihrem Herzen geblieben war. Es lag nicht in ihrer Natur, nicht darüber zu sprechen, doch als es ausgesprochen wurde , hatte sie das Gefühl, dass es missverstanden werden könnte.

Aber der Missionar antwortete mit einem Schrei wie ein verletztes Wesen.

„Nicht fit! Oh mein Lieber! Du verstehst nicht –"

Da war etwas in seinem Ton, das den letzten Rest des schmerzenden Dorns aus Hazels Herzen zog und das schnelle Blut wieder in ihre Wangen trieb.

Mit einem leichten Lachen, das von Erleichterung und einer tiefen neuen Freude widerhallte, der sie sich noch nicht zu stellen wagte, sprang sie auf.

„Oh ja, ich verstehe", sagte sie fröhlich, „und es ist alles wahr. Ich bin nicht im Geringsten für einen Missionar geeignet. Aber sollten wir nicht weitermachen? Ich bin jetzt ziemlich ausgeruht."

Mit ernster bis trauriger Miene willigte er ein, befestigte das Segeltuch am Sattel und setzte sie mit schnellen, lautlosen Bewegungen auf ihr Pferd. Als sie dann die Zügel aufhob, verweilte er einen Moment, nahm den Saum ihres Kleides in seine Finger, beugte sich vor und berührte leicht und ehrfürchtig mit seinen Lippen das Tuch.

Es lag etwas so Bescheidenes, so Mitleiderregendes, so Selbstvergessenes in der Hommage, dass dem Mädchen Tränen in die Augen schossen und sie sich danach sehnte, ihre Arme um seinen Hals zu legen und sein Gesicht nah an ihres zu ziehen und ihm zu sagen, wie ihr Herz klopfte Sympathie.

Aber er hatte nicht einmal um ihre Liebe gebeten, und es musste Stille zwischen ihnen herrschen. Er hatte gezeigt, dass es der einzige Weg war. Ihre eigene Zurückhaltung schloss ihre Lippen und befahl ihr, kein Zeichen zu zeigen .

Und nun ritten sie größtenteils schweigend weiter, während die Hufe der Pferde schnell im Gleichklang schlugen. Hin und wieder huschte ein Kaninchen vor ihnen her oder eine gehörnte Kröte sprang ihnen aus dem Weg. Unterwegs klopften kleine braune Eidechsen auf Holzstücken; ab und zu tauchte ein hellgrünes Exemplar auf und verschwand. Einmal stießen sie auf ein Dorf mit Präriehunden und blieben einen Moment stehen, um ihren Possen zuzusehen. Als sie sich abwandten, bemerkte sie das Stück Grün, das er in sein Knopfloch gesteckt hatte, und erkannte, dass es dasselbe war, mit dem sie gespielt hatte, während sie sich am Wegesrand unterhielten. Ihre Augen beschuldigten ihn, es später aufgegriffen zu haben, und seine Augen antworteten mit der Wahrheit, sagten aber kein Wort darüber. Sie brauchten keine Worte.

Erst als sie die Spitze eines abfallenden Hügels erreichten und sich plötzlich der Blick auf das Tal mit seinem gewundenen Weg bot, der in der Spätnachmittagssonne glänzte, auf die kleine Holzstation und die wenigen hier und da verstreuten Hütten, wurde ihr das plötzlich klar Ihre gemeinsame Reise war zu Ende, denn dies war der Ort, von dem sie zwei Tage zuvor gestartet war.

Er hatte es nicht nötig, es ihr zu sagen. Sie sah den selbstgefälligen roten Glanz ihres eigenen Privatwagens, der nicht weit entfernt auf der Strecke stand. Sie wurde mit der Tatsache konfrontiert, dass ihre Freunde dort unten im Tal waren und dass all die starren Konventionen ihres Lebens bereit waren, eine Mauer zwischen diesem Mann und ihr zu errichten. Sie würden ihn aus ihrem Leben fegen, als hätte sie ihn nie getroffen, als wäre er nie von ihm gefunden und gerettet worden, und sie würden sie wieder zu ihren ermüdenden Partys und Vergnügungsausflügen entführen.

Sie hob den Blick mit einem ängstlichen, fast flehenden Blick, als würde sie ihn für einen Moment bitten, sich wieder der Wüste mit dem Rücken zuzuwenden. Sie fand seinen Blick auf sie gerichtet in einem langen, tiefen Abschiedsblick, so wie man auf das Gesicht eines Geliebten blickt, der bald von der Erde getrennt wird. Sie konnte die Blendung der Liebe, die sie dort sah, nicht ertragen, und ihr eigenes Herz machte einen erneuten Sprung, um ihr in einer Liebesantwort zu begegnen.

Aber es war nur dieser eine kurze Blick, den sie hatten, als sie Stimmen und das Geräusch von Pferdehufen wahrnahmen, und fast augenblicklich tauchten hinter dem Büschel Salbeigestrüpp unterhalb des Weges drei Reiter auf: Shag Bunce, ein Inder und Hazels Bruder. Sie unterhielten sich aufgeregt und machten sich offensichtlich auf eine neue Suche.

Der geistesgegenwärtige Missionar ließ die Pferde anspringen, rief einen Gruß und wurde von der heranrückenden Gruppe sofort mit Jubelrufen beantwortet, gefolgt von Schüssen von Shag Bunce als Zeichen dafür, dass der Verlorene gefunden wurde; Schüsse, die sofort aus dem Tal zu hallen schienen und sich zu Jubel und Jubel anschwellen ließen.

Dann herrschte auf einmal Verwirrung.

Der hübsche, rücksichtslose Bruder mit dem goldenen Haar wie Hazel umarmte sie und redete laut und eifrig; zeigte, wie er dies und das getan hatte, um sie zu finden; dem Land, den Pferden, den Führern, den Straßen die Schuld geben; und schenkte dem Missionar kaum Beachtung, der sofort zurücktrat, um ihm seinen Platz zu geben. Es schien nur noch eine Sekunde zu dauern, bis sie von eifrigen Menschen umgeben waren, die alle gleichzeitig redeten, und Hazel, betrübt darüber, dass ihr Bruder dem Mann, der sie gerettet hatte, so wenig Aufmerksamkeit schenkte, versuchte dreimal, ihn irgendwie vorzustellen, aber den Bruder war zu sehr mit der Aufregung und damit beschäftigt, seine Schwester zu beschimpfen, weil sie sich verlaufen hatte, als dass er es begriffen hätte.

Dann kam der Vater heraus, der offenbar zwei Nächte lang auf der Suche gewesen war und ein kurzes Nickerchen gemacht hatte. Sein Gesicht war blass und hager. Brownleigh gefiel der Ausdruck seiner Augen, als er seine Tochter erblickte, und sein Gesicht leuchtete auf, als er sah, wie sie in seine Arme sprang und rief: „Papa! Papa! Es tut mir so leid, dass ich dir Angst gemacht habe!"

Hinter ihm stand Tante Maria, groß und missbilligend, mit einem „Ich habe es dir gesagt" im Blick.

„Eigenwilliges Mädchen", murmelte sie streng. „Du hast uns allen zwei schreckliche Tage beschert!" und sie gab Hazel einen steifen Kuss auf die Wange. Aber niemand hörte sie in der Aufregung.

Hinter Tante Maria Hazels Dienstmädchen rang die Hände und weinte in einer Art hysterischer Freude über die Rückkehr ihrer Herrin, und hinter ihr ragte in der Dunkelheit des Vorraums des Autos das dunkle Gesicht Hamars mit einem wütenden, roten Fleck auf einer Wange auf. Er schien nicht besonders darauf bedacht zu sein, dort zu sein. Der Missionar wandte sich voller Abscheu von seinem bösen Gesicht ab.

In der Verwirrung und Freude über die Rückkehr des Verlorenen bereitete sich der Mann aus der Wüste darauf vor, davonzulaufen, doch gerade als er sein Pony besteigen wollte, drehte sich Hazel um und sah ihn.

„Papa, komm her und sprich mit dem Mann, der mich gefunden und sicher wieder zurückgebracht hat", sagte sie und zerrte ihren Vater eifrig über die Plattform zu der Stelle, an der der Missionar stand.

Der Vater kam bereitwillig und Hazel redete schnell, ihre Augen leuchteten, ihre Wangen wie Zwillingsrosen, und erzählte mit einem Atemzug von den Schrecken und der Dunkelheit und der Rettung und der Nachdenklichkeit ihres fremden Retters.

Herr Radcliffe trat mit ausgestreckter Hand vor, um ihn zu begrüßen, und der Missionar nahm seinen Hut ab und stand mit lockerer Anmut da, um ihm die Hand zu schütteln. Damals war er sich des Feuers der auf ihn gerichteten Augen nicht bewusst, der kalten Gesellschaftsblicke von Tante Maria, Hamar und dem jungen Radcliffe, als wollte er sagen: „ Wie konnte er es wagen, Anerkennung für die Erfüllung einer einfachen Pflicht zu erwarten!" Er bemerkte nur die aufrichtige Herzlichkeit im Gesicht des Vaters, als er ihm für das dankte, was er getan hatte. Dann griff Mr. Radcliffe wie der praktische Mann von Welt, der er war, in die Tasche, zog sein Scheckbuch heraus und bemerkte, als wäre es eine Selbstverständlichkeit, dass er den Retter seiner Tochter großzügig belohnen wollte erkundigte sich nach seinem Namen, während er die Kappe von seinem Füllfederhalter abzog.

Brownleigh trat steif zurück, mit erhöhter Röte und einem fast hochmütigen Gesichtsausdruck.

„Danke", sagte er kalt, „ich konnte mir nicht vorstellen, etwas als bloßen Akt der Menschlichkeit zu betrachten. Es war eine Freude, Ihrer Tochter dienen zu dürfen", und er schwang sich mühelos in den Sattel.

Aber Mr. Radcliffe war eine solche Unabhängigkeit seiner Mitarbeiter nicht gewohnt und begann zu poltern. Hazel jedoch legte eine Hand auf den Arm ihres Vaters, deren Wangen ziemlich glühten und deren Augen voller Beschämung waren.

„Papa, du verstehst es nicht", sagte sie ernst; „Mein neuer Freund ist Geistlicher – er ist Missionar, Papa!"

„Unsinn, Tochter! Du verstehst diese Dinge nicht. Warte nur, bis ich fertig bin. Ich kann eine Tat wie diese nicht unbelohnt lassen. Ein Missionar, hast du gesagt? Wenn du dann nichts für dich nehmen willst, nimm es für." eure Kirche; am Ende ist alles das Gleiche", und er zwinkerte wissend dem Missionar zu, dessen Zorn schnell zunahm und der sich viel Mühe gab, einen sanftmütigen und ruhigen Geist zu bewahren.

"Danke schön!" „Nicht für einen solchen Dienst", sagte er noch einmal kühl.

„Aber ich meine es ernst!" grummelte der ältere Mann sehr genervt. „Ich möchte etwas für eine Sache spenden, die einen Mann wie Sie beschäftigt. Es ist gut für das ganze Land, solche Männer in der Wüste patrouillieren zu lassen. Ich hätte nie gedacht, dass es eine gute Entschuldigung für Heimatmissionen gibt, aber danach werde ich nachgeben Ich stimme dem voll und ganz zu. Es macht das Land für Touristen sicherer. Kommen Sie, sagen Sie mir Ihren Namen und ich stelle einen Scheck aus. Ich meine es ernst.

„Senden Sie jeden Beitrag, den Sie an den allgemeinen Fonds leisten möchten", sagte Brownleigh würdevoll und erwähnte die Adresse des New York Board, unter dessen Schirmherrschaft er entsandt wurde, „aber erwähnen Sie mich bitte nicht." Dann hob er noch einmal seinen Hut und wäre weggeritten, wenn Hazel nicht die Verzweiflung in den Augen gesehen hätte.

In diesem Moment machte der Bruder einen Exkurs, indem er auf seinen Vater zustürmte. „Papa, Tante Maria möchte wissen, ob wir mit diesem Zug nicht weiterfahren können. Er ist jetzt in Sichtweite und sie ist fast verrückt, loszufahren. Es gibt nichts, was uns daran hindert, anzukuppeln, oder? Der Agent hat den Befehl. Mach, Papa, lass uns da raus. Ich habe es satt, und Tante Maria ist unerträglich!"

„Ja, sicherlich, sicherlich, Arthur, sprechen Sie mit dem Agenten. Wir machen gleich weiter. Entschuldigen Sie, Herr – Ah, was sagten Sie, war der Name? Es tut mir leid, dass Sie so denken; obwohl es sehr lobenswert ist, sehr lobenswert, da bin ich mir sicher. Ich werde sofort nach New York schicken. Fifth Avenue, haben Sie gesagt? Ich werde ein gutes Wort für Sie sprechen. Entschuldigung, der theAgent winkt mir. Nun ja, Auf Wiedersehen und nochmals vielen Dank! Tochter, du steigst besser gleich ins Auto. Der Zug ist fast da, und sie haben vielleicht keine Zeit mehr", und Mr. Radcliffe eilte hinter seinem Sohn und dem Agenten den Bahnsteig herauf.

IX

„ZUR ERINNERUNG"

Hazel richtete ihren besorgten Blick flehend auf das Gesicht des Mannes. „Mein Vater versteht es nicht", sagte sie entschuldigend. „Er ist sehr dankbar und denkt, dass Geld immer ein Ausdruck von Dankbarkeit sein kann."

Brownleigh war mit abgenommenem Hut neben ihr von seinem Pferd, bevor sie zu Ende gesprochen hatte.

„Ich flehe dich an, denk nicht noch einmal darüber nach", flehte er und sein Blick verschlang ihr Gesicht. „Es ist alles in Ordnung. Ich verstehe es durchaus. Und du verstehst es auch, da bin ich mir sicher."

„Ja, ich verstehe", sagte sie und hob ihre Augen voller Liebe, die sie ihm nicht zu zeigen gewagt hatte. Während sie sprach, fummelte sie an ihren Ringen herum und blickte ängstlich auf den herannahenden Zug zurück. Ihr Bruder, der den Bahnsteig hinunter zu ihrem Auto eilte, rief ihr zu, sie solle sich beeilen, als er an ihr vorbeikam, und sie wusste, dass ihr nur noch ein Moment gewährt werden würde. Sie hielt den Atem an und blickte den großen Missionar wehmütig an.

„Du lässt mich etwas Eigenes bei dir hinterlassen, nur zur Erinnerung?" sie fragte eifrig.

Seine Augen wurden zart und neblig.

„Natürlich", sagte er mit plötzlich heiserer Stimme, „obwohl ich nichts brauche, um mich an dich zu erinnern. Ich kann dich nie vergessen." Die Erinnerung an diesen Blick in seinen Augen war für viele Tage lang Nahrung und Trank für ihre Seele, aber sie begegnete ihr jetzt stetig und errötete nicht einmal bei der offenen Anerkennung seiner Liebe.

„Das ist meins", sagte sie. „Mein Vater hat es für mich gekauft, als ich sechzehn war. Seitdem trage ich es. Es wird ihm egal sein." Sie zog einen Ring von ihrem Finger und ließ ihn in seine Handfläche fallen.

„Beeil dich, Schwester!" rief der junge Radcliffe noch einmal aus dem Autofenster, und als Brownleigh aufblickte, sah er das böse Gesicht Hamars aus einem anderen Fenster starren.

Hazel drehte sich um und kämpfte darum, die aufsteigenden Tränen zurückzuhalten. „Ich muss gehen", keuchte sie.

Brownleigh warf einem jungen Indianer, der in der Nähe stand, die Zügel des Ponys zu, drehte sich um und ging neben ihr her, während er sich der stirnrunzelnden Gesichter bewusst war, die sie aus den Autofenstern beobachteten.

„Und ich habe dir nichts zu geben", sagte er leise zu ihr, tief berührt über das, was sie getan hatte.

„Gibst du mir das kleine Buch?" sie fragte schüchtern.

Seine Augen leuchteten mit einer Art Herrlichkeit, als er in seiner Tasche nach seiner Bibel suchte.

„Es ist das Beste, was ich besitze", sagte er. „Möge es Ihnen die gleiche Freude und den gleichen Trost bringen, die es mir oft gebracht hat." Und er drückte ihr das kleine Buch in die Hand.

Der Zug setzte krachend rückwärts und prallte mit einem knurrenden, kratzenden Geräusch gegen den Privatwagen. Brownleigh stellte Hazel auf die Stufen und half ihr hoch. Ihr Vater eilte auf sie zu, und einige Zugführer machten viel Lärm und riefen Anweisungen . Es dauerte nur einen Moment, bis er sich die Hände drückte, und dann trat er zurück zum Bahnsteig, und ihr Vater schwang sich weiter, als der Zug losfuhr. Sie stand auf der obersten Stufe des Wagens, ihre Augen auf sein und seine auf ihr Gesicht gerichtet, seinen Hut huldigend hochgehoben und Entsagung auf seiner Stirn, als wäre sie eine Krone.

Es war die Stimme ihrer Tante Maria, die sie zu sich selbst zurückrief, während der kleine Bahnhof mit seiner primitiven Umgebung, seinen verstreuten Zuschauern und seinem einzigen großen Mann vorbeiglitt und von den Tränen, die sie nicht zurückhalten konnte, in der Landschaft verschwand.

„Hazel! Um Himmels willen! Stehen Sie nicht länger mondend da und starren Sie dieses unhöfliche Geschöpf an. Wir werden dafür sorgen, dass Sie aus dem Zug fallen und zur Freude der Eingeborenen auf dramatische Weise wieder gerettet werden. Ich bin sicher, Sie haben es geschafft Ärger genug für einen Ausflug, und Sie sollten besser vorbeikommen und versuchen, dem armen Herrn Hamar das wieder gutzumachen, was Sie ihm zugefügt haben, indem Sie ihn mit Ihrer törichten Beharrlichkeit auf ein wildes Westernpony losgelassen haben, das weggelaufen ist. Das haben Sie nicht Ich habe schon mit Herrn Hamar gesprochen. Vielleicht wissen Sie nicht, dass er sein Leben für Sie riskiert hat, als Sie versucht haben, Ihr Pferd zu fangen, und dass er von seinem eigenen elenden kleinen Biest ins Gesicht geworfen und getreten wurde und stundenlang bewusstlos in der Wüste liegen geblieben ist. bis ein Indianer vorbeikam, ihn abholte und ihm zurück zum Bahnhof half. (Tatsächlich hatte Milton Hamar dieses rührende Drama mit Hilfe eines vorbeikommenden Indianers geplant und inszeniert, als er feststellte, dass Hazel verschwunden war und einen hässlichen Peitschenstich auf seiner

Wange hinterließ, der der Familie erklärt werden musste.) „ Er kann diese
schreckliche Narbe ein Leben lang tragen! Er wird dich für ein undankbares
Mädchen halten, wenn du nicht sofort gehst und dich entschuldigst.

Als Antwort wischte Hazel heimlich die Tränen weg, rauschte an ihrer
Tante vorbei und schloss sich in ihrer eigenen kleinen Privatkabine ein.

Sie eilte eifrig zum Fenster, das teilweise geöffnet und mit einem
Fliegengitter geschützt war, und drückte ihr Gesicht gegen den oberen Teil
des Glases. Der Zug hatte eine Kurve über die Prärie gemacht, und der
Bahnhof war immer noch sichtbar, wenn auch in weiter Ferne. Sie war sich
sicher, dass sie die große Gestalt ihres Geliebten sehen konnte, der mit dem
Hut in der Hand dastand und sie beobachtete, als sie seinem Blickfeld
entging.

Mit einem schnellen Impuls ergriff sie einen langen weißen Kreppschal,
der auf ihrer Koje lag, riss den Fliegengitter vom Fenster und wehte mit dem
Schal in den Wind. Fast augenblicklich erklang ein weißes Aufflackern von
der Gestalt auf dem Bahnsteig und ihr Herz schlug vor Freude schneller. Sie
hatten eine Botschaft von Herz zu Herz über die weite Ebene der Ebene
geschickt, und die drahtlose Herztelegrafie war etabliert. Große Tränen
strömten hervor und löschten den letzten Hauch von Weiß aus der
zurückweichenden Landschaft, und dann ragte ein Hügel strahlend und
schwankend auf, und einen weiteren Moment später versperrte er den Blick
auf die Station und die düstere Gruppe, und Hazel wusste, dass sie sich
wieder in der Welt des Alltäglichen befand die Dinge noch einmal, mit nur
einer Erinnerung an ihre Gesellschaft, vor dem Hintergrund
unsympathischer Verwandter.

Sie machte sich gemächlich auf die Toilette, denn sie fürchtete sich davor,
reden zu müssen, wie sie wusste, dass sie es tun würde, und noch mehr
fürchtete sie sich davor, Hamar zu treffen . Aber sie wusste, dass sie gehen
und ihrem Vater von ihren Erlebnissen erzählen musste, und plötzlich kam
sie frisch und schön zu ihnen heraus, mit Augen, die durch die Tränen noch
heller waren, und einer sanften Wildrosenröte auf ihren vom Wind
gebräunten Wangen, die sie zu etwas Besonderem machte Schönheit umso
süßer.

Sie verlangten natürlich sofort nach allen Einzelheiten ihres Erlebnisses
und wiederholten zunächst noch einmal, wie sehr Herr Hamar versucht
hatte, sie aus ihrer schrecklichen Notlage zu retten, indem er sein Leben
riskierte, um ihr Pferd aufzuhalten. Hazel sagte nichts dazu, aber ein ruhiger,
klarer Blick auf das entstellte Gesicht des Mannes, der ihnen das alles
eingeredet hatte, war die einzige Anerkennung, die sie für seinen angeblichen
Heldenmut gab. Mit diesem Blick konnte sie ihre völlige Ungläubigkeit und
Verachtung zum Ausdruck bringen, obwohl ihre Tante Maria und vielleicht

sogar ihr Vater und ihr Bruder der Meinung waren, dass ihre Dankbarkeit zu groß sei, um sie vor ihnen allen auszusprechen.

Das Mädchen ging mit einem kurzen Wort auf den Ausreißer ein und sagte, dass das Pony beschlossen hatte, wegzulaufen, und dass sie das Zaumzeug verloren hatte, was natürlich ihre Unfähigkeit erklärte, ihn zu kontrollieren. Vor ihrer Tante machte sie jedoch einen lockeren Eindruck von ihrer Fahrt und erzählte die ganze Geschichte nur in Kürze, bis sie in die Schlucht kam und das Geheul der Kojoten hörte. Sie lobte ihren Retter sehr herzlich, obwohl sie auch hier nur wenige Worte verwendete und jede Beschreibung der Rückfahrt vermied, sondern lediglich sagte, dass der Missionar sich in jeder Hinsicht als Gentleman erwiesen und ihr jede Sorgfalt und Aufmerksamkeit geschenkt habe, die sie hatte Die eigene Familie hätte es unter den gegebenen Umständen tun können und sich den Weg mit Geschichten über Land und Leute angenehm gestaltet. Sie sagte, dass er ein Mann von ungewöhnlicher Kultur und Vornehmheit sei, dachte sie, und dass er sich dennoch mit größter Hingabe an seine Arbeit verfüge, und dann wechselte sie abrupt das Thema, indem sie nach bestimmten Plänen für ihre weitere Reise fragte, sich aber offenbar nicht mehr für was interessierte war ihr widerfahren; Aber die ganze Zeit über war sie sich des durchdringenden Blicks und des stirnrunzelnden Gesichtsausdrucks von Milton Hamar bewusst , der sie beobachtete, und sie wusste, dass er das hasserfüllte Interview, das in der Ebene begonnen hatte, fortsetzen würde, sobald sich eine Gelegenheit dazu bot. Sie beschloss im Geiste, dass sie ein solches Interview nach Möglichkeit vermeiden würde, und entschuldigte sich zu diesem Zweck sofort nach dem Mittagessen mit der Begründung, sie bräuchte einen guten Schlaf, um die lange Fahrt auszugleichen, die sie unternommen hatte.

Aber sie gab sich nicht dem Schlaf hin, als sie endlich wieder in ihrer kleinen Wohnung Zuflucht suchen konnte. Sie blickte auf die vorbeiziehende Landschaft, wunderschön mit abwechslungsreichen Landschaften, alles verschwommen von Tränen, als sie daran dachte, wie sie noch vor einer Weile mit jemandem, der sie liebte, in der weiten, freien Ferne gewesen war. Wie dieser Gedanke sie erregte und begeisterte und ihr jedes Mal, wenn er sich wiederholte, neue Freude bereitete! Sie wunderte sich über das Wunder. Sie hätte nie gedacht, dass Liebe so wäre. Sie konnte es jetzt kaum glauben. Sie war aufgeregt, zutiefst gerührt von ihrem ungewöhnlichen Erlebnis, über das Normale hinausgeschreckt von der Fremdartigkeit der Umgebung, die diesen Mann zu ihrer Bekanntschaft geführt hatte; Das sagte der gesunde Menschenverstand und warnte sie, dass morgen oder am nächsten Tag oder höchstens nächste Woche der Nervenkitzel verschwunden sein würde und sie den fremden Missionar als ein merkwürdiges Detail ihrer Westreise betrachten würde. Aber ihr Herz ärgerte sich darüber, und tief in ihrem

Inneren sagte ihr etwas anderes, dass diese seltsame neue Freude nicht verschwinden würde, dass sie ihr ganzes Leben lang bestehen bleiben würde und dass sie unter all dem immer wissen würde, was auch immer in den Jahren zu ihr kommen würde war das Wahre gewesen, die höchste Fülle vollkommener Liebe zu ihr.

Als die Kilometer länger wurden und ihre Gedanken mit der Entfernung immer trauriger wurden, holte sie das kleine Buch aus seinem Versteck, das er ihr zum Abschied gegeben hatte. Als sie es erhielt, hatte sie es in die Brusttasche ihrer Reittracht gesteckt, denn sie schreckte davor zurück, dass die scharfen Augen ihrer Tante es entdeckten und sie befragten. Sie war bis jetzt zu sehr mit dem Gedanken an eine Trennung beschäftigt gewesen, als dass sie sich daran hätte erinnern können.

Sie berührte es zärtlich und schüchtern, als wäre es ein Teil von ihm selbst; Die schlaffen, abgenutzten Bezüge, das Aussehen des ständigen Gebrauchs, all das machte es unsagbar lieb. Sie hatte vorher nicht gewusst, dass ein unbelebter Gegenstand, der an sich nicht schön ist, solch zärtliche Liebe hervorbringen konnte.

Auf dem Vorsatzblatt stand in klarer, fetter Schrift sein Name: „John Chadwick Brownleigh ", und zum ersten Mal wurde ihr klar, dass zwischen ihnen kein Wort über ihren Namen gesprochen hatte. Seltsam, dass die beiden sich so nahe kamen, dass sie keinen Namen miteinander brauchten. Aber ihr Herz hüpfte vor Freude, als sie seinen Namen kannte, und ihre Augen hingen sehnsüchtig an den geschriebenen Schriftzeichen. John! Wie gut der Name zu ihm passte. Es schien, als hätte sie gewusst, dass es ihm gehörte, selbst wenn sie es nicht zuerst in einem seiner Besitztümer gesehen hätte. Dann überlegte sie, ob es für ihn möglich sein würde, ihren Namen herauszufinden. Vielleicht hatte ihr Vater es ihm gegeben, oder der Bahnhofsagent wusste, wem ihr Auto gehörte. Natürlich würde er das tun , wenn er die Befehle erhielt – oder gaben sie Befehle zu Autos nur nach Nummern? Sie wünschte, sie hätte es gewagt, jemanden zu fragen . Vielleicht könnte sie irgendwie herausfinden, wie diese Befehle geschrieben wurden. Und doch hatte sie die ganze Zeit das instinktive Gefühl, dass er nicht mit ihr kommuniziert hätte, wenn er ihren Namen tausendmal gekannt hätte. An diesem erhabenen Ausdruck der Entsagung auf seinem Gesicht erkannte sie, dass keinerlei Sehnsucht ihn dazu bringen konnte, die Grenzen zu überschreiten, die er zwischen ihrer und seiner Seele gesetzt hatte.

Mit einem Seufzer öffnete sie das kleine Buch, und es fiel von selbst an die Stelle, an der er am Abend zuvor gelesen hatte, die Seite war noch immer von der kleinen Seidenschnur markiert, die er so sorgfältig angebracht hatte. Sie konnte ihn jetzt sehen, mit dem Feuerschein, der auf seinem Gesicht flackerte, und dem Mondlicht, das seinen Kopf versilberte, und mit diesem starken, zärtlichen Ausdruck auf seinem Gesicht. Wie wunderbar war er gewesen!

Sie las den Psalm jetzt selbst noch einmal durch, das erste Mal in ihrem Leben, dass sie sich bewusst der Lektüre der Bibel hingab. Aber die Worte hatten einen Zauber, der ihnen eine neue Bedeutung verlieh, der Zauber seiner Stimme, als sie sie in Erinnerung hörte und erneut beobachtete, wie sich sein Gesicht veränderte und sich bewegte, als er die Worte las.

Der Tag ging zu Ende und der Zug flog weiter, aber die Landschaft hatte für das Mädchen nun ihren Reiz verloren. Sie beteuerte Müdigkeit und hielt sich von den anderen fern, träumte von ihrem wundervollen Erlebnis und dachte an neue, tiefe Gedanken des Staunens, des Bedauerns, der Traurigkeit und der Freude, und als die Nacht hereinbrach und der große Mond aufging und die Welt wieder erleuchtete, kniete sie neben ihrem Autofenster , blickte lange in den weiten, klaren Himmel, den Himmel, der ihn und sie selbst bedeckte; der Mond, der auf sie beide herabblickte. Dann schaltete sie das elektrische Licht über ihrer Koje ein, las den Psalm noch einmal und schlief ein, die Wange auf dem kleinen Buch und in ihrem Herzen ein Gebet für ihn.

John Brownleigh , der auf dem Bahnsteig stand und zusah, wie der Zug hinter den Ausläufern der Hügel verschwand, empfand zum ersten Mal seit seiner Ankunft in Arizona ein Gefühl äußerster Trostlosigkeit. Er war einsam gewesen und hatte manchmal Heimweh, aber immer mit dem Gefühl, dass er Herr über alles war und dass es mit der Freude an seiner Arbeit vorübergehen und ihn frei und froh über die Macht zurücklassen würde, zu der sein Gott ihn berufen hatte der Service. Aber jetzt hatte er das Gefühl, dass mit diesem Zug das Licht des Lebens aus ihm verblasste und der ganze Ruhm Arizonas und der Welt, in der er so gern gewesen war, ihretwegen verdunkelt wurde. Für einen oder zwei Augenblicke schrie seine Seele, dass es nicht sein könne, dass er ein geflügeltes Ross besteigen und der nachjagen müsse, die sein Herz inthronisiert hatte. Dann erschien die Wand des Unvermeidlichen vor seinen eifrigen Augen, und die Vernunft drängte sich an ihn heran, um ihn zur Besinnung zu bringen. Er wandte sich ab, um die Emotionen in seinem Gesicht zu verbergen. Der stämmige Indianerjunge, der beide Pferde gehalten hatte, empfing sein gewohntes Lächeln und seine freundlichen Worte, aber der Missionar gab ihnen dieses Mal mehr aus Gewohnheit als gedacht. Seine Seele hatte sein Gethsemane betreten und sein Geist war in ihm gebeugt.

Sobald er den Leuten auf dem Bahnhof entkommen konnte, die ihm ihre kleinen Sorgen, Freuden und Sorgen zu erzählen hatten, bestieg er Billy, ritt mit dem geliehenen Pony in die Wüste und folgte dem Weg, auf dem sie zusammengekommen waren, nur ein paar Minuten zurück kurze Zeit vorher.

Billy war müde und ging langsam und ließ den Kopf hängen, und sein Herr war im Herzen traurig, so dass es während der Reise keine fröhliche Unterhaltung zwischen ihnen gab.

Sie waren nicht weit, nur zurück zum Maisrand, wo sie vor ein paar Stunden ihren letzten gemeinsamen Halt auf der Reise gemacht hatten, und hier machte der Missionar halt und ließ den Tieren ihre Freiheit für eine Pause und Erfrischung. Er selbst fühlte sich zu seelenmüde, um weiterzugehen.

Er nahm den Ring heraus, den kleinen Ring, der zu klein war, um mehr als die Hälfte seines kleinsten Fingers zu tragen, den Ring, den sie warm und glänzend aus ihrer weißen Hand genommen und in seine Handfläche gelegt hatte!

Die tief im Westen stehende Sonne drang in das Herz des Juwels ein und sandte ihren Glanz in einer Million vielfarbiger Facetten und durchdrang seine Seele mit dem Schmerz und der Freude seiner Liebe. Er warf sich ins Gras, wo sie gesessen hatte, wo er mit geschlossenen Augen und den Lippen auf dem Juwel, das sie getragen hatte, seinem Feind entgegentrat und seinen Kampf ausfocht.

Endlich müde vom Wettkampf schlief er ein. Die Sonne ging unter, der Mond zeigte sich noch einmal, und als die Nacht ihren Weg aus Silber nahm, schimmerten sanft zwei Juwelen in ihrem Glanz, der eine an seinem Finger, wo er ihren Ring gedrückt hatte, der andere aus dem Gras neben ihm. Mit merkwürdiger Verwunderung streckte er seine Hand zum zweiten hin und stellte fest, dass es der Topas im Griff ihrer Peitsche war, den sie fallen gelassen und vergessen hatte, als sie zusammen saßen und sich nebenbei unterhielten. Er ergriff es nun eifrig und brachte es zu sich. Es schien fast eine tröstende Botschaft von ihr zu sein, die er liebte. Es war etwas Greifbares, dies und der Ring, um ihm zu zeigen, dass er nicht geträumt hatte, dass sie kommen würde; Sie war echt gewesen, und sie hatte gewollt, dass er ihr von seiner Liebe erzählte, hatte gesagt, dass es für den Rest ihres Lebens einen Unterschied machen würde.

Er erinnerte sich, dass er irgendwo gelesen oder einen großen Mann sagen hörte, dass man, um einer großen Liebe würdig zu sein, auf sie verzichten können muss. Hier würde er also seine Liebe beweisen, indem er darauf verzichtete. Er stand mit erhobenem Gesicht da, verklärt im Licht der strahlenden Nacht, mit dem Ausdruck erhabener Selbsthingabe, aber in dieser Nacht kommunizierte nur sein Herz, denn auf seinen stummen Lippen waren keine Worte, die die Fülle seiner Selbstverleugnung ausdrücken könnten.

Dann machte er sich auf den Weg und kämpfte umso stärker, um ein
Stab zu sein, auf den sich andere Männer stützen konnten.

X

SEINE MUTTER

Wüsten und Berge bleiben, Pflichten drängen und drängen, Herzen schmerzen, aber die Welt rast weiter. Die folgenden Wochen zeigten den beiden, dass eine große Liebe ewig währt.

Brownleigh versuchte nicht, den Gedanken daran aus seinem Leben zu verbannen, sondern ließ ihn vielmehr die Allgemeinheit verherrlichen. Tag für Tag verging und er ging von Posten zu Posten, von Hogan zu Mesa und wieder zurück zu seiner Hütte, immer mit dem Gedanken an ihre Gesellschaft, und er fand es süß. Noch nie war er weniger fröhlich gewesen, als er seine Freunde traf, obwohl hinter all dem eine stille Würde und eine zärtliche Zurückhaltung steckte, die einige anspruchsvolle Menschen bemerkten. Im Fort sagte man, dass er Fleisch verliere, aber wenn ja, dann würde er Muskeln aufbauen. Seine schlanken braunen Arme waren nie stärker, und sein schönes, starkes Gesicht war nie traurig, wenn jemand in der Nähe war. Es war nur nachts allein in der mondbeschienenen Wüste oder in seinem kleinen, ruhigen Wohnort, wenn er mit seinem Vater sprach und ihm von all seiner Einsamkeit und seinem Kummer erzählte. Seine Leute fanden ihn sympathischer, sorgfältiger und unermüdlicher als je zuvor, und die Arbeit gedieh unter seiner Hand.

Das Mädchen in der Stadt hat sich bewusst darauf eingestellt, zu vergessen.

Die ersten paar Tage, nachdem sie ihn verlassen hatte, waren eine Zeit ekstatischer Freude, vermischt mit tiefer Depression, gewesen, während sie abwechselnd über die Tatsache einer großen Liebe nachdachte oder sich ihrer Unmöglichkeit stellte.

Sie hatte Milton Hamar mit ihrem abscheulichen Blick versengt und ging ihm trotz des Protests ihrer Familie ständig aus dem Weg, bis er sich entschuldigte und die Party in Pasadena verließ. Auch dort hatte Tante Maria sie von ihrer lästigen Störung befreit, und die Rückfahrt über die Südroute war für das Mädchen eine ungestörte Zeit der Meditation gewesen. Sie wurde von Tag zu Tag unzufriedener mit sich selbst und ihrem nutzlosen, schmucklosen Leben. An manchen Tagen las sie das kleine Buch, an anderen schloss sie es weg und versuchte, in ihr früheres Leben zurückzukehren, wobei sie sich sagte, es sei sinnlos, zu versuchen, sich zu ändern. Sie hatte festgestellt, dass das kleine Buch sie zutiefst beunruhigte und das Gefühl vermittelte, dass das Leben ernstere, schönere Dinge bereithielt, als nur zu leben, um sich selbst zu befriedigen. Sie sehnte sich nach der Heimat und nach den sommerlichen Fröhlichkeiten, mit denen sie die Leere ihres Herzens füllen konnte.

Als der Sommer voranschritt, herrschte manchmal fast eine Rücksichtslosigkeit hinsichtlich der Art und Weise, wie sie vorhatte, jede Minute eine gute Zeit zu haben; Doch in der Stille ihres eigenen Zimmers würde immer die Sehnsucht zurückkommen, die in der Wüste geweckt worden war und nicht zum Schweigen gebracht werden konnte.

Manchmal, wenn die Erinnerung an die große, tiefe Liebe, die sie für sich selbst zum Ausdruck gebracht hatte, über sie kam, traten ihr bittere Tränen in die Augen und ein Gedanke pochte durch ihr Bewusstsein: „Nicht würdig! Nicht würdig!" Er hatte sie nicht für geeignet gehalten, seine Frau zu sein. Ihr Vater und ihre Welt würden das ganz anders sehen. Sie würden ihn für unwürdig halten, sich mit ihr zu paaren, eine Erbin, das Haustier der Gesellschaft; Er war ein Mann, der sein Leben aus einer Laune, einer Modeerscheinung, einer fanatischen Fantasie heraus aufgegeben hatte! Aber sie wusste, dass dem nicht so war. Sie wusste, dass er ein Mann aller Männer war. Sie wusste, dass es wahr war, dass sie keine Frau war, die ein solcher Mann angemessen heiraten konnte, und dieser Gedanke ärgerte sie ständig.

Sie versuchte sich daran zu gewöhnen, ihn als eine angenehme Erfahrung zu betrachten, als einen Freund, der es vielleicht gewesen wäre, wenn die Umstände bei beiden anders gewesen wären; sie versuchte sich einzureden, dass es sich bei ihnen nur um eine vorübergehende Einbildung handelte, die beide vergessen würden; und sie versuchte von ganzem Herzen zu vergessen, schloss sogar das kostbare kleine Buch weg und versuchte es auch zu vergessen.

Und dann, eines Tages im Spätsommer, fuhr sie mit einer Autogesellschaft durch Neuengland; eine so ausgelassene und ausgelassene Party, wie man sie in der New Yorker Gesellschaft finden kann, die für den Sommer in die Welt der Natur versetzt wird. Am Ende der Fahrt sollte es einen Tanz oder eine Hausparty oder etwas Ähnliches geben. Hazel wusste es kaum und es kümmerte sie auch nicht. Sie wurde ihres Schmetterlingslebens völlig überdrüssig.

Der Tag war heiß und staubig, der Altweibersommer intensivierte sich. Durch einen Fehler des Chauffeurs waren sie ihnen aus dem Weg gegangen, und plötzlich hatte das Auto am Rande eines winzigen, malerischen Dörfchens eine Panne und weigerte sich, weiterzufahren, ohne eine lange Belagerung des Überredens und Streichelns.

Die staubbedeckten Mitglieder der Gruppe suchten Zuflucht im Dorfgasthaus, einem alten Gasthaus nahe der Straße, mit einer breiten, mit Backsteinen gepflasterten Piazza und weißen Säulen gegenüber an der

Vorderseite und ein geheimnisvoller Heckengarten an der Seite. Auf der Piazza standen viele schlichte Holzwippen, die ordentlich mit weißem Kratz verziert waren, und ein oder zwei Spätsommergäste, die mit Strickarbeiten oder Büchern herumlungerten. Der Wirt brachte kühle, klingende Gläser mit Wasser und reichhaltiger Milch aus dem Quellhaus, und sie ließen sich auf die Stühle fallen, um zu warten, während die Männer der Gruppe dem Chauffeur beim Flicken des Autos behilflich waren.

hungrig an der Milch . Sie wünschte, sie wäre nicht gekommen; wünschte, der Tag wäre vorbei und sie hätte etwas Interessanteres geplant; wünschte, sie hätte andere Leute für ihre Partei ausgewählt; und beobachtete gedankenverloren eine weiße Henne mit gelben Glacéstiefeln und einem korallenroten Kamm im schön frisierten Haar, die zierlich im Grün unter den Eichen herumstocherte, die die Straße beschatteten. Sie lauschte dem Summen der Bienen im Garten in der Nähe , dem fernen Wetzen einer Sense, dem monotonen Knattern einer Dampfdreschmaschine nicht weit entfernt, den fröhlichen Stimmen von Kindern und dachte daran, wie leer das Leben in diesem Dorf sein würde; fast so trostlos und uninteressant wie das Leben in der Wüste – und dann fiel ihr plötzlich ein Name ein, und die Röte flog ihr in die Wangen, und die Erinnerung ließ ihr Herz höher schlagen .

Es war der Wirt, der mit einer verweilenden Sommerpensionsbewohnerin sprach, einer stillen, grauhaarigen Frau, die lesend am Ende der Piazza saß.

„Nun, Miss Norton, Sie werden uns also nächste Woche verlassen. Tut mir leid, das zu hören. Sie wirken nicht natürlich , wenn Sie bis Oktober Zeit haben. Ich hoffe, Sie kommen zurück nach Granville im Frühjahr?"

Granville! Granville! Wo hatte sie von Granville gehört? Ah! Sie wusste es sofort. Es war sein altes Zuhause! Seine Mutter lebte dort! Aber dann hätte es natürlich auch ein anderes Granville sein können. Sie war sich nicht einmal sicher, in welchem Bundesstaat sie sich jetzt befanden, New Hampshire oder Vermont. Sie waren an diesem Tag mehrere Male auf der Staatsgrenze hin und her geschwankt, und sie achtete nie auf die Geografie.

Dann erhob der Wirt erneut seine Stimme.

Er blickte über die Straße, wo ein weißes Kolonialhaus, weiß eingezäunt mit Latten wie sauberer Zuckerguss, eingebettet in das üppige Gras, grün und sauber und frisch, und scheinbar völlig getrennt vom Boden und Staub der Straße, als wäre es nichts mühsam könnte dort jemals eintreten. Hell erblühte ein Beet aus Spätblumen, gefüllten Astern, Zinnien und Pfingstrosen, und eine Flamme scharlachroter Mohnblumen brach in das rauchartige Blau von Rittersporn und Junggesellenabschied ein, als es sich dem Haus näherte. Hazel hatte es bisher noch nicht bemerkt und schrie fast vor Freude über die Farbenpracht auf .

„Wal“, sagte der Wirt und klimperte mit ein paar losen Münzen in seinen geräumigen Taschen, „ich schätze, Frau Brownleigh wird dich genauso vermissen wie jeden von uns. Sie freut sich darauf, dass du vorbeikommst , um ihr vorzulesen. Das habe ich.“ Ich hörte sie sagen, dass Amelia Ellen eine gute Krankenschwester ist, aber sie war nie viel auf der Lektüre , und Amelia Ellen weiß es auch. Frau Brownleigh , sie wird einsam für dich sein, wenn du gehst. Es ist kein so lebendiges Fell Sie ist an ihr Bett oder ihren Stuhl gefesselt, auch wenn John ihr tatsächlich schreibt zweimal pro Woche.“

Und jetzt bemerkte Hazel, dass auf der überdachten Veranda vor dem Flügel des Hauses gegenüber eine alte Dame auf einem Rollstuhl saß und dass eine andere Frau in einem schlichten blauen Kleid neben ihr stand und auf sie wartete. Der Stuhl war teilweise von einem üppigen Rankenwerk verdeckt, und die Entfernung war zu groß, um das Gesicht der Frau zu erkennen, aber Hazel wurde vor Staunen und Vergnügen schwach. Sie saß ganz still da und versuchte, ihre Kräfte zu sammeln, während die Sommergäste ihr tiefes Bedauern darüber zum Ausdruck brachte, dass sie ihren gewählten Sommeraufenthaltsort so viel früher als gewöhnlich verlassen musste. Endlich begannen ihre Freunde , Hazel für ihr Schweigen zu gewinnen. Sie wandte sich verärgert ab und antwortete ihnen verärgert, folgte dem Wirt ins Haus und befragte ihn eifrig. Plötzlich war sie zu dem Schluss gekommen, dass sie Mrs. Brownleigh sehen und wissen musste, ob sie wie ihr Sohn aussah und ob sie die Art von Mutter war , die man von einem solchen Sohn erwarten würde. Sie hatte das Gefühl, dass in diesem Anblick ihre Befreiung von der Verzauberung liegen könnte, die sie seit ihrer Reise in den Westen in ihren Strapazen gefesselt hatte. Sie hoffte auch insgeheim, dass es ihre liebsten Träume darüber, wie seine Mutter war, wahr machen würde.

„Glauben Sie, dass es der Dame auf der anderen Straßenseite etwas ausmachen würde, wenn ich rüberkäme, um mir ihre wunderschönen Blumen anzusehen?“ Sie platzte in den erstaunten Wirt hinein, als er seinen Stuhl nach hinten schob, die Füße auf einen anderen legte und sich darauf vorbereitete, zum dritten Mal an diesem Tag in der gestrigen Zeitung zu blättern.

Mit einem Knall ließ er seinen Stuhl auf seinen vier Beinen herunterfallen und zog seinen Hut noch tiefer in die Stirn.

„Nicht ein bisschen, nicht ein bisschen, junge Dame. Sie ist stolz darauf, ihre Blumen zu zeigen. Sie sind eine der Sehenswürdigkeiten von Granville. Frau Brownleigh liebt es, Gesellschaft zu haben . Gehen Sie einfach rüber und sagen Sie ihr, dass ich sie geschickt habe Sie wird dir alles über sie erzählen , und sie wird dir ein Bokay geben, damit du lange Zeit haben kannst. Sie ist wirklich großzügig ihnen gegenüber .“

Er torkelte ihr auf seinen steifen, rheumatischen Beinen hinterher zur Tür und schlug vor, dass die anderen jungen Damen vielleicht gerne mitkommen würden, aber alle lehnten ab, zu Hazels größter Erleichterung, und riefen ihren Spott hinter ihr her, während sie sich auf den Weg machte über die staubige Straße und öffnete das weiße Tor in die friedliche Szene dahinter.

Piazza näherte, sah sie eines der schönsten Gesichter, die sie je gesehen hatte. Die Gesichtszüge waren zart und exquisit modelliert, gealtert durch die Jahre und viel Leid, aber dennoch lieblich mit einem Frieden, der keine Aufregung zuließ. Eine Fülle wehender seidener Haare, weiß wie aufgewirbelter Schnee, türmten sich hoch auf ihrem Kopf gegen das schneebedeckte Kissen, und sanfte braune Augen ließen das Herz des Mädchens schneller schlagen, da sie den anderen Augen ähnelten, die einst in ihre geschaut hatten.

Sie trug ein schlichtes kleines Musselinkleid aus Weiß und Grau mit weißem, wolkenartigem Abschluss an Hals und Handgelenken, und über ihre hilflosen Gliedmaßen war ein heller Überwurf aus rosa und grauer Wolle geworfen. Sie machte ein süßes Bild, als sie da lag und ihren herannahenden Gast mit einem Lächeln des Interesses und der Begrüßung beobachtete.

„Der Vermieter sagte, es würde Ihnen nichts ausmachen, wenn ich vorbeikäme, um Ihre Blumen zu sehen“, sagte Hazel mit einem schüchternen, halb verängstigten Ton in der Stimme. Jetzt, wo sie hier war , tat es ihr fast leid, dass sie gekommen war. Es könnte sein, dass es überhaupt nicht seine Mutter war, und was sollte sie überhaupt sagen? Doch ihr erster Blick verriet ihr, dass dies eine Mutter war, auf die sie stolz sein konnte. „Die schönste Mutter der Welt“ hatte er sie genannt, und diese Frau konnte sicherlich keine andere sein als diejenige, die einen solchen Sohn zur Welt gebracht hatte. Ihre höchsten Ideale der Mutterschaft schienen sich zu verwirklichen, als sie in das friedliche Gesicht der Behinderten blickte.

Und dann die Stimme! Denn die Frau sprach jetzt, streckte ihr eine lilienweiße Hand entgegen und befahl ihr, sich auf den chinesischen Weidenstuhl zu setzen, der dicht neben dem Stuhl mit Rollen stand; ein großes grünes Seidenkissen auf der Rückseite und ein großer Palmblattfächer auf dem Tisch daneben.

„Ich freue mich so sehr, dass Sie vorbeigekommen sind“, sagte Mrs. Brownleigh . „Ich habe mich gefragt, ob nicht jemand zu mir kommen würde. Ich behalte meine Blumen teilweise, um meine Freunde anzulocken, denn ich kann viel Gesellschaft ertragen, weil ich ganz allein bin. Du bist mit dem großen Auto gekommen, das kaputt gegangen ist unten, nicht wahr? Ich habe die hübschen Mädchen da drüben beobachtet, in ihren bunten Bändern und Schleiern. Sie sehen aus wie menschliche Blumen. Ruhe hier und sag mir, woher du kommst und wohin du gehst, während Amelia Ellen pflückt dir ein paar Blumen zum Mitnehmen. Danach gehst du zwischen ihnen hindurch und schaust, ob es welche gibt, die dir gefallen und die sie verpasst hat. Amelia Ellen! Hol deinen Korb und deine Schere und pflücke viele Blumen für diese junge Dame. Es wird schon spät und sie haben nicht mehr lange Zeit zum Blühen. An dem Rosenstrauch sind drei weiße Knospen. Pflücke sie alle. Ich denke, sie passen zu deinem Gesicht, meine Liebe. Jetzt nimm deinen Hut ab und zeig mir dein hübsches Haar, ohne es zu bedecken. Ich möchte, dass dein Bild in meinem Herzen verankert wird, damit ich dich ansehen kann, wenn du gegangen bist.

Und so verfielen sie ganz einfach in lockere Gespräche über einander, den Tag, das Dorf und die Blumen.

„Sehen Sie die kleine weiße Kirche unten an der Straße? Mein Mann war zwanzig Jahre lang ihr Pfarrer. Ich kam als Braut in dieses Haus, und unser Junge wurde hier geboren. Danach, als sein Vater weggebracht wurde, blieb ich genau hier bei dem Menschen, die ihn liebten. Der Junge war damals auf dem College und bereitete sich darauf vor, die Arbeit seines Vaters zu übernehmen. Seitdem bin ich hier geblieben. Ich liebe die Menschen und sie lieben mich, und ich konnte mich nicht wirklich bewegen, wissen Sie? . Mein Junge ist in Arizona, ein Heimmissionar!“ Sie sagte es, wie Abraham Lincolns Mutter gesagt hätte: „Mein Junge ist Präsident der Vereinigten Staaten!“ Ihr Gesicht zeigte eine Art Pracht, die verblüffende Ähnlichkeit mit dem Mann aus der Wüste hatte. Hazel staunte sehr und verstand, was den Sohn so großartig gemacht hatte.

„Ich verstehe nicht, wie er gehen und dich in Ruhe lassen könnte!“ sie brach fast verbittert aus. „Ich sollte denken, dass es seine Pflicht war, hier bei seiner Mutter zu sein!“

„Ja, ich weiß“, lächelte die Mutter; „Einige von ihnen sagen das zwar, aber das liegt daran, dass sie es nicht verstehen. Sehen Sie, wir haben Johannes Gott gegeben, als er geboren wurde, und wir hatten von Anfang an gehofft, dass er sich dafür entscheiden würde, Pfarrer und Missionar zu werden.“ . Natürlich dachte John zuerst, nachdem sein Vater gegangen war, dass er mich nicht verlassen könne, aber ich machte ihm klar, dass ich so glücklicher sein würde. Er wollte, dass ich mit ihm ging, aber ich wusste, dass ich nur ein Hindernis sein würde Arbeit, und mir wurde klar, dass mein Teil der Arbeit darin bestand, zu Hause zu bleiben und ihn gehen zu lassen. Das war alles, was ich noch tun musste, nachdem ich Invalide geworden war. Und ich fühle mich sehr wohl. Amelia Ellen kümmert sich um mich „Wie ein Baby, und es gibt viele Freunde. Mein Junge schreibt mir zweimal pro Woche wunderschöne Briefe, und wir führen so nette Gespräche über die Arbeit. Er ist seinem Vater sehr ähnlich und wird von Tag zu Tag ähnlicher. Vielleicht", stockte sie und „Vielleicht möchtest du ein bisschen aus einem seiner Briefe lesen. Ich habe ihn hier. Er kam gestern und ich habe ihn erst zweimal gelesen." Ich lasse sie nicht zu oft lesen, denn sie müssen mindestens drei Tage pro Stück reichen. Vielleicht würden Sie es mir vorlesen. Manchmal höre ich Johns Worte gerne laut und Amelia Ellen hat nie viel Zeit mit Lesen verbracht. Sie ist eigenartig in ihrer Aussprache. Macht es Ihnen etwas aus, es mir vorzulesen?

Sie hielt einen Brief hervor, der mit kräftiger, freier Hand geschrieben war, derselbe, mit dem der Name John Chadwick Brownleigh in dem kleinen Buch unterschrieben war. Hazels Herz pochte eifrig und ihre Hand zitterte, als sie sie schüchtern in Richtung des Briefes streckte. Was für ein Wunder war das! dass ihr selbst sein Brief in die Hand gelegt wurde, die er liebte – zum Lesen! War es möglich? Könnte da ein Fehler vorliegen? Nein, sicher nicht. Es konnte nicht zwei John Brownleighs geben , beide Missionare in Arizona.

„Liebe kleine Mutter von mir", begann es und tauchte sofort in das luftige Leben des westlichen Landes ein. Er war in der Woche zuvor bei einem Viehtrieb gewesen und beschrieb ihn genau in knapper und anschaulicher Sprache, mit so manchem Anflug von Witz oder ernsterem Anflug von Weisheit und hier und da mit einem jungenhaften Gesichtsausdruck, der zeigte, dass er im Herzen jung geblieben war. und seiner Mutter ergeben. Er erzählte von einem Besuch, den er den Hopi-Indianern abgestattet hatte, ihren seltsamen Dörfern, jedes wie ein riesiges Haus mit vielen Räumen, Pueblo genannt, an den Rändern hoher Felsen oder Tafelberge erbaut und fünfhundert bis sechshundert Fuß über ihnen wie riesige Burgen aussahen der Wüstenboden. Er erzählte von Walpi , einem Dorf am Ende eines großen Vorgebirges, dessen einziger Zugang eine schmale Landzunge mit einer Breite von weniger als einer Rute und einem kleinen Pfad war, den die Füße von zehn Generationen mehr als einen Fuß tief in den festen Fels gegraben hatten überqueren, wo heute etwa zweihundertdreißig Menschen in einem Gebäude leben. Es gab sieben dieser Dörfer, die auf drei Tafelbergen errichtet waren, die sich wie drei große Finger aus der nördlichen Wüste erstreckten. Oraibi , das größte, hatte über tausend Einwohner. Er erklärte, dass spanische Entdecker diese Hopis im Jahr 1540 fanden, lange bevor die Pilger am Plymouth Rock landeten, und das Land Tusayan nannten. Dann beschrieb er ein bemerkenswertes Treffen, bei dem die Indianer großes Interesse an spirituellen Dingen gezeigt und viele neugierige Fragen über Leben, Tod und das Jenseits gestellt hatten.

„Siehst du, Liebes", sagte die Mutter mit eifrig leuchtenden Augen, „du siehst, wie sehr sie ihn brauchen, und ich bin froh, dass ich ihn geben kann. Dadurch bin ich an der Arbeit beteiligt."

Hazel wandte sich wieder dem Brief zu und las weiter, um die Tränen zu verbergen, die sich in ihren Augen sammelten, als sie das erhabene Gesicht der Mutter betrachtete.

Es gab einen detaillierten Bericht über eine Konferenz von Missionaren, zu deren Teilnahme der Reiter neunzig Meilen zu Pferd geritten war; und am Ende gab es eine ausgezeichnete Beschreibung des Ortes, an dem sie in der letzten Nacht ihres Ritts ihr Lager aufgeschlagen hatten. Sie wusste es fast vom ersten Wort an und ihr Herz klopfte so wild, dass sie ihre Stimme beim Lesen kaum ruhig halten konnte:

„Ich habe auf dem Heimweg an einem Ort übernachtet , den ich sehr liebe. Es gibt einen großen, steilen und überhängenden Felsen, der Schutz vor jedem vorbeiziehenden Sturm bietet, und ganz in der Nähe ein bezauberndes grünes Boudoir aus Zedern an drei Seiten und einen Felsen an der Viertens. Ein reichlich vorhandenes Wasserloch erleichtert mir und Billy das Zelten, und die Sterne am Himmel sind gute Kerzen. Hier mache ich mein Feuer und koche den Kessel, lese meine Portion und lege mich hin, um den Himmel zu beobachten. Mutter, ich wünschte, du wüsstest es Wie nahe man sich Gott fühlt, draußen in der Wüste mit den Sternen. Letzte Nacht gegen drei Uhr bin ich aufgewacht, um mein Feuer wieder aufzufüllen und eine Weile einen großen Kometen zu beobachten, den schönsten seit vielen Jahren. Ich würde Ihnen davon erzählen, aber ich Ich habe diesen Brief schon zu lange geschrieben, und es ist Zeit, dass Billy und ich uns wieder auf den Weg machen. Ich liebe diesen Ort neben dem großen Felsen und komme auf meinen Reisen oft dorthin zurück; vielleicht, weil ich hier einmal mit einem lieben Freund campiert habe und Wir unterhielten uns angenehm zusammen an unserem Reisigfeuer. Dadurch wirkt die Wüste weniger einsam, weil ich mir manchmal vorstellen kann, wie mein Freund immer noch auf der anderen Seite des Feuers im Licht liegt, das mit dem großen Felsen spielt. Nun, meine kleine Mutter, ich muss schließen. Seien Sie froh, denn mir wurde mitgeteilt, dass ich im Frühjahr zur Generalversammlung nach Osten geschickt werden könnte, und dann für ganze drei Wochen bei Ihnen! Dann werden die Walderdbeeren draußen sein, und ich werde dich auf meinen Armen tragen und auf dem Erdbeerhügel hinter dem Haus eine Liege für dich ausbreiten, und du sollst mit deinen eigenen Händen wieder welche pflücken.

Mit einem plötzlichen Klopfen in ihrer Kehle, das wie ein Schluchzen aussah, endete die Lesung und Hazel gab den Brief mit tränenglänzenden Augen ehrfürchtig an die Mutter zurück, deren Gesicht vor Lächeln strahlte.

„Ist er nicht ein Junge, den es wert ist, geschenkt zu werden?" „‚ fragte sie, während sie den Brief faltete und ihn wieder unter den rosa-grauen Umschlag schob.

„Er ist ein großes Geschenk", sagte Hazel mit leiser Stimme.

Sie war fast froh, dass Amelia Ellen sich gerade einen Arm voll Blumen ausgedacht hatte und sie ihr Gesicht in ihrer Frische vergraben und die Tränen verbergen konnte, die nicht zurückgehalten werden wollten, und dann, bevor sie ihre Schönheit halb bewundert hatte, ertönte ein lautes „Hupen". -hupen!" von der Straße, gefolgt von einem ungeduldigeren, und Hazel wurde bewusst, dass auf sie gewartet wurde.

„Es tut mir leid, dass du gehen musst, Liebes", sagte die sanfte Frau. „Ich habe seit Jahren kein so schönes Mädchen mehr gesehen, und ich bin mir sicher, dass du auch ein schönes Herz hast. Ich wünschte, du könntest mich wieder besuchen."

„Ich werde irgendwann wiederkommen, wenn du mich lässt!" sagte das Mädchen impulsiv, dann bückte sie sich und küsste das weiche Rosenblatt auf die Wange und floh den Weg hinunter und versuchte, ihre Gefühle unter Kontrolle zu bringen, bevor sie ihre Gefährten traf.

Den Rest des Weges blieb Hazel ruhig und freute sich sehr über ihre Feierlichkeit. Sie beklagte sich über Kopfschmerzen und schloss die Augen, während jedes Herzklopfen sie über die Monate hinweg zurücktrug und sie wieder in das kleine Lager unter dem Felsen unter den Sternen brachte.

„Er erinnerte sich noch! Es kümmerte ihn!" Das war es, was ihre fröhlichen Gedanken sangen, während das Auto weiterfuhr und ihre fröhlichen Begleiter sie vergaßen und von ihren Frivolitäten plapperten.

„Wie schön, dass ich seine Mutter gefunden habe!" sagte sie immer wieder zu sich selbst. Dennoch war es nicht so wunderbar. Er hatte ihr den Namen der Stadt genannt, und sie hätte jederzeit aus eigenem Antrieb hierher kommen können. Aber es war seltsam und schön, dass der Unfall sie direkt vor die Tür des Hauses gebracht hatte, in dem er geboren und aufgewachsen war! Was für eine schöne, glückliche Kindheit muss er mit so einer Mutter gehabt haben! Hazel dachte wehmütig nach, aus der Leere ihrer eigenen mutterlosen Mädchenzeit heraus. Ja, sie würde eines Tages zurückgehen und die süße Mutter besuchen; und sie begann zu planen, wie es sein könnte.

XI

ZUFLUCHT

Milton Hamar hatte Hazel den ganzen Sommer über nicht beunruhigt. Von Zeit zu Zeit erwähnte ihr Vater, dass er mit geschäftlichen Unternehmungen verbunden sei, und es wurde nun offen darüber gesprochen, dass ihm die Scheidung gewährt worden sei und seine frühere Frau bald wieder heiraten würde. All dies war jedoch dem Mädchen höchst zuwider, dem schon das kleinste Wort über den Mann die hasserfüllte Szene der Wüste in Erinnerung brachte.

Doch schon früh im Herbst tauchte er wieder unter ihnen auf, nahm die gewohnte freundliche Einstellung gegenüber der ganzen Familie an und kam zum Mittag- oder Abendessen vorbei, wann immer es ihm passte. Er schien zu vergessen, was zwischen Hazel und ihm vorgefallen war, und tat so, als wäre es nicht geschehen, und nahm seine frühere spielerische Haltung extremen Interesses an dem Mädchen wieder an, das er immer geliebt hatte . Hazel bemerkte jedoch, dass in seinem Blick eine gewisse Besitzerhaltung lag, ein allzu offener Ausdruck seiner Bewunderung, der beleidigend war. Sie konnte es nicht vergessen und versuchte so sehr sie konnte, um ihres Vaters willen zu vergeben. Sie schreckte vor der Gesellschaft des Mannes zurück, ging ihm aus dem Weg, wann immer es möglich war, und schließlich, als er fast allgegenwärtig zu sein schien und jeden Tag immer beharrlicher auf seine Aufmerksamkeit bedacht war, suchte sie nach einem fesselnden Interesse, das sie aus seiner Sphäre herausführen würde .

Dann ergriff sie eine seltsame Fantasie.

Es war mitten in der Nacht, als es um sie ging, wo sie zwei Stunden lang ihr luxuriöses Kissen umgedreht hatte, vergeblich versucht, eine Schläfrigkeit herbeizuführen, die nicht aufkommen wollte, und sie stand sofort auf und schrieb einen kurzen, sachlichen Brief an der Wirt des kleinen Gasthauses in New Hampshire, in dem sie im Herbst ein paar Stunden aufgehalten hatte. Getreu ihrer impulsiven Natur belagerte sie am Morgen ihren Vater, bis er ihr die Erlaubnis gab, ihre Magd und einen ruhigen älteren Cousin von ihm mitzunehmen und sich völlig auszuruhen, bevor die Gesellschaftssaison begann.

Für seine Schmetterlingstochter war es eine seltsame Laune, aber der vielbeschäftigte Mann sah darin keinen Schaden und war völlig davon überzeugt, dass es nur ihre Art war, einen allzu eifrigen Anhänger für ein paar Tage zu bestrafen; und da er sicher war, dass sie bald zurückkehren würde, ließ er sie gehen. Sie hatte ihr ganzes Leben lang ihren Willen durchgesetzt, und warum sollte er sie in einer so einfachen Angelegenheit wie ein paar

Tagen Ruhe in einem Landgasthof mit einer respektablen Anstandsdame verärgern?

Hamar entkommen konnte und dass ihr Vater versprochen hatte, niemanden von ihr zu lassen Freunde wissen von ihrem Aufenthaltsort. Seine Augen hatten gezwinkert, als er das Versprechen gab. Er war sich ziemlich sicher, welcher ihrer vielen Verehrer bestraft wurde, aber er sagte es ihr nicht. Er hatte vor, mit all ihren jungen männlichen Freunden äußerst vorsichtig umzugehen. So vertraute er Milton Hamar an diesem Abend seine Absichten an, ohne zu glauben, dass es Hazel etwas ausmachen würde, wenn ihr alter Freund davon erfuhr.

Zwei Tage später ging Hazel, nachdem sie ihre kleine Gruppe bequem in den besten Räumen des Gasthauses in New Hampshire untergebracht hatte, ihnen eine große Kiste mit neuen Romanen und einer weiteren mit Süßigkeiten zur Verfügung gestellt und Bestellungen für die Nachsendung neuer Zeitschriften aufgegeben hatte, zu Rufen Sie die süße alte Dame an, der sich ihr Herz seit dieser ersten zufälligen oder von der Vorsehung getroffenen Begegnung eifrig zugewandt hatte, mit einer Sehnsucht, die sie nicht loswerden wollte.

Als sie durch den ersten frühen Schneesturm zurückkam, mit ihren Wangen wie Winterrosen und ihrem pelzigen Hut, der mit großen weißen Flocken gefiedert war, fand sie Milton Hamar vor dem offenen Feuer im Büro sitzen und die Luft schwer mit sich machen besten Tabak und runzelte ungeduldig die Stirn durch die kleinen Fensterscheiben.

Der strahlende Ausdruck verschwand augenblicklich aus ihrem Gesicht und der Frieden, den sie fast von der Frau auf der anderen Seite des Weges empfangen hätte. Ihre Augen blitzten empört und ihr ganzer kleiner Körper versteifte sich für den Kampf, von dem sie wusste, dass er jetzt kommen musste. Ihr Blick war unverkennbar. Milton Hamar wusste sofort, dass er nicht willkommen war. Sie stand einen Moment lang mit weit geöffneter Tür da und blies einen kräftigen Schwall beißender Luft durch den weiten Raum und in sein Gesicht. Eine Rauchwolke stieg aus dem Kamin und traf sie, und die beiden kamen vor dem Mann zusammen und bildeten für eine Sekunde eine sichtbare Wand zwischen ihm und dem Mädchen.

Er sprang auf, die Zigarre in der Hand und einen wütenden Ausruf auf den Lippen. Glücklicherweise war das Büro ohne weitere Bewohner.

„Warum in aller Unheiligkeit hast du mich mitten im Winter zu diesem verlassenen kleinen Loch geführt, Hazel?" er weinte.

Hazel richtete sich zu ihrer vollen Größe auf und antwortete ihm mit der Würde, die ihr gebührte:

„Wirklich, Herr Hamar , welches Recht haben Sie, auf diese Weise mit mir zu sprechen? Und welches Recht hatten Sie, mir zu folgen?"

„Das Recht des Mannes, der dich heiraten wird!" er antwortete heftig; „Und ich denke, es ist an der Zeit, dass dieser Unsinn aufhört. Es ist nichts weiter als kokette Dummheit, dass du hierher kommst.

„Herr Hamar , Sie vergessen sich selbst", sagte das Mädchen leise und drehte sich um, um die Tür zu schließen, damit sie Zeit gewann, ihre angeschlagenen Nerven unter Kontrolle zu bringen. Sie hatte eine schnelle Vorstellung davon, was es wäre, wenn sie mit einem solchen Mann verheiratet wäre. Kein Wunder, dass seine Frau durchaus bereit war, sich von ihm scheiden zu lassen. Aber sie schauderte, als sie sich umdrehte und ihm tapfer entgegentrat.

„Nun, warum bist du hierher gekommen?" fragte er in einem weniger grimmigen Ton.

„Ich bin gekommen, weil ich ruhig sein wollte", sagte Hazel und versuchte, ihre Stimme zu beruhigen, „und – ich werde dir die ganze Wahrheit sagen. Ich bin gekommen, weil ich von – dir weg sein wollte! Mir hat die Art und Weise, wie du dich verhalten hast, nicht gefallen." zu mir seit – diesem Tag – in Arizona."

Die grimmigen Brauen des Mannes zogen sich zusammen, aber eine Art entschuldigende Maske verbarg sich auf seinen Gesichtszügen. Er erkannte, dass er mit dem Mädchen, das er für kaum mehr als ein Kind gehalten hatte, zu weit gegangen war. Er hatte geglaubt, er könnte sie wie Wachs formen und dass seine Verachtung ihre List sofort vernichten würde. Er beobachtete sie eine ganze Minute lang ununterbrochen; Das Mädchen warf, obwohl es an allen Nerven zitterte, einen festen, hochmütigen Blick zu.

„Meinst du das?" sagte er schließlich.

"Ich tue!" Ihre Stimme war ruhig, aber sie war den Tränen nahe.

„Nun, vielleicht sollten wir besser darüber reden. Ich sehe, ich habe zu viel für selbstverständlich gehalten. Ich dachte, du hättest seit einem Jahr oder länger verstanden, was los war – wofür ich es tat."

„Du dachtest, ich hätte es verstanden! Du hast gedacht, ich wäre bereit, bei so einer schrecklichen Sache mitzumachen, wie du es getan hast!" Hazels Augen strahlten jetzt Feuer. Die Tränen waren verbrannt.

„Setz dich! Wir reden darüber", sagte der Mann und rückte einen großen Sommerstuhl näher an seinen eigenen heran. Sein Blick war anerkennend auf ihr Gesicht gerichtet und er dachte darüber nach, was für ein wunderschönes Bild sie in ihrer Wut gemacht hatte.

"Niemals!" sagte das Mädchen schnell. „Das ist nichts, worüber ich reden könnte. Ich möchte nicht noch einmal darüber sprechen. Ich möchte, dass du diesen Ort sofort verlässt", und sie drehte sich mit einer schnellen Bewegung um und floh die malerische alte Treppe hinauf.

Sie blieb in ihrem Zimmer, bis er ging, weigerte sich völlig, ihn zu sehen, weigerte sich, die langen Briefe zu beantworten, die er schrieb und an sie hinaufschickte; und schließlich, nach einem weiteren Tag, ging er weg. Aber er schrieb ihr mehrmals und kam zweimal wieder, wobei er jedes Mal versuchte, sie zu überraschen und mit ihm zu reden. Das Mädchen beobachtete mit zunehmender Nervosität jedes Herannahen der Tagesetappe, die verirrte Reisende vom vier Meilen entfernten Bahnhof brachte, und war tatsächlich froh, als ein heftiger Schneesturm sie einschloss und es unwahrscheinlich machte, dass sich ihr unwillkommener Besucher noch einmal aufs Land wagen würde .

Als er das letzte Mal kam, sah Hazel ihn aus der Kutsche steigen, und ohne ein Wort zu irgendjemandem zu sagen, obwohl es fast Zeit für das Abendessen war und die frühe Winterdämmerung hereinbrach, ergriff sie ihren Pelzumhang und schlüpfte die Hintertreppe hinunter nach draußen durch die Schatten, auf der anderen Straßenseite, wo sie die gute Amelia Ellen überraschte, indem sie ihre Arme um ihren Hals warf und mitten in der dunklen Eingangshalle in Tränen ausbrach, denn der winterliche Windstoß von der offenen Tür blies die Kerze aus, und Amelia Ellen Sie stand einen Moment lang erstaunt und verwirrt im Windstoß des Nordwinds, während die weichen Arme des aufgeregten Mädchens in ihren pelzigen Umhüllungen sich um ihre ungewohnten Schultern schmiegten.

Amelia Ellen hatte in ihrem Leben noch nie viele schöne Dinge gehabt, die Fürsorge ihrer Dresdner Porzellan- Geliebtin und ihr leuchtender Blumengarten waren bisher die Krönung ihres Lebens gewesen. Dieses wunderschöne Stadtmädchen mit ihren exquisiten Gewändern und ihrem Gesicht wie eine Blume, die plötzlich an sie geworfen wurde, weckte all die latente Liebe, das Mitleid und die Sympathie, die Amelia Ellen unter einem einfachen und strengen Äußeren mehr zu bieten hatte als die meisten anderen .

„Um des Landes willen! Was auch immer dir fehlt!" rief sie, als sie vor Erstaunen sprechen konnte, und zu ihrer eigenen Überraschung umarmte ihr Arm das schluchzende Mädchen in einer warmen Umarmung, während sie mit der anderen Hand nach der Tür schloss. „Kommen Sie direkt in meine Küche und setzen Sie sich auf den großen Stuhl neben der Katze und lassen Sie mich Ihnen eine Tasse Tee geben. Dann können Sie Frau Brownleigh sagen , was Sie beunruhigt . Sie wird wissen, wie sie mit Ihnen reden soll. Ich Ich bringe dir sofort etwas Tee.

Sie zog das schrumpfende Mädchen in die Küche, stieß die Katze von einer Patchwork-Schaukel und schob sie sanft hinein. Charakteristisch für Amelia Ellen war, dass sie nicht daran dachte, sich selbst um ihre spirituellen Bedürfnisse zu kümmern, sondern wusste, dass es ihre Aufgabe war, für körperlichen Trost zu sorgen.

Sie sagte kein einziges Wort außer zu der Katze und ermahnte ihn, seine Manieren zu ändern und sich von den Füßen fernzuhalten, während sie zur Teedose, zum Brotkasten, zur Zuckerdose und zum Porzellanschrank eilte . Bald wurde dem unerwarteten Gast eine Tasse duftenden Tees und ein Stück zartes Toastbrot serviert, das über den Kohlen bräunte, um es mit Butter zu bestreichen und knusprig mit dem Tee zu essen; und die Katze schmiegte sich bequem zu Hazels Füßen, während sie den Tee trank und die Tränen wegwischte.

„Du wirst denken, ich bin ein großes Baby, Amelia Ellen!" rief Hazel und versuchte beschämt zu lächeln, „aber ich habe es einfach so satt, wie die Dinge laufen. Du siehst, jemand, den ich überhaupt nicht mag, ist mit der Abendkutsche aus New York gekommen, und ich bin für eine Weile weggelaufen Ich weiß nicht, was mich zum Weinen gebracht hat. Zu Hause weine ich nie, aber als ich sicher hierher kam, hatte ich einen großen Kloß im Hals und du sahst so nett und freundlich aus, dass ich die Tränen nicht zurückhalten konnte. "

Von diesem Moment an liebte Amelia Ellen Hazel Radcliffe, die Toastgabel in der Hand, die süßen blauen Augen und das tränenüberströmte Gesicht, das einer durchnässten rosa Knospe nach einem Sturm ähnelte. Komm wohl, komm wehe, Amelia Ellen war von nun an ihre treue Bewundererin und Angeklagte.

„Macht dir nichts aus, Schatz, du isst einfach deinen Tee und rennst zu Frau Brownleigh , und ich hole meine Kapuze und renne rüber, um deinen Leuten zu sagen, dass du gekommen bist, um die ganze Nacht hier zu bleiben. Dann du Ich werde einen gemütlichen Abend verbringen und lesen , während ich nähe , und du kannst morgens lange schlafen und zurückgehen, wenn du bereit bist. Niemand kann dich hier berühren. Ich lasse keine Leute herein Nacht, ohne dass ich sie kenne ", und sie zwinkerte dem Mädchen wissend zu, als Zeichen der Ermutigung. Nun, sie wusste, wer der unwillkommene Fremde aus New York war. Sie hatte scharfe Augen und hatte die Kutsche von ihrem mit Vorhängen versehenen Küchenfenster aus beobachtet, als sie einfuhr.

In dieser Nacht erzählte Hazel ihrer behinderten Freundin alles über Milton Hamar und schlief in dem angenehmen Bett, das Amelia Ellen für sie vorbereitet hatte, mit Laken aus duftendem Leinen, das nach süßem Klee duftete. Ihr Herz war leichter wegen des einfachen, freundlichen Rats und der sanften Liebe, die man ihr entgegengebracht hatte. Als sie morgens halb döste und der schwache Geruch von Kaffee und Muffins die Atmosphäre erfüllte, fragte sie sich, warum sie diese wunderschöne Mutter ihres Helden so viel zärtlicher lieben konnte, als sie jemals eine andere Frau geliebt hatte. Lag es daran, dass sie ihre eigene Mutter nie gekannt hatte und sich ihr ganzes Leben lang nach einer gesehnt hatte, oder lag es nur daran, dass sie *seine* liebe Mutter war? Sie gab den Versuch auf, die Frage zu beantworten, und ging lächelnd zum Frühstück hinunter und überquerte dann die Straße, um sich ihrem unwillkommenen Liebhaber zu stellen, gestärkt in dem Mut, den ihr der freundliche Rat gegeben hatte.

Milton Hamar ging noch vor dem Abendessen, nachdem er schließlich von der Sinnlosigkeit seines Besuchs überzeugt war. Er heuerte einen Mann mit Pferd und Kutter an, der ihn quer durchs Land fahren sollte, um den New York Evening Express zu erreichen, und Hazel atmete erleichtert auf und begann, neue Freude am Leben zu finden. Ihr Vater war für einige Wochen auf Geschäftsreise; Ihr Bruder war mit einer Gruppe von Studienfreunden für den Winter ins Ausland gegangen. Es gab keinen wirklichen Grund, warum sie für einige Zeit nach New York zurückkehren sollte, und sie beschloss, zu bleiben und von dieser heiligen Frau zu lernen, wie man die Dinge des Lebens weise betrachtet. In ihrem eigenen Herzen gab sie offen zu, dass es ein tiefes Vergnügen war, in der Nähe von jemandem zu sein, der von dem Mann sprach, den sie liebte.

also dem Geschäftlichen und Hazel verbrachte glückliche Tage mit ihren neuen Freunden, denn Amelia Ellen war im besten Sinne des Wortes eine wahre Freundin geworden.

Das Dienstmädchen hatte den Winter auf dem Land als zu einsam empfunden und Hazel hatte sie für nutzlos befunden und sie zurück in die Stadt geschickt. Durch die Zusammenarbeit mit Amelia Ellen lernte sie, einige Dinge selbst zu tun. Die betagte Cousine, deren Jahre eine lange Anstrengung gewesen waren, um ein respektables Äußeres zu präsentieren, war nur zu glücklich, Muße und Ruhe zu haben, um nach Herzenslust zu lesen und zu sticken. So konnte Hazel viel Zeit mit Mrs. Brownleigh verbringen .

Sie lasen zusammen, zumindest las Hazel vor, denn die älteren Augen wurden trübe und mussten geschützt werden, um die schrecklichen Kopfschmerzen zu vermeiden, die bei der geringsten Provokation auftraten und die Tage für die schöne Seele, in der Geduld herrschte, zu einem Leerfeld des Leidens machten seine perfekte Arbeit haben.

Die Welt der Literatur öffnete sich nun für den eifrigen jungen Geist durch eine neue Tür. Bücher, von denen sie noch nie gehört hatte, lagen in ihrer Hand. Durch sie wurden neue Gedanken und Gefühle geweckt. Ein paar Freunde, die Mrs. Brownleigh durch ihre Sommerbesuche kannten, und andere, die ihren Mann gekannt hatten, versorgten sie mit dem Neuesten und immer dem Besten von allem – Geschichte, Biografie, Essays und Belletristik. Aber es gab auch Bücher mit tiefem spirituellem Charakter und Zeitschriften, die dem Mädchen eine neue Welt, die religiöse Welt, zeigten. Sie las sie alle mit Begeisterung und genoss die angenehmen Gespräche über jeden einzelnen. Ihr wurden die Augen für neue Lebensweisen geöffnet. Sie begann zu begreifen, dass es ein befriedigenderes Leben gab, als nur von einer Vergnügungsrunde zur nächsten zu wechseln. Und mehr als alles andere, was sie las, interessierte sie sich immer besonders für die Literatur der Heimmissionare. Es lag nicht daran, dass es so neu und seltsam und wie ein Märchen war, und auch nicht, weil sie wusste, dass ihre Freundin all diese Neuigkeiten so sehr genoss, sondern weil es für sie die Geschichte des Mannes enthielt , von dem sie jetzt wusste, dass sie ihn liebte und der es geliebt hatte sagte, er liebte sie. Sie wollte mit einer Umgebung wie seiner in Berührung kommen, um besser zu verstehen, was er ertragen musste und warum er es nicht gewagt hatte, sie zu bitten, sein Leben, seine Not zu teilen – und vor allem, warum er sie nicht für würdig gehalten hatte, zu leiden mit ihm.

Lesens müde wurde, ging sie in die Küche und half Amelia Ellen. Es war ihre eigene Laune, dass sie lernen sollte, einige der guten Speisen zuzubereiten, für die Amelia Ellen berühmt war. Während also ihre Gesellschaftsfreunde zu Hause von einer Schwulenszene zur nächsten gingen, die ganze Nacht tanzten und herumtollten und den Morgen verschlafen, entblößte Hazel ihre runden weißen Arme, hüllte sich in eine saubere, blau karierte Schürze und lernte, Brot zu backen und zu essen Kuchen und Lebkuchen und Pudding und Donuts und Obstkuchen, wie man Fleisch und Gemüse kocht und aus Kleinkram köstliche Brühen zubereitet und wie man die köstlichsten Desserts zubereitet, die auch den gebrechlichsten Appetit anregen. Es waren echte, alte Landgerichte – keine ausgefallenen Salate, Peitschen und Schäume, nach denen die Gesellschaft gejagt hat, um ihren schwindenden Geschmack zu verführen, bis alles verblasst ist. Sie schrieb einer ihrer alten Freundinnen, die wissen wollte, was sie so lange dort oben auf dem Land mitten in der Saison gemacht habe, dass sie einen Kurs in Hauswirtschaft belegte, und erzählte voller Freude von ihren Erfolgen. Insgeheim freute sich ihr Herz darüber, dass sie der Liebe des Mannes, in dessen Haus und an der Seite seiner Mutter sie süße Lektionen lernte, immer weniger unwürdig geworden war.

Es kamen natürlich Briefe von dem weit entfernten Missionar. Am Morgen ihrer Ankunft blieb Hazel später in der Küche und war sich einer Art zusätzlicher Präsenz im Zimmer seiner Mutter bewusst, als seine Briefe eintrafen. Sie wusste, dass die Mutter gerne mit den Briefen ihres Sohnes allein war und dass sie ihre Augen davor bewahrte, sie allein zu lesen. Immer hatte das ältere Gesicht eine Art verherrlichenden Ausdruck, wenn das Mädchen eintrat, nachdem sie ihren Brief gelesen hatte. Der Brief selbst war unsichtbar im Busen ihres weichen grauen Kleides versteckt, um immer wieder gelesen zu werden, wenn sie allein war, aber selten wurde er in Gegenwart des Besuchers hervorgeholt, so sehr es bei der Mutter mittlerweile üblich war liebe dieses Mädchen. Immer wieder gab es Neuigkeiten.

„Mein Sohn sagt, er sei sehr froh, dass ich diesen Winter so wunderbare Gesellschaft habe, und er möchte, dass ich mich bei Ihnen dafür bedanke, dass Sie mir vorgelesen haben", sagte sie einmal und tätschelte Hazels Hand, während sie das Wollgewand um die hilflose Gestalt ihrer Freundin legte . Und wieder:

„Mein Sohn fängt an, eine Kirche zu bauen. Er ist sehr glücklich darüber. Bisher haben sie Gottesdienste in einem Schulhaus abgehalten. Er hat einen Großteil des Geldes selbst gesammelt und wird mit seinen eigenen Händen beim Bau des Gebäudes helfen." . Er wird mir ein Foto schicken, wenn es fertig ist. Ich würde gerne dabei sein, wenn es eingeweiht wird. Es macht mich sehr stolz, dass mein Sohn das tut."

Der nächste Brief brachte ein Foto, einen kleinen Schnappschuss der Schlucht, winzig, aber klar und deutlich. Hazels Hand zitterte, als die Mutter es ihr zum Ansehen gab, denn sie kannte die Stelle genau. Sie vermutete, dass es ganz in der Nähe der Stelle lag, an der sie angehalten hatten, um Wasser zu holen. Sie konnte wieder den kühlen Atem der Schlucht spüren, den feuchten Geruch der Erde und der Farne und den Ruf des Wildvogels hören.

Dann kam eines Tages ein Missionarsmagazin mit einem kurzen Artikel über die Arbeit in Arizona und einem Bild des Missionars auf Billy, der gerade bereit war, von seiner kleinen Hütte aus zu einer Missionstour aufzubrechen.

Hazel drehte die Blätter, stieß auf das Bild und hielt vor Erstaunen und Freude den Atem an. Dann warf sie einen schnellen Blick auf den Artikel und ihr Herz klopfte wild, als hätte sie aus der Entfernung, die sie trennte, plötzlich seine Stimme nach ihr rufen hören. Sie hatte eine schöne Zeit, die stolze Mutter mit dem Bild zu überraschen und den Artikel zu lesen. Von diesem Morgen an schien es, als hätten sie ein engeres Band zwischen ihnen, und einmal, kurz bevor Hazel für die Nacht aufbrach, streckte die Mutter ihre zurückhaltende Hand aus und legte sie auf den Arm des Mädchens. „Ich wünschte, mein Junge und du würden uns kennen, Liebes", sagte sie wehmütig. Und Hazel, deren satte Farbe sofort in ihr Gesicht strömte, antwortete zögernd:

„Oh, warum – ich – fühle – fast – so – als ob – wir es *wären!* “ Dann küsste sie ihre Freundin auf die weiche Wange und eilte zurück zum Gasthaus.

In dieser Nacht kam das Telegramm mit der Nachricht, dass ihr Vater bei einem Eisenbahnunfall schwer verletzt worden sei und sofort nach Hause gebracht werden würde. Damals hatte sie keine Zeit, an etwas anderes zu denken, als ihre Sachen schnell zusammenzupacken und nach New York zu eilen.

XII

QUALIFIZIERUNG FÜR DEN DIENST

Während der sechs Wochen anhaltenden Leidens, die auf den Unfall folgten, war Hazel nie weit vom Bett ihres Vaters entfernt. Es schien, als sei ein neues Band der Verständigung zwischen ihnen entstanden.

Er war sehr niedrig und es gab von Anfang an wenig Hoffnung. Als er schwächer wurde, schien er seine Tochter nie außer Sichtweite haben zu wollen, und als er einmal plötzlich aufwachte und feststellte, dass sie dicht neben ihm war, breitete sich ein Lächeln der Erleichterung auf seinem Gesicht aus, und er sagte ihr in kurzen Worten, dass er davon geträumt hatte wieder in Arizona verloren gegangen war und dass er nach ihr gesucht hatte, während überall wilde Tiere heulten und böse Männer in dunklen Höhlen umherstreiften. Er erzählte ihr, wie er während der schrecklichen Zeit ihres Verschwindens von ihrem Gesicht verfolgt worden war, als sie noch ein kleines Baby war, nachdem ihre Mutter gestorben war, und es ihm so vorkam, als müsste er verrückt werden, wenn er sie nicht sofort finden könnte.

Um ihn zu beruhigen, erzählte sie ihm dann von dem Missionar und wie sanft er sich um sie gekümmert hatte; erzählte ihm von all den angenehmen kleinen Details des Weges, allerdings natürlich nicht von seiner Liebe zu ihr oder ihrer Liebe zu ihm. Vielleicht erkannte der Vater, dessen Augen von der Nähe zur anderen Welt so scharf waren, etwas von ihrem Interesse, während sie sprach, denn einmal seufzte er und sagte in Bezug auf das Opferleben, das der Missionar führte: „Nun, das weiß ich nicht." Ich weiß es, aber solche Dinge lohnen sich doch mehr."

Und dann erzählte sie ihm in einem plötzlichen Impuls, dass sie seine Mutter gefunden hatte und warum sie mitten in der Gesellschaftssaison aufs Land wollte, weil sie mehr über das friedliche Leben dieser Frau erfahren wollte.

„Vielleicht triffst du ihn wieder. Wer weiß?" sagte der Vater und sah seine schöne Tochter wehmütig an, dann wandte er den Kopf ab und seufzte erneut.

Als das Vertrauen zwischen ihnen wuchs , erzählte sie ihm eines Tages von Milton Hamars unwillkommenem Vorschlag, und die Empörung des Vaters kannte keine Grenzen.

Danach wagte sie es, ihm aus dem kleinen Buch vorzulesen und von dem Gottesdienst zu erzählen, der unter den Sternen in der Wüste abgehalten wurde. Als die Tage kürzer wurden, wurde es zwischen ihnen zur

Gewohnheit, dass sie das kleine Buch las, und danach lag er immer still, als ob er schliefe.

Bei den Worten des kostbaren Psalms schloss er zum letzten Mal auf dieser Welt die Augen, und es war der Psalm, der das Herz der Tochter tröstete, als sie nach der Beerdigung in das leere Haus zurückkehrte.

Ihr Bruder war zwar dort, aber er hatte Angst vor dem Tod und wollte wieder in seine Welt zurückkehren, zurück zu der Europareise, wo er seine Freunde und insbesondere eine fröhliche junge Gräfin zurückgelassen hatte, die ihn angelächelt hatte. Er war ungeduldig gegenüber Tod und Trauer. Hazel sah, dass er ihre Einsamkeit nicht begreifen konnte, also befahl sie ihm zu gehen, sobald es der Anstand erlaubte, und er ließ sich nicht lange aufhalten, ihr zu gehorchen. Er hatte sein ganzes Leben lang seinen Willen durchgesetzt, und selbst der Tod konnte ihn nicht verleugnen.

Die Arbeit der ausgebildeten Krankenschwestern, die sich um ihren Vater gekümmert hatten, interessierte Hazel sehr. Sie hatte mit ihnen über ihr Leben und ihre Vorbereitungen gesprochen, und als sie das große, leere Haus nicht mehr ertragen konnte, nur in Gesellschaft von Tante Maria, die kurz vor Mr. Radcliffes Tod zurückgekehrt war, beschloss sie, selbst Krankenschwester zu werden.

Im Bekanntenkreis gab es viel Aufregung über ihre Entscheidung, und Tante Maria fand es nicht ganz respektabel, dass sie so etwas Exzentrisches und so kurz nach dem Tod ihres Vaters tat. Sie hätte es vorgezogen, wenn sie für ein paar Wochen nach Lakewood gelaufen wäre und dann ihrem Bruder für ein oder zwei Jahre auf der anderen Seite des Wassers gefolgt wäre; Aber Hazel war ziemlich entschlossen, und bevor der Januar vorbei war , wurde sie durch den Einfluss ihres Hausarztes im Krankenhaus stationiert und unterzog sich ihrer ersten Einweihung.

Es war nicht einfach, ihr Leben aufzugeben, in dem sie genau das tat, was sie wollte, wann immer sie wollte, und eine Dienerin auf Befehl zu werden. Ihr Rücken schmerzte oft, und ihre Augen wurden von der Überwachung und der Betreuung schwer, und sie war fast bereit, aufzugeben. Dann gab ihr der Gedanke an den Mann aus der Wüste neuen Mut und Kraft. Ihr kam der Gedanke, dass sie mit ihm an der großen Arbeit des Königreichs teilnahm, und mit diesem Gedanken würde sie aufstehen und sich wieder der seltsamen neuen Arbeit widmen, bis ihr Interesse an den Menschen, denen sie diente, zunahm und sie verstand In gewisser Weise war dies der Grund für den Ruhm im Gesicht des Missionars, als er im Sternenlicht über seine Arbeit sprach.

Oft war ihr Herz wehmütig gegenüber ihrer kranken Freundin in New Hampshire, und sie ruhte sich aus, indem sie einen langen Brief schrieb, und freute sich über die sorgfältig geschriebenen Antworten. Hin und wieder gab es in diesen Briefen eine leichte Anspielung auf „meinen Sohn". Je näher der Frühling kam , desto häufiger fanden sie statt, denn im Mai fand die Generalversammlung statt, und der Sohn sollte einer der Redner sein. Wie ihr Herz klopfte, als sie las, dass dies nun sicher war. Als sie einige Tage später zufällig in der Tageszeitung einen Artikel über Versammlungspläne las und zum ersten Mal erfuhr, dass die Versammlung in New York stattfinden sollte, geriet sie in große Freude. Wäre es ihr möglich, ihn sprechen zu hören? Das war die große Frage, die ihr immer wieder durch den Kopf ging. Konnte sie dafür sorgen, dass sie sicher nicht im Dienst war, wenn seine Zeit zum Reden gekommen war? Wie konnte sie das alles herausfinden? Danach wurde ihr Interesse an den Kirchennachrichten der Tageszeitungen groß.

Dann kam der Frühling mit seiner trägen Atmosphäre und der harten Arbeit, oft mit dem Ruf, aufzupassen, wenn die Müdigkeit überkam, oder eine ungewohnte Aufgabe zu erledigen , die ihre undisziplinierte Seele auf die Probe stellte. Aber die Zeitungen waren voll von der bevorstehenden Versammlung und schließlich das Programm und sein Name!

Sie plante ihre Pläne sehr sorgfältig, aber der Fall, mit dem sie in dieser Woche beauftragt worden war, war sehr dürftig und lag im Sterben, und die Frau hatte Gefallen an ihr gefunden und sie angefleht, bis zum Ende bei ihr zu bleiben. Es war ein Teil der neuen Hazel, dass sie blieb, auch wenn ihr Herz vor Protest hochging und ihr immer wieder Tränen der Enttäuschung in die Augen stiegen. Die Oberschwester äußerte Missbilligung und sagte dem Hausarzt, dass Radcliffe als Krankenschwester nie viel abgeben würde; Sie hatte keine Kontrolle über ihre Gefühle.

Der Tod kam, fast zu spät, und gab ihr die Freiheit für den Nachmittag, aber bis zu seiner Rede war es nur noch eine halbe Stunde, sie war drei Meilen vom Treffpunkt entfernt und trug immer noch ihre Uniform. Es war fast dumm, es zu versuchen. Trotzdem eilte sie in ihr Zimmer, schlüpfte in einen schlichten kleinen Straßenanzug, der am schnellsten ging, und machte sich auf den Weg.

Es schien, als hätten sich alle Taxis, Autos und Verkehrsmittel verschworen, um sie zu behindern, und fünf Minuten vor der für die nächste Rede angesetzten Zeit eilte sie atemlos in den düsteren Flur einer großen, überfüllten Kirche und eilte die Treppe zur Galerie hinauf , durch die stillen Ledertüren, die sich für die Menschenmenge darin kaum öffnen ließen, und hörte endlich – *seine* Stimme!

Sie war oben auf der Galerie. Männer und Frauen standen dicht um sie herum. Sie konnte nicht einmal einen Blick auf die Plattform erhaschen, auf der sich edle Männer befanden, deren Hingabe, Macht und Intellekt sie zu großen religiösen Führern gemacht hatten. Sie konnte die junge, gebieterische Gestalt nicht sehen, die am Rand des Podiums stand, und auch nicht das Aufblitzen seiner braunen Augen sehen, als er das Publikum in seiner Macht hielt, während er die einfache Geschichte seines Westernwerks erzählte; Aber sie konnte die Stimme hören, und sie drang direkt in ihr einsames, trauriges Herz. Sofort verschwand die Kirche mit ihrer Masse an Menschenmassen, ihrer gewölbten und geschnitzten Decke, ihren prächtigen Buntglasfenstern, ihrer wundervollen Orgel und der kostbaren Ausstattung aus ihrem Blickfeld, und über ihr wölbte sich eine dunkelblaue Kuppel, durchbohrt von Sternen und Bergen in der Ferne mit einer Schluchtöffnung und einem flackernden Feuer. Sie hörte die Stimme aus ihrer natürlichen Umgebung sprechen, obwohl ihre Augen geschlossen und voller Tränen waren.

Er beendete seine Geschichte inmitten eines atemlosen Schweigens seiner Zuhörer und sprach dann mit kaum einer Stimmunterbrechung in einem seiner aufmunternden Gebete zu Gott. Das zitternde, fast schluchzende Mädchen fühlte sich in das Gebet einbezogen, spürte erneut den Schutz einer unsichtbaren Präsenz, spürte den Segen in seiner Stimme, als er „Amen" sagte, und hallte dessen tiefste Bedeutung in ihrer Seele wider.

Das Publikum war immer noch still, als der Redner sich umdrehte und zu seinem Platz im hinteren Teil der Plattform ging. Ein Sturm des Applauses war durch dieses Gebet unmöglich gemacht worden, denn der Himmel öffnete sich mit den Worten und Gott blickte herab und hatte mit jeder anwesenden Seele zu tun. Doch plötzlich brach der Applaus aus, denn der Redner hatte dem Moderator noch ein paar Worte zugeflüstert und eilte vom Podium. Es gab Rufe: „Geh nicht! Erzähl uns mehr! Bleib bis sechs Uhr dran!" Hazel konnte nichts sehen, obwohl sie ihren Hals streckte und auf den Zehenspitzen stand, aber sie faltete ihre Hände fest zusammen, als der Applaus kam, und ihr Herz hallte jeden Ton wider.

Das Geschrei verstummte für einen Moment, als der Moderator die Hand hob und erklärte, dass der Bruder, dem sie alle mit so viel Freude zugehört hatten, gerne noch länger mit ihnen sprechen würde, dass er aber schnellstmöglich mit dem Zug zu seinem Kranken aufbrechen würde Mutter, die zwei lange Jahre auf ihren Jungen gewartet hatte. Eine Pause, ein großer Seufzer des Mitgefühls und der Enttäuschung, und dann brach der Applaus erneut aus und hielt an, bis der junge Missionar die Kirche verlassen hatte.

In bitterer Enttäuschung drehte sich Hazel um und schlüpfte hinaus. Sie hatte keinen Blick auf sein geliebtes Gesicht geworfen. Sie jubelte darüber, dass sie die Ehre, die ihm zuteil wurde, gehört hatte und zu denen gehört hatte, die sich über seine Macht und Weihe freuten, aber sie konnte ihn nicht gehen lassen, ohne ihn zumindest einen Blick zu werfen.

Sie eilte blindlings die Treppe hinunter auf die Straße und sah eine Kutsche vor der Tür stehen. Die Tür der Kutsche war gerade geschlossen worden, aber als sie ihn ansah , drehte er sich um, schaute einen Moment hinaus und lüftete zum Abschied seinen Hut vor einer Gruppe von Pfarrern, die auf den Stufen der Kirche standen. Dann wirbelte ihn die Kutsche davon und die Welt wurde plötzlich leer.

Sie war hinter den Männern auf der Treppe gewesen, direkt im Schatten der dunklen Tür. Er hatte sie nicht gesehen und hätte sie natürlich auch nicht erkannt, wenn er es getan hätte; Doch jetzt wurde ihr klar, dass sie – oh – was hatte sie nicht gehofft, ihn hier zu treffen!

Aber er war weg, und es könnte Jahre dauern, bis er wieder nach Osten kam. Er hatte sie völlig aus seinem Leben verbannt. Er würde nie wieder an sie denken, wenn er käme! Oh, die Einsamkeit einer solchen Welt! Warum, oh warum, war sie jemals in die Wüste gegangen, um die Leere ihres Lebens kennenzulernen, wenn es nirgendwo etwas anderes für sie gab!

Die folgenden Tage waren sehr traurig und hart. Der einzige Gedanke, der jetzt half, war, dass auch sie versucht hatte, ihr Leben für etwas Wertvolles zu geben , wie er es getan hatte, und dass es vielleicht akzeptiert werden würde. Aber in ihrer Seele herrschte jetzt eine tiefe Unruhe, etwas, von dem sie wusste, dass sie es nicht hatte, nach dem sie sich unaussprechlich sehnte. Sie hatte kochen und stillen gelernt. Sie war bei weitem nicht so nutzlos wie damals, als sie völlig sorglos durch die Wüste ritt. Sie hatte einen Großteil ihrer Unwürdigkeit überwunden. Aber es gab noch ein großes Hindernis, das sie für die Kameradschaft und Partnerschaft mit dem Mann der Wüste ungeeignet machte. Sie hatte nicht das Etwas in ihrem Herzen und Leben, das die Quelle und das Zentrum der Selbstaufopferung war. Sie war immer noch unwürdig.

Etwa am 1. Juni gab es einen langen Brief von ihrer Freundin aus New Hampshire, der ihrer Meinung nach unsicherer geschrieben war als die vorherigen, und dann verging eine Zeit lang, ohne dass sie auf ihren Brief antwortete. Sie hatte jedoch wenig Zeit, sich darüber Sorgen zu machen, denn das Wetter war ungewöhnlich warm und das Krankenhaus war voll. Ihre Kräfte wurden bis zum Äußersten beansprucht, um ihre täglichen Pflichten zu erfüllen. Tante Maria schimpfte und bestand auf einem Urlaub, und begab sich schließlich voller Enttäuschung für den Sommer nach Europa. Die wenigen Freunde, mit denen Hazel Kontakt hielt, eilten in die Berge oder ans Meer, und der Sommer widmete sich dem Geschäftlichen.

Und jetzt, in den heißen, heißen Nächten, wenn sie auf ihrem kleinen Bett lag und fast zu müde war, um zu schlafen, glaubte sie, diese Stimme wieder zu hören, als er in der Kirche oder vor längerer Zeit in der Wüste sprach; und manchmal glaubte sie, die Brise der Wüstennacht auf ihrer heißen Stirn zu spüren.

Die Oberschwester und der Hausarzt kamen zu dem Schluss, dass Radcliffe eine Veränderung brauchte, und schlugen vor, ein paar Tage an der Küste bei einem genesenden Patienten zu verbringen, aber Hazels Herz wandte sich von dem Gedanken ab und sie bestand darauf, an ihrem Posten festzuhalten. Sie klammerte sich an den Gedanken, dass sie zumindest treu sein könnte. Es war das, was er tun würde, und in vielerlei Hinsicht würde sie wie er sein und seiner Liebe würdig sein.

Das war der letzte Gedanke in ihrem Kopf, bevor sie mit einem kleinen Baby im Arm auf der breiten Marmortreppe ohnmächtig wurde und zu Boden fiel. Das Baby war unverletzt, aber es dauerte lange, bis die Krankenschwester wieder zu Bewusstsein kam, und noch länger, bis es wieder zu Mute kam.

„Sie ist für die Arbeit nicht geeignet!" hörte sie die bissige Zunge der Oberschwester erklären. „Sie ist zu gebrechlich und hübsch und – emotional. Sie spürt die Probleme aller. Jetzt lasse ich mich von keinem Fall im Geringsten beunruhigen!" Und der Hausarzt blickte sie wissend an und sagte in seinem Herzen:

„Jeder würde das wissen."

Doch als Hazel zuhörte, war sie entmutigter als je zuvor. Dann hat sie auch hier versagt und wurde für unwürdig befunden!

Am nächsten Morgen kam eine kurze, unverblümte Nachricht von Amelia Ellen: „Liebe Frau Raclift , wenn du früher eine Ausbilderin warst , warum kommst du nicht und übernimmst das Auto meiner Frau Brownleigh ? muss Hev eins, ein Trainurse , ich meine Yors Respektvolle Amelia Ellen Stout.

Nach einem Gespräch mit dem Hausarzt und einem weiteren mit ihrem alten Hausarzt packte Hazel ihre Uniformen und machte sich auf den Weg nach New Hampshire.

Am Abend ihrer Ankunft, nachdem die sanfte Kranke zum Schlafen vorbereitet und in der Stille und Dunkelheit zurückgelassen worden war, erzählte Amelia Ellen die Geschichte:

„ Seit John zurückgekommen ist, ist sie nicht mehr dieselbe. Scheint, als hätte sie irgendwie gespürt, dass er nicht wiederkommen würde, solange sie noch lebte . Sie erzählte mir am nächsten Tag eine Menge Dinge, die sie nach ihrem Tod erledigen wollte , und seitdem ist sie immer bereit , diese Erde zu verlassen. Nicht, dass sie düster wäre, oh, meine Sinne, nein! Sie interessiert sich so sehr wie möglich für ihre Blumen, für die Menschen und die Kirche, aber sie ist nicht so interessiert wie nur möglich. Sie möchte nicht versuchen, so viele Dinge zu tun, und sie hat diese Schwächeanfälle, Ohnmachtsanfälle häufiger und mehr Schmerz in ihrem Herzen. Sie sitzt stundenlang scherzhaft da und hat ihre Bibel jetzt aufgeschlagen, aber ehrlich gesagt, sie muss nicht lesen Es! Sie kennt es am besten auswendig – das sind die lebenden Teile, wissen Sie. Sie scheint sich jetzt nicht mehr um die Zeitschriftenartikel zu kümmern. Ich wünschte, sie wären anderswo Gen'l ' Sembly ! Das war das Größte für sie. Sie tat scherzhaft so, als würde sie sich um jeden einzelnen von ihnen kümmern, der sich trifft . Sie konnte es kaum erwarten, dass ich mein Frühstücksgeschirr fertig machte. Sie würde wollen, dass ich sie für den Tag fertig mache, sie dann hinsetze und ihr vorlese, was sie tun . „Wir lassen die Dinge einfach auf sich beruhen, wissen Sie," Meelia Ellen", sagte sie mit ihrem süßen kleinen Lächeln, „nur solange das Treffen das letzte Mal ist." Wenn es dann vorbei ist, haben sie genug Zeit für die Arbeit – und auch eine Pause, „ Meelia Ellen", sagt sie. Nun, es scheint, als hätte sie sich nur selbst um diese Treffen gekümmert , das Gleiche gilt, wenn sie dort wäre. Sie hielt ihr Nickerchen, als wäre es eine Pille, ähm , und war dann hellwach und bereit für ihre Nachmittagsfrische , und dann schaute sie auf die Bühne, um die Abendzeitung zu bringen . John, er hatte einen ganzen Wagen voller Papiere geschickt, und an dem Tag, als er sprach, waren es so viele, dass ich mein Brotset einfach nicht bekommen konnte. Ich wollte mir ein Brot aus dem Gasthaus holen . Mir ist das auch zum ersten Mal passiert. Ich wollte nur so lange lesen, bis mein Rücken schmerzte und meine Augen schwollen. Ich habe in meinem ganzen Leben noch nie so viel gelesen ; Und ich habe im Laufe meiner Zeit auch viel gelesen , zum Beispiel indem ich sie als Begleiterin eines Perfessors betreut habe Invaleed Tochter eines Sommers.

„Wal, es scheint, als hätte sie immer weitergemacht und sich immer weiter gearbeitet , bis die Sembly geschlossen hat und er kam; und sie war die ganzen drei Wochen lang klar an der Spitze Als er hier war. Ich habe sie noch nie so strahlend gesehen, seit ich ein kleines Mädchen war und zu ihrer Sonntagsschulklasse ging, und sie trug eine Haube mit Lautenschnurband und einer Rose darin. Reden „Von Rosen – es gab keine im Garten, die so leuchtend und rosa war wie ihre beiden Wangen, und ihre Augen leuchteten für alle Welt so wie seine. Ich hatte große Angst, dass sie zusammenbrechen würde, aber sie tat es." t. Sie wurde heller und heller. Er solle sie reiten lassen , und er solle sie in den Obstgarten tragen und sie unter die Apfelzweige legen, wo sie selbst eine Walderdbeere erreichen konnte. Na ja, das tat sie nicht Ben war von der Veranda weggegangen , als er vor zwei Jahren weggegangen war. Aber jeden Tag, an dem er blieb, wurde sie fröhlicher. Am letzten Tag, bevor er ging, schien sie überhaupt nicht krank zu sein. Sie wollte früh aufstehen, und Sie wollte kein Nickerchen machen, weil sie sagte, sie dürfe keine Minute des letzten Tages verschwenden. Nun ja, sie ist tatsächlich einmal aufgestanden und hat ihn dazu gebracht, mit ihr über die Veranda zu gehen. Sie war zehn Monate lang nicht länger als eine Minute auf den Beinen gewesen , und das war länger, als sie aushalten konnte. Sie war den ganzen Tag über aufgeweckt und glücklich , und als er wegging, winkte sie so glücklich mit der Hand, lächelte und sagte, sie sei froh, ihn wieder an seine Arbeit schicken zu können. Aber sie sagte nie ein Wort über seine Rückkehr . Er sagte immer wieder , er würde im nächsten Frühjahr wiederkommen, aber sie lächelte nur und sagte ihm , dass er seine Arbeit vielleicht nicht verlassen könne, und das sei in Ordnung. Sie wollte, dass er treu war.

„Nun, er ging, und die Kutsche war nicht mehr da, den Hügel hinunter und wieder hinauf und hinter der Brücke außer Sichtweite, bevor sie mich ruft und sagt: „ Meelia Ellen, “ Ich glaube, ich bin müde von all dem, was da passiert ist, und wenn es Ihnen nichts ausmacht , denke ich, dass ich ein Nickerchen machen werde. Also helfe ich ihr in ihr Zimmer und ziehe ihr ihre Nachtsachen an, und seitdem liegt sie im Bett, und es dauert ganze sechs Wochen , bis es ein Tag ist „Sind Sie nicht bereit, mich für den Tag zu versorgen, Frau Brownleigh ?“ Und sie würde scherzhaft lächeln und sagen: „Nun, ich hoffe jetzt nicht, Meelia Ellen. Ich denke, ich werde mich heute noch ausruhen. Vielleicht werde ich mich morgen stärker fühlen.“ Aber Morgen kommt nie, und ich denke , sie wird nie wieder aufstehen .

Die Tränen liefen nun über die Wangen der guten Frau und auch Hazels Augen glänzten vor Tränen. Sie hatte die Transparenz des zarten Fleisches und die Zerbrechlichkeit der faltigen Hände bemerkt. Die Worte der Frau überzeugten auch ihr Herz.

„Was sagt der Arzt?“ fragte sie und schöpfte eine Hoffnung.

„Nun, er redet nicht viel“, sagte Amelia Ellen und hob ihr tränenüberströmtes Gesicht von ihrer karierten Schürze, wo sie herabgebeugt war. „Es scheint, als ob die beiden gerade ein Geheimnis zwischen sich hätten Dann werden sie nichts dazu sagen. Scheint, als ob er es versteht und weiß, dass sie nicht möchte, dass die Leute darüber reden oder sich Sorgen um sie machen.“

„Aber ihr Sohn –“ stockte Hazel. „Man sollte es ihm sagen!“

„Ja, aber es nützt nichts; sie lässt es nicht zu. Ich habe sie einmal gefragt, ob sie nicht wollte, dass ich ihm schreibe, dass er vorbeikommt und ihr einen kleinen Besuch abstattet, nur um sie aufzuheitern, und sie schüttelte sie.“ Kopf und sah wirklich verängstigt aus, und sie sagt: „ Meelia Ellen, schick ihn doch nie raus .“ Lass es mich wissen. Ich würde es *nicht so groß* mögen . Er ist da draußen und erledigt seine Arbeit, und ich bin glücklicher, wenn er dabei ist. Ein Missionar kann sich nicht die Zeit nehmen, jedes Mal durch das Land zu streifen , wenn ein Verwandter ein wenig deprimiert ist. Mir geht es eigentlich völlig gut, Meelia Ellen, nur habe ich mich in der Sembly-Woche ziemlich angestrengt , und als John hier war, ruhe ich mich eine Weile aus. Wenn ich John schicken möchte, sage ich es dir, aber *erledige es nicht vorher!* „Und ich glaube wirklich , dass sie sauer auf mich wäre, wenn ich es täte." Sie legt großen Wert darauf, ihren Sohn herzugeben , und ich vermute , es würde ihr den Sack verderben , ihn jedes Mal zurückkommen zu lassen , wenn sie sich nach ihm sehnt. Ich glaube in meinem Herzen, dass sie vorhat , sich ruhig davonzumachen und ihn nicht zu stören, um sich zu verabschieden. Für mich sieht es nur so aus .

Doch in den nächsten Tagen hellte sich die Stimmung des Kranken merklich auf und Hazel begann sich zu beruhigen. Sie unterhielten sich süß miteinander, und das Mädchen hörte die lange, angenehme Geschichte vom Heimbesuch des Sohnes, während die Mutter liebevoll über jedes Detail nachdachte und es immer wieder erzählte, bis der Zuhörer spürte, dass jeder Punkt in Sichtweite des Fensters des Kranken duftete sein Gedächtnis. Sie genoss die Geschichte genauso sehr wie die Erzählerin und wusste genau, wie sie die Antwort geben konnte, die eine liebende Frau von einer anderen liebenden Frau verlangt, wenn sie von der Geliebten spricht.

Als dann die Geschichte immer wieder erzählt wurde und es nichts mehr zu erzählen gab als die angenehme Erinnerung an eine lustige Rede oder ein zärtliches Ereignis, begann Hazel tiefergehende Fragen über die Dinge des Lebens und der Ewigkeit zu stellen; und Schritt für Schritt führte die ältere Frau sie auf dem Weg, den sie ihren Sohn durch all die Jahre seiner Kindheit geführt hatte.

In dieser Zeit schien sie wieder stärker zu werden. Es gab Tage, da saß sie eine Weile auf und ließ die Mahlzeiten auf einem winzigen Schaukeltisch neben ihrem Stuhl abstellen; und sie hatte ein großes Interesse daran, das Mädchen zu himmlischem Wissen zu führen. Jeden Tag bat sie um ihr Schreibmaterial und schrieb eine Weile; Doch Hazel bemerkte, dass sie nicht alles, was sie geschrieben hatte, in den Umschlag der wöchentlichen Briefe schickte, sondern es sorgfältig in ihrer Schreibmappe verstaute, als wäre es etwas noch Unvollendetes.

Und eines Abends Ende September, als die letzten Strahlen des Sonnenuntergangs über dem Fuß des Rollstuhls lagen und Amelia Ellen im Kamin ein kleines Feuer machte, weil es kühl schien, rief die Mutter Hazel zu sich und reichte sie ihr ihr einen versiegelten und an ihren Sohn adressierten Brief.

„Lieber", sagte sie sanft, „ich möchte, dass du diesen Brief nimmst, ihn sorgfältig verwahrst und ihn aufbewahrst, bis ich weg bin, und dann möchte ich, dass du versprichst, dass du ihn, wenn es dir möglich ist, geben wirst." zu meinem Sohn mit deinen eigenen Händen.

Hazel nahm den Brief ehrfürchtig entgegen, ihr Herz war voller Ehrfurcht und Trauer, und sie beugte sich ängstlich über ihre Freundin. „Oh, warum", rief sie, „was ist los? Fühlen Sie sich heute Nacht schlechter? Sie haben den ganzen Tag so strahlend gewirkt."

„Kein bisschen", sagte der Kranke fröhlich. „Aber ich schreibe dies schon seit langer Zeit – eine Art Abschied von meinem Jungen – und es gibt niemanden auf der Welt, den ich ihm so gerne hätte schenken wollen wie Sie. Wird es Ihnen Mühe machen, es mir zu versprechen? , Mein Schatz?"

Hazel beteuerte mit Küssen und Tränen, dass sie die Mission gerne erfüllen würde, bat aber darum, dass sie sofort nach dem geliebten Sohn schicken dürfe, denn ein Anblick seines Gesichtes, so wusste sie, würde seiner Mutter guttun.

Schließlich waren ihre Befürchtungen zerstreut, obwohl sie keineswegs sicher war, ob der Sohn nicht geholt werden sollte, und als der Kranke glücklich eingeschlafen war, ging Hazel in ihr Zimmer und versuchte darüber nachzudenken, wie sie dem einen Brief schreiben könnte würde den jungen Mann nicht beunruhigen, ihn aber dennoch an die Seite seiner Mutter bringen. Sie plante, dass sie selbst für ein paar Tage weggehen würde, damit er sie nicht hier finden musste. Sie schrieb mehrere steife kleine Notizen, aber keine davon befriedigte sie. Ihr Herz sehnte sich danach zu schreiben: „Oh mein Lieber! Komm schnell, denn deine geliebte Mutter braucht dich. Komm, denn mein Herz schreit nach deinem Anblick! Komm sofort!" Doch bevor sie schlief, versiegelte und adressierte sie schließlich einen würdevollen Brief von Miss Radcliffe, der ausgebildeten Krankenschwester seiner Mutter, und schlug vor, dass er jetzt zumindest einen kurzen Besuch abstatten sollte, da sie für ein paar Tage weg sein müsse, und sie hatte das Gefühl, dass seine Anwesenheit dies tun würde sei eine weise Sache. Seiner Mutter schien es nicht so gut zu gehen wie damals, als er bei ihr war. Dann legte sie sich getröstet zum Schlafen hin. Aber der Brief wurde nie abgeschickt.

Als die treue Amelia Ellen in der frühen Morgendämmerung von ihrem Sofa in der Nische neben dem Krankenzimmer schlüpfte und ein Streichholz an das sorgfältig gelegte Feuer im Kamin anzündete, kam sie am Bett vorbei und wie zuvor wie sie es seit Jahren gewohnt war, warf einen Blick, um zu sehen, ob mit ihrer Patientin alles in Ordnung sei; sofort wusste sie, dass der süße Geist der Mutter geflohen war.

Mit leicht abgewandtem Gesicht, einem Lächeln der guten Nacht auf den Lippen und dem Frieden Gottes auf ihrer Stirn war die Mutter in ihre Ruhe eingetreten.

XIII

DER RUF DER WÜSTE

Hazel, deren Augen vor Tränen geblendet waren und deren Herz durch den Verlust der Frau, auf deren Mütterlichkeit sie Anspruch hatte, zu schwellen begann, verbrannte den Brief, den sie am Abend zuvor geschrieben hatte, und schickte ein sorgfältig formuliertes Telegramm, nach dem sich ihr Herz sehnte Mitgefühl für den trauernden Sohn.

„Ihre liebe Mutter ist ruhig im Schlaf nach Hause gegangen. Ihr schien es nicht schlechter zu gehen als sonst, und ihre letzten Worte galten Ihnen. Lassen Sie uns sofort wissen, welche Pläne wir machen werden, Schwester Radcliffe." Das war das Telegramm, das sie geschickt hatte.

Die arme Amelia Ellen war völlig am Ende. Ihr praktischer gesunder Menschenverstand war ihr ausnahmsweise entgangen. Sie würde nichts anderes tun, als um den geliebten Kranken zu weinen und zu stöhnen, dem sie so lange und treu gedient hatte. Es oblag Hazel, alle Entscheidungen zu treffen, obwohl die Nachbarn und alten Freunde mit Hilfsangeboten äußerst freundlich waren. Hazel wartete gespannt auf eine Antwort auf das Telegramm, aber die Nacht brach herein und es kam keine Antwort. Es hatte einen Sturm gegeben und mit den Leitungen stimmte etwas nicht. Am nächsten Morgen schickte sie jedoch ein weiteres Telegramm und gegen Mittag noch ein drittes, ohne dass eine Antwort erfolgte. Sie vermutete, dass er vielleicht nicht mit dem Telegraphen gewartet hatte, sondern sofort angefangen hatte und vielleicht in ein paar Stunden bei ihnen sein würde. Sie beobachtete die Abendbühne, aber er kam nicht; Dann merkte sie, wie ihr Herz flatterte, und fragte sich, wie sie die Kraft gehabt hätte, ihn zu treffen, wenn er gekommen wäre. Da war der Brief seiner Mutter und ihr Versprechen. Sie hatte diese Entschuldigung für ihre Anwesenheit – natürlich hätte sie unter den gegebenen Umständen nicht gehen können. Dennoch schreckte sie vor dem Treffen zurück, denn irgendwie schien es ein Verstoß gegen die Etikette zu sein, dass sie diejenige war, die die von ihm gewählte Trennung zwischen ihnen durchbrechen sollte.

Er kam jedoch nicht, und am dritten Morgen, als es dringend erforderlich wurde, etwas Bestimmtes zu erfahren, brachte ein Telegramm an den Stationsagenten in Arizona die Antwort, dass der Missionar auf einer langen Reise zu einigen Indianerstämmen unterwegs sei; dass sein genauer Aufenthaltsort nicht bekannt sei, aber Boten seien nach ihm geschickt worden und würden so schnell wie möglich Bescheid geben. Der Pfarrer und die alten Nachbarn berieten sich mit Amelia Ellen und Hazel und schmiedeten einfache Pläne für die Beerdigung, hofften und zögerten jedoch so lange wie möglich, und als schließlich nach wiederholten Telegrammen immer noch die Antwort kam: „Der Bote ist noch nicht zurückgekehrt." Sie trugen den abgenutzten Körper der Frau zu einem ruhigen Ruheplatz neben ihrem geliebten Ehemann auf dem Kirchhof am Hang, wo die weichen Ahornbäume den neuen Hügel leuchtend bedeckten und der Himmel sich hoch wölbte und eine Art triumphale Erinnerung an den Ort war der Geist war verschwunden.

Hazel versuchte, jedes Detail so darzustellen, wie sie es sich vorgestellt hatte. Die Nachbarn brachten große Mengen ihrer heimischen Blumen mit, und einige Freunde aus der Stadt, die schon seit langem im Sommer dort wohnten, schickten Treibhausrosen. Der Pfarrer leitete den schönen Gottesdienst des Glaubens, und die Dorfkinder sangen über den Sarg ihrer alten Freundin, die jeden einzelnen von ihnen immer geliebt hatte, ihre Hände voll mit den späten Blumen aus ihrem eigenen Garten, leuchtend scharlachrot und blau und gold. als ob es ein freudiger Anlass wäre. Tatsächlich hatte Hazel, selbst als sie sich in der Stille der Gegenwart des Todes bewegte, den Eindruck, dass sie an einem feierlichen Fest voller tiefer Freude teilnahm und nicht an einer Beerdigung – so herrlich war die Hoffnung des Verstorbenen gewesen triumphierte ihr Glaube an ihren Erlöser .

Nachdem die Beerdigung vorüber war, setzte sich Hazel hin und schrieb einen Brief, in dem er von allem erzählte , ihn mit Mitgefühl erfüllte, versuchte, ihr Bemühen zu zeigen, alles so zu machen, wie er es sich gewünscht hätte, und tiefe Trauer darüber auszudrücken, dass sie gezwungen waren, damit weiterzumachen den Dienst ohne ihn.

In dieser Nacht kam eine Nachricht vom Stationsagenten von Arizona. Der Missionar war mit einem ausgerenkten Knöchel in einem fernen Indianerhaus gefunden worden. Er ließ ihnen sagen, dass sie nicht auf ihn warten dürften; dass er, wenn möglich, rechtzeitig dort ankommen würde. Eine spätere Nachricht am nächsten Tag besagte, dass er immer noch nicht reisen könne, sich aber so schnell wie möglich zur Eisenbahn begeben würde. Dann folgte eine mehrtägige Pause ohne jede Nachricht aus Arizona.

Hazel ging mit Amelia Ellen umher, brachte das Haus in Ordnung und hörte sich die schöne Klage der liebevollen, trauernden Dienerin an, während sie kleine Begebenheiten ihrer Herrin erzählte. Hier war der Stuhl, auf dem sie saß, als sie das letzte Mal nach oben ging, um die Regulierung der Feder zu überwachen, und das war Mr. Johns kleines Babykleid, in dem er getauft wurde. Seine Mutter glättete das Ganze und erzählte ihr eines Tages die Geschichte von seiner kleinen Lieblichkeit. Sie hatte es selbst in die Kiste mit den blauen Schuhen und der Häkelmütze gelegt. Es war das letzte Mal, dass sie die Treppe hinaufkam.

Da war das graue Seidenkleid, das sie zu Hochzeiten und Dinnerpartys trug, bevor ihr Mann starb, und darunter im Koffer befand sich das weiß bestickte Musselin, das ihr Hochzeitskleid war. Mit zunehmendem Alter war es gelb und zart wie ein Spinnennetz, mit einem Frostmuster aus vergilbter Stickerei, das seltsam auf seine alte Form gestreut war, und einem Hauch echter Spitze. Hazel legte ehrfürchtig eine Hand auf den feinen alten Stoff und spürte, als sie durch die Schätze des alten Koffers blickte, dass sich ihr ein innerer Zufluchtsort der Süße geöffnet hatte.

Endlich kam ein Brief aus dem Westen .

Brownleighs fester, klarer Handschrift an „Miss Radcliffe, Krankenschwester" adressiert und begann mit „Sehr geehrte Frau." Hazels Hand zitterte, als sie sie öffnete, und das „Liebe Frau" trieb ihr Tränen in die Augen; aber dann wusste er es natürlich nicht.

Er dankte ihr mit der ganzen Freundlichkeit und Höflichkeit des Sohnes seiner Mutter für ihre Fürsorge für seine liebe Mutter und erzählte ihr von vielen angenehmen Dingen, die seine Mutter über ihre Dienste geschrieben hatte. Er erzählte kurz von seiner Lahmlegung im Indianerreservat und von seiner tiefen Trauer darüber, dass es ihm nicht gelungen war, nach Osten zu kommen, um in ihren letzten Stunden bei seiner Mutter zu sein, sagte aber weiter, dass es der Wunsch seiner Mutter schon oft gewesen sei drückte aus, dass er seinen Posten nicht verlassen sollte, um zu ihr zu kommen, und dass es „keine Abschiedstraurigkeit" geben müsse, als sie „einschiffte", und dass, obwohl es für ihn schwer war, er wusste, dass es eine Erfüllung der Wünsche seiner Mutter war. Und jetzt, wo sie weg war und der letzte Blick auf ihr liebes Gesicht unmöglich war, hatte er beschlossen, dass er es noch nicht ertragen konnte, nach Hause zu kommen und all die lieben, vertrauten Orte zu sehen, ohne dass ihr Gesicht verschwunden war. Er würde eine Weile warten, bis er sich an den Gedanken an sie im Himmel gewöhnt hatte, und dann würde es ihm nicht mehr so schwer fallen. Vielleicht würde er erst im nächsten Frühling nach Hause kommen, es sei denn, jemand rief ihn; er konnte es nicht sagen. Und auf jeden Fall hindert ihn seine Knöchelverletzung derzeit daran, die Reise anzutreten, egal wie sehr er sich das auch wünscht. In Miss Radcliffes Brief sei ihm mitgeteilt worden, dass alles genau so erledigt worden sei, wie er es sich gewünscht hätte. Es gab nichts weiter, was es zu einer Notwendigkeit machte, dass er kommen sollte. Er hatte an den Anwalt seiner Mutter geschrieben, um die wenigen geschäftlichen Angelegenheiten seiner Mutter zu regeln, und es blieb ihm nur noch, denjenigen, die seiner lieben Mutter zur Seite gestanden hatten, als es ihm unmöglich gemacht wurde, seine tiefe Dankbarkeit zum Ausdruck zu bringen. Er schloss mit der Bitte, die Krankenschwester solle ihm ihre ständige Adresse geben, damit er sie sicher finden könne, wenn es ihm möglich sei, wieder nach Osten zu kommen, da es ihm Freude bereiten würde, ihr von Angesicht zu Angesicht für das zu danken, was sie seiner Mutter getan hatte.

Das war alles.

Als sie den Brief beendet hatte, spürte Hazel, wie sich ein verständnisloses Schwindelgefühl in ihr breit machte. Dadurch war er wieder meilenweit von ihr entfernt, und es dauerte vielleicht Jahre, bis er ihn wieder sah. Sie schien plötzlich furchtbar allein in einer Welt zu sein, die sie nicht mehr interessierte. Wohin sollte sie gehen; Was tomacht sie jetzt mit ihrem Leben? Zurück in den harten Alltag des Krankenhauses, in dem sich niemand kümmerte, und in die herzzerreißenden Szenen und Tragödien, die sich täglich abspielten? Irgendwie schien ihr bei dem Gedanken die Kraft zu schwinden. Auch hier hatte sie versagt. Sie war nicht lebensfähig, und das Krankenhauspersonal hatte es entdeckt und sie weggeschickt, um ihre Freundin zu pflegen und zu versuchen, gesund zu werden. Sie waren freundlich gewesen und hatten darüber gesprochen, wann sie zu ihnen zurückkehren sollte, aber tief in ihrem Herzen wusste sie, dass sie sie für ungeeignet hielten und sie nicht zurückhaben wollten.

Sollte sie nach Hause zurückkehren, ihren Bruder und ihre Tante rufen und sich wieder in die Gesellschaft stürzen? Die bloße Vorstellung machte sie krank. Sie war sich sicher, dass sie sich nie wieder für dieses Leben interessieren würde. Als sie ihr Herz erforschte, um herauszufinden, wonach sie sich wirklich sehnte, wenn überhaupt nach etwas auf der ganzen Welt, stellte sie fest, dass ihr einziges Interesse dem Missionsfeld von Arizona galt, und jetzt, da ihre liebe Freundin nicht mehr da war, konnte sie nichts mehr wissen viel darüber.

Nach einer Weile nahm sie sich zusammen und erzählte Amelia Ellen von der Entscheidung von Mr. Brownleigh , und gemeinsam planten sie, wie das Haus geschlossen und alles in Ordnung gebracht werden sollte, um auf den Willen seines Herrn zur Rückkehr zu warten. Aber in dieser Nacht konnte Hazel nicht schlafen, denn plötzlich, mitten in ihren traurigen Überlegungen, kam der Gedanke an den Brief, der ihr anvertraut worden war.

In den anstrengenden Tagen nach dem Tod seines Autors war es in Vergessenheit geraten. Hazel hatte nur einmal daran gedacht, und das am ersten Morgen, mit einer Art tröstendem Gedanken, dass es dem Sohn helfen würde, seinen Kummer zu ertragen, und sie war froh, dass es ihr Privileg war, es in seine Hand zu legen. Dann hatte die Verwirrung des Anlasses es aus ihren Gedanken verdrängt. Jetzt kam es zurück wie ein schnelles Licht an einem dunklen Ort. Da war noch der Brief, den sie ihm geben musste. Es war eine kostbare Bindung, die ihn noch eine Weile an ihr festhalten würde. Aber wie sollte sie es ihm geben?

Sollte sie es per Post schicken? Nein, denn das wäre nicht die Erfüllung ihres Versprechens. Sie wusste, dass die Mutter wollte, dass sie es ihm selbst gab. Nun, sollte sie ihm also sofort schreiben und ihn in sein altes Zuhause rufen, ihm von dem Brief erzählen und sich dennoch weigern, ihn ihm zu schicken? Wie seltsam das erscheinen würde! Wie konnte sie es ihm erklären? Die Laune seiner Mutter mochte für ihn heilig sein – wäre es natürlich –, aber er würde es seltsam finden, dass eine junge Frau so viel daraus machen würde, dem Brief an die Post nicht zu vertrauen, jetzt, wo die Umstände es ihm unmöglich machten komm sofort.

Es würde ihr auch nicht schaden, den Brief aufzubewahren, bis er es für angebracht hielte, in den Osten zurückzukehren und sie aufzusuchen. Es könnte Jahre dauern.

Die rätselhafte Frage schwirrte stundenlang in ihrem Kopf herum, bis sie schließlich einen Plan formulierte, der das Problem zu lösen schien.

Der Plan war dieser. Sie würde Amelia Ellen dazu überreden, mit ihr eine Reise nach Kalifornien zu unternehmen, und unterwegs würden sie in Arizona anhalten und den Brief in die Hände des jungen Mannes geben. Zu diesem Zeitpunkt würde sein verletzter Knöchel zweifellos stark genug sein, um von der Reise ins Indianerreservat zurückkehren zu können. Sie würde sagen, dass sie nach Westen gehen würde, und da sie seiner Mutter versprochen hatte, ihm den Brief in die Hände zu legen, hatte sie diese Gelegenheit genutzt, um anzuhalten und ihr Versprechen zu halten. Auch für Amelia Ellen würde die Reise eine gute Sache sein und sie von der Einsamkeit wegen der verstorbenen Geliebten ablenken.

Am nächsten Morgen brachte sie das Thema eifrig gegenüber Amelia Ellen zur Sprache und sah sich mit einem ausdruckslosen Gesicht der Bestürzung konfrontiert.

„Ich könnte es nicht, du würdest es sowieso nicht reparieren, meine Liebe", sagte sie traurig und schüttelte den Kopf. „Ich würde mir nichts Besseres wünschen, als diese großen Bäume draußen in Kalifornien zu sehen, von denen ich mein ganzes Leben lang gehört habe ; einen Sommer und einen Winter mit Schnee auf den Bergen, was einige der Pensionsgäste theerzählen ." 'Kampf; aber ich kann es nicht kapieren. Sie sehen, es ist so. Peter Burley 'n' Ich hatte mir fast zwölf Jahre versprochen , und als er mich fragte , sagte ich nein, ich könnte nicht gehen Fräulein Brownleigh brauchte mich schon lange, und er dachte, ich werde ihn in der Woche nach ihrem Tod heiraten, und ich glaubte, es gefiel mir überhaupt nicht, das Ganze so trostlos anzugehen ; und dann wird es ihm gut gehen Ich heirate ihn in der Woche, nachdem sie mich nicht mehr braucht; und ich beschließe, ja, das werde ich, und jetzt muss ich mein Versprechen halten ! Ich kann mein treues Wort nicht brechen. Ich würde es wirklich gerne tun um diese großen Bäume

zu sehen, aber ich muss meinen Promus behalten ! Sie sehen, er hat lange
gewartet , und er ist wirklich geduldig. Er kann mich nicht immer jede Woche
sehen, und vielleicht ist er ein Tuk Delmira , die vor fünf Jahren im Gasthaus
gekocht hat. Sie hatte ihn im Handumdrehen gehabt , und sie tat ihr Bestes,
um ihn zu kriegen, aber er blieb treu, und er sez, sez er, Meelia „ Wenn du
mein Wort halten willst , werde ich ein Leben lang warten, aber ich hoffe,
dass du es nicht länger schaffst, als du brauchst." Und an dem Abend, an
dem er sagte, dass ich ihm wieder versprochen hätte , dass ich ihm bald
gehören würde , wann immer ich die Freiheit hätte, zu tun, was mir gefiel.
Ich würde diese großen Bäume gerne sehen, aber ich kann es nicht. Ich kann
es einfach nicht tun.

Nun war Hazel keine junge Frau, die sich so leicht von ihren Plänen
abhalten ließ, wenn sie erst einmal gemacht waren. Sie war überzeugt, dass
das Einzige, was sie tun konnte, diese Reise war und dass Amelia Ellen die
einzige Person auf der Welt war, die sie als Begleiterin haben wollte; Deshalb
machte sie sofort Bekanntschaft mit Peter Burley, einem nachdenklichen,
behäbigen Mann mit dicken Augenbrauen, der mit jedem Zentimeter seines
Körpers, dem blauen Overall und allem, wie ein geduldiger Liebhaber aussah.
Hazels Herz war ihr fast misstrauisch, als sie ihren Plan seinen erstaunten
Ohren vorstellte und den Ausdruck leerer Bestürzung sah, der sich auf
seinem Gesicht ausbreitete. Allerdings hatte er all die Jahre nicht damit
gewartet, seiner Liebsten jetzt etwas Vernünftiges zu verweigern. Er seufzte
tief, erkundigte sich, wie lange die geplante Reise dauern würde, erlaubte ihm,
„noch einen Monat zu warten, wenn es passte", und wandte sich geduldig
seinem Scheunenhof zu, um über seine müden Gedanken nachzudenken und
seine Hoffnungen noch ein wenig weiter zu fassen voraus. Dann stimmte
Hazels Herz ihr nicht zu. Sie rief ihm nach und schlug vor, dass er vielleicht
zuerst heiraten und mit ihnen gehen und den Ausflug als Hochzeitsreise
betrachten möchte. Sie würde gerne alle Kosten übernehmen, wenn er
würde. Aber der Mann schüttelte den Kopf.

„Ich konnte die Aktie nicht so lange stehen lassen, wie man das repariert.
Do Niemand würde meinen Platz einnehmen. Außerdem war ich nie auf
Reisen; Aber „ Meelia Ellen, sie hat allesamt ein lebhafteres Gemüt, und
wenn sie sich nach Kalifornien sehnt , gehe ich davon aus , dass sie
freundlicher und zufriedener sein wird, als wenn sie sie zuerst sieht und sich
dann in Granville niederlässt." Sie sollte besser gehen, solange sie die
Gelegenheit dazu hat .

Amelia Ellen erlag, wenn auch unter Tränen. Hazel konnte nicht sagen,
ob sie angesichts der Aussicht, die ihr bevorstand, eher froh oder traurig war.
Währenddessen weinte Amelia Ellen und beklagte das Schicksal des armen
Burley, und währenddessen fragte sie sich, ob es wirklich große Bäume wie
die gab, die man in den Regionen sah, mit Reitergruppen, die zufrieden in

Tunneln durch ihre Stämme saßen. Aber schließlich willigte sie ein, zu gehen, und unter vielen Aufforderungen der bewundernden und neidischen Nachbarn , die kamen, um sie zu verabschieden, verabschiedete sich Amelia Ellen im grauen Morgengrauen eines Oktobermorgens schluchzend von ihrem feierlichen Geliebten und kletterte hinein Bühne neben Hazel, und sie fuhren davon in das Geheimnis der großen Welt. Als sie zu ihrem Peter zurückblickte, der geduldig, gebeugt und grau in der vertrauten Dorfstraße stand und sich um seine scheidende Geliebte kümmerte, die auf Besichtigungstour in die Welt ging, wäre Amelia Ellen fast über das Lenkrad gesprungen und zurückgelaufen, wenn es so gewesen wäre nicht für das, was die Nachbarn sagen würden, denn ihr Herz gehörte Burley; Und da die großen Bäume nun tatsächlich stärker zogen als Burley und sie beschlossen hatte, zu ihnen zu gehen, begann Burley durch sein bloßes Einverständnis, stärker zu ziehen als die großen Bäume. Es war eine sehr weinerliche Amelia Ellen, die ein paar Stunden später in den Zug stieg, traurig und hoffnungslos auf die alte Bühne zurückblickte, die sie gerade verlassen hatten, und sich fragte, ob sie schließlich jemals wieder sicher und lebend nach Granville zurückkehren würde. Seltsame Ängste befielen sie vor Gefahren, die während ihrer Abwesenheit auf Burley zukommen könnten, und wenn es dazu käme, würde sie sich nie verzeihen, dass sie ihn verlassen hatte; seltsame Schrecken über den Lauf der Dinge, die ihre Rückkehr behindern könnten; und sie begann, ihre bis dahin geliebte Reisegefährtin mit fast Argwohn zu betrachten, als wäre sie eine Verschwörerin gegen ihr Wohlergehen.

Als jedoch die Meilen wuchsen und sich die Wunder des Weges vervielfachten, begann Amelia Ellen, sich aufzusetzen und aufmerksam zu werden, und eine Art aufgeregte Freude darüber zu verspüren, dass sie gekommen war; Denn näherten sie sich jetzt nicht dem großen, berühmten Westen, und wäre es nicht bald an der Zeit, die großen Bäume zu sehen und wieder nach Hause zurückzukehren? Sie war fast froh, dass sie gekommen war. Sie wäre rundum froh, dass sie es getan hatte, wenn sie wieder sicher nach Hause zurückgekehrt wäre.

Und so kamen sie eines Abends gegen Sonnenuntergang an der kleinen Station in Arizona an, die Hazel vor über einem Jahr im Privatwagen ihres Vaters verlassen hatte.

XIV

HEIM

Amelia Ellen, steif von der ungewohnten Reise, gepudert vom Staub der Wüste, müde von der Aufregung des Reisens und dem Schlafmangel in ihrer seltsamen Umgebung, stieg auf die Holzplattform und überblickte die herrliche Entfernung zwischen ihr und irgendwo anders; beobachtete die weite Leere mit schrecklichen violetten Bergen und grenzenlosen, vielfarbigen Landstrichen, die von einer Himmelskuppel überwölbt waren, höher, weiter und blendender, als sich ihre strenge New-Hampshire-Seele je vorgestellt hatte, und wandte sich voller Panik wieder dem Zug zu entfernte sich bereits von der kleinen Station. Ihr erstes Gefühl war Erleichterung gewesen, wieder festen Boden unter ihren Füßen zu spüren, denn dies war die erste Reise in die Welt, die Amelia Ellen jemals gemacht hatte, und die Autos verwirrten sie. Ihr zweiter Impuls war, so schnell sie konnte, wieder in den Zug einzusteigen und diese schreckliche Reise zu Ende zu bringen, damit sie sich das Recht verdienen konnte, in ihr ruhiges Zuhause und zu ihrem treuen Liebhaber zurückzukehren.

Aber der Zug war gut unterwegs. Sie schaute halb neidisch danach. Es konnte seine Arbeit fortsetzen und musste nicht in dieser wilden Wüste stehen bleiben.

Sie blickte sich noch einmal mit dem verängstigten Blick um, den ein verlassenes Kind zuwirft, bevor es die Lippen verzieht und schreit.

Hazel unterhielt sich gelassen mit dem grob aussehenden Mann auf dem Bahnsteig, der einen breiten Filzhut und eine Pistole im Gürtel trug. In Amelia Ellens provinziellen Augen sah er nicht einmal respektabel aus. Und hinter ihm, der Schrecken des Schreckens! Da ragte ein echter Indianer auf, mit langen Haaren, hohen Wangenknochen, Decke und allem, so wie sie es in der Geographie gesehen hatte! Ihr Blut gefror! Warum, oh warum, war sie jemals dazu gezwungen worden, diese gewagte Sache zu tun – die Zivilisation zu verlassen und ihrem guten Mann und dem ruhigen Zuhause zu entkommen, das auf ihren sicheren Tod in der Wüste wartete? Alle Geschichten über schreckliche Skalpierungen, die sie jemals gehört hatte, tauchten vor ihrer aufgeregten Vision auf. Mit einem Keuchen wandte sie sich wieder dem abfahrenden Zug zu, der zu einem bloßen Fleck in der Wüste geworden war, und noch während sie hinschaute, verschwand sie hinter einer Kurve und verlor sich in den düsteren Ausläufern eines Berges!

Arme Amelia Ellen! Ihr Kopf drehte sich und ihr Herz sank. Die weite Prärie umhüllte sie sozusagen, und sie stand zitternd da und starrte in benommener Erwartung eines Angriffs von der Erde, aus der Luft oder vom

Himmel. Der Himmel und die Erde schienen zusammenzuwanken und drohten, sie auszulöschen, und sie schloss die Augen, hielt den Atem an und betete für Peter. Es war ihre Gewohnheit gewesen, in jedem Notfall immer für Peter Burley zu beten.

Es war nicht besser, als sie sie zum Restaurant auf der anderen Seite der Strecke brachten. Sie bahnte sich einen Weg zwischen den bösartig aussehenden Männern und betrachtete verächtlich den langen Esstisch mit seiner Last an grobem Essen und den Sitzbänken. Sie weigerte sich, ihren Hut abzunehmen, als sie das Zimmer erreichte, zu dem die schlampige Frau sie führte, weil sie sagte, es gäbe keinen passenden Ort zum Ablegen; verachtete das einfache Bett, weigerte sich, sich an dem für alle eingerichteten Waschbecken die Hände zu waschen, und machte sich unangenehmer, als Hazel es sich von ihrer sanften, hilfsbereiten Amelia Ellen je hätte träumen lassen. Sie aß kein Abendessen und blieb auch nicht lange am Tisch sitzen, nachdem die Männer hereinkamen, und blickte neugierig auf die Fremden.

Sie stolzierte auf die raue, nicht überdachte Veranda vorn und starrte in die dunkle Weite, voller Angst vor der wilden Fremdartigkeit, Angst vor den drohenden Bergen, Angst vor der Vielzahl der Sterne. Sie sagte, es sei lächerlich, so viele Sterne zu haben. Es war nicht natürlich. Es war respektlos. Es war, als würde man zu nah in den Himmel blicken, obwohl man es nicht hätte tun sollen.

Und dann erklang ein markerschütterndes Geräusch! Es ließ ihr die Haare zu Berge stehen. Sie drehte sich mit wilden Augen um und ergriff Hazels Arm, aber sie war zu verängstigt, um einen Laut von sich zu geben. Hazel war gerade herausgekommen, um sich zu ihr zu setzen. Aus Rücksicht auf die Fremden hatten sich die Männer von ihrem gewohnten Raucherplatz auf der Veranda auf die Rückseite des Holzstapels hinter dem Haus zurückgezogen. Sie waren allein – die beiden Frauen – da draußen im Dunkeln, mit diesem schrecklichen, schrecklichen Geräusch!

Amelia Ellens weiße Lippen umrahmten die Worte „Indianer"? „Kriegsschrei"? aber ihre Kehle verweigerte ihren Laut, und ihr Atem stockte.

„Kojoten!" lachte Hazel, überzeugt von ihrer großen Erfahrung, mit einem fast freudigen Klang in ihrer Stimme. Der Klang dieser fernen Tiere versicherte ihr, dass sie endlich im Land ihrer Geliebten war, und ihre Seele jubelte.

„Schüchtern – oh –", aber Amelia Ellens Stimme verlor sich in den Nischen ihres dürftigen Kissens, wohin sie geflohen war, um ihre erschrockenen Ohren zu vergraben. Sie hatte von Kojoten gehört, aber sie hätte nie gedacht, dass sie einen außerhalb eines zoologischen Gartens hören würden, von dem sie gelesen hatte und von dem sie immer gehofft hatte, ihn eines Tages zu besuchen. Dort lag sie auf ihrem harten kleinen Bett und zitterte, bis Hazel, immer noch lachend, kam, um sie zu finden; Aber alles, was sie von der armen Seele bekommen konnte, war eine klägliche Klage über Burley. „Und was würde er sagen, wenn ich mit einem dieser Geschöpfe zusammentreffen würde ? Er würde mir niemals verzeihen, niemals, niemals, solange ich lebe! Ich hatte nicht genug , um zu kommen. Ich hatte 'tough ' zu 'a' kommen!

Nichts, was Hazel sagen konnte, würde ihre Ängste zerstreuen. Mit Entsetzen hörte sie zu, wie das Mädchen zu zeigen versuchte, wie harmlos die Tiere seien, indem es von ihrem eigenen nächtlichen Ritt den Canyon hinauf erzählte und dass ihr nichts geschadet habe. Amelia Ellen blickte sie nur mit gefrorenem Blick an, der durch das flackernde Kerzenlicht noch grimmiger wurde , und antwortete dumpf: „Und du wusstest schon lange von ihnen , und trotzdem hast du mich hergebracht ! Es ist nicht das, was ich von dir gehalten habe." Das würde ich tun! Burley, er wird mich mein Leben lang nicht verzeihen , wenn ich aufstehe. Das ist es nicht Wenn ich ganz allein auf der Welt wäre, wissen Sie. Ich habe ihn dazu gebracht , über etwas nachzudenken. Ich kann es mir nicht leisten, kein Risiko einzugehen , *wenn Sie können* .

In dieser Nacht konnte sie nicht ein einziges Mal schlafen, und als der Morgen anbrach und zu den Schrecken der Nacht noch ein Telegramm von einem Nachbarn von Burley hinzukam, in dem es hieß, Burley sei vom Heuhaufen gefallen und habe sich das Bein gebrochen, aber er sandte seine Grüße und … In der Hoffnung, dass sie eine gute Reise haben würden, wurde Amelia Ellen unkontrollierbar. Sie erklärte, sie würde keine Minute länger in diesem schrecklichen Land bleiben. Dass sie den ersten Zug zurück nehmen würde – zurück in ihr geliebtes New Hampshire, das sie nie wieder verlassen würde, solange ihr Leben verschont bliebe, es sei denn, Burley ging mit. Sie würde nicht einmal warten, bis Hazel ihre Nachricht überbracht hatte. Wie könnten zwei einsame Frauen in einem solchen Land eine Botschaft überbringen? Niemals, *niemals* würde sie reiten, fahren oder laufen, nein, noch nicht einmal einen Fuß auf den Sand der Wüste setzen. Sie würde am Gleis sitzen, bis ein Zug kam, und sie würde nicht einmal weiter suchen, als sie brauchte . Die rasende Angst, die einfache Menschen manchmal beim Anblick eines großen Gewässers oder eines tosenden Baches, der sich über einen Abgrund ergießt, befällt, hatte sie beim Anblick der Wüste befallen. Es erfüllte ihre Seele mit seiner Unermesslichkeit, und die arme Amelia Ellen hatte das große Verlangen, sich auf den hölzernen Bahnsteig zu setzen und etwas festzuhalten, bis ein Zug kam, um sie aus dieser schrecklichen Leere zu retten, die versucht hatte, sie zu verschlingen.

Der arme Peter mit seinem gebrochenen Bein war ihr seltsamer Schrei! Man könnte meinen, sie hätte es mit den Rädern des Wagens zerbrochen, mit dem sie von ihm weggefahren war, so wie sie darüber nachdachte und sich selbst die Schuld gab. Die Tragödie eines gebrochenen Gelübdes und seine Folgen waren Gegenstand ihres Diskurses. Hazel lachte, argumentierte dann und weinte schließlich und flehte; aber nichts konnte helfen. Sie würde gehen, und zwar schnell, zurück nach Hause.

Als sich herausstellte, dass Argumente und Tränen nichts nützten und dass Amelia Ellen entschlossen war, mit oder ohne sie nach Hause zu gehen, zog sich Hazel auf die Veranda zurück und beriet sich mit der Wüste in ihrer Morgenhelligkeit, mit den violetten, lockenden Bergen usw der lächelnde Himmel. Mit dem Zug zurückfahren, der in einer halben Stunde am Bahnhof halten würde, mit der Wüste dort und dem wundervollen Land und seinen seltsamen, wehmütigen Menschen, und nicht einmal einen Blick auf ihn werfen würde, den sie liebte? Zurückgehen, während der Brief noch in ihrem Besitz ist und ihre Nachricht noch nicht übermittelt wurde? Niemals! Sicherlich hatte sie keine Angst, lange genug zu bleiben, um nach ihm zu schicken. Die Frau, die sie gefüttert und über Nacht beherbergt hatte, würde ihre Beschützerin sein. Sie würde bleiben. Irgendwo in der Nähe musste es eine gebildete und gebildete Frau geben, zu der sie ein paar Tage gehen konnte, bis ihr Auftrag erledigt war; Und was war ihre Ausbildung im Krankenhaus wert, wenn sie ihr nicht eine gewisse Unabhängigkeit verschaffte? Hier draußen im wilden freien Westen mussten sich Frauen schützen. Sie könnte sicherlich noch einen Tag in der unbequemen Unterkunft bleiben, in der sie sich befand, bis sie dem Missionar Bescheid geben konnte. Dann konnte sie entscheiden, ob sie ihre Reise allein nach Kalifornien antreten oder nach Hause zurückkehren wollte. Es gab wirklich keinen Grund, warum sie nicht alleine reisen sollte, wenn sie wollte; Das taten viele junge Frauen, und der Notfall war sowieso nicht ihre Entscheidung. Amelia Ellen würde sich vor lauter Sorge um ihren Burley krank machen, das war klar, selbst wenn man sie nur ein paar Stunden festhielte. Hazel kam zu der fast wahnsinnigen Amelia Ellen zurück, mit fest geneigtem Kinn und einem geraden kleinen Satz ihrer süßen Lippen, der Sturheit verriet. Der Zug kam in kurzer Zeit an, und Amelia Ellen stieg weinend, aber standhaft ein, bestürzt über den Gedanken, ihre liebe junge Dame zu verlassen, war aber dennoch hartnäckig entschlossen, zu gehen. Hazel gab ihr die Fahrkarte und reichlich Geld, beauftragte den Schaffner, sich um sie zu kümmern, winkte mutig zum Abschied und machte sich allein auf den Weg in die Wüste.

Eine kurze Unterredung mit der Frau, die sie bewirtet hatte, die auch die Frau des Stationsagenten war, brachte die Tatsache zutage, dass der Missionar noch nicht von seiner Reise zurückgekehrt war, aber eine Nachricht, die er einige Tage zuvor erhalten hatte, deutete darauf hin, dass dies wahrscheinlich der Fall sein würde Rückkehr am nächsten oder übermorgen. Die Frau riet der Dame, zur Festung zu gehen, wo Besucher immer willkommen waren und wo es Luxusgüter gab, die besser zu den Gewohnheiten des Fremden passten. Sie beäugte neidisch das zierliche Gewand ihres Gastes, während sie sprach, und Hazel, die sich der Bedeutung ihres Blicks sehr bewusst war, erkannte, dass die Frau sie ebenso wie die Missionarin für ungeeignet für ein Leben in der Wüste gehalten hatte. Sie war halb entschlossen, bis zur Rückkehr des Missionars dort zu bleiben, wo sie war, und zu zeigen, dass sie sich an jede Umgebung anpassen konnte, aber sie sah, dass die Frau darauf bedacht war, sie fort zu haben. Es hat sie wahrscheinlich dazu gebracht, einen Gast aus einer anderen Welt als ihrer eigenen zu haben.

Die Frau erzählte ihr, dass ein vertrauenswürdiger indischer Bote von der Festung hier sei und bald zurückreiten würde. Wenn es der Dame etwas ausmachte, könnte sie sich ein Pferd besorgen und unter seiner Eskorte gehen. Sie öffnete verwundert die Augen, als Hazel fragte, ob eine Frau in der Gruppe sein sollte und ob sie ihre Arbeit nicht für eine Weile verlassen und mit ihnen rüberfahren könnte, wenn sie sie für den Dienst gut bezahlen würde.

„Oh, du brauchst keine von diesen tollen Damen hier rauszubringen!" erklärte sie unhöflich. „Wir haben alle keine Zeit für so einen Blödsinn. Du brauchst keine Angst haben, mit Joe zurückzukehren. Er kümmert sich um die Frauen in der Festung. Er wird sich gut um dich kümmern. Du wirst vielleicht Verwandte einstellen ." Ein Pferd zum Reiten, ein Riemen zum Anschnallen deines Gepäcks. Deinen Koffer kannst du hier lassen.

Hazel, halb erschrocken über die Lage, in die sie sich hatte bringen lassen, dachte über die Worte der Frau nach, und als sie das starre Gesicht des Indianers gesehen hatte, beschloss sie, seine Begleitung anzunehmen. Er war ein alter Mann mit zerfurchtem Gesicht und traurigen Augen, die aussahen, als könnten sie große Geheimnisse verraten, aber da war etwas in seinem Gesicht, das sie ihm vertrauen ließ, sie wusste nicht warum.

Eine Stunde später, ihr wichtigstes Gepäck an einem böse aussehenden kleinen Pony festgeschnallt, stieg Hazel mit einem Gefühl tiefer Erregung auf und ritt hinter dem ernsten, stillen Indianer davon. Sie wollte zur Festung gehen, um bei den einzigen Frauen in der Gegend, die sie wahrscheinlich aufnehmen würden, bis zur Erledigung ihres Auftrages Unterschlupf zu erbitten. Sie hatte das Gefühl, dass das, was sie tat, ein äußerst wildes und unkonventionelles Unterfangen war würde von ihrer Tante und all ihren New Yorker Freunden aufs Schärfste verurteilt werden. Sie war sehr dankbar, dass sie weit weg waren und sich nicht einmischen konnten, denn irgendwie hatte sie das Gefühl, dass sie es trotzdem tun musste. Sie muss diesen Brief mit ihren eigenen Händen in den Besitz seines Besitzers überführen.

Es war ein herrlicher Morgen. Die Erde und der Himmel schienen für diesen Tag neu geschaffen zu sein. Hazel verspürte eine Freude in ihrer Seele, die nicht nachließ, selbst wenn sie an die arme Amelia Ellen dachte, die in ihrer Ecke des Schlafwagens kauerte, unglücklich darüber, dass sie sie verlassen hatte, und dennoch entschlossen war, zu gehen. Sie dachte an die liebe Mutter und fragte sich, ob ihr jetzt die Möglichkeit gegeben wurde zu erfahren, wie sie versuchte, ihren letzten Wunsch zu erfüllen. Es war angenehm zu denken, dass sie es wusste und sich darüber freute, und Hazel hatte das Gefühl, dass ihre Anwesenheit nahe war und sie beschützte.

Der schweigsame Inder machte kaum Bemerkungen. Er ritt immer mit ernster, nachdenklicher Miene voran, wie ein Student, dessen Gedanken nicht gestört werden dürfen. Er nickte ernst als Antwort auf die Fragen, die Hazel ihm stellte, wann immer sie anhielten, um die Pferde zu tränken, aber er gab keine Auskunft, außer sie auf einen lahmen Fuß aufmerksam zu machen, den ihr Pony entwickelte.

Mehrmals stieg Joe herunter, untersuchte den Fuß des Ponys und schüttelte mit einem besorgten, missbilligenden Grunzen den Kopf. Als die Meilen vergingen, bemerkte Hazel plötzlich selbst die Lahmheit des Ponys und war besorgt, dass er mitten in der Wüste völlig zusammenbrechen würde. Was würde der Inder dann tun? Sicherlich nicht, ihr sein Pferd zu geben und es zu Fuß zu begehen, wie es der Missionar getan hatte. Sie konnte nicht erwarten, dass jeder Mann in dieser Wüste so war wie derjenige, der sich zuvor um sie gekümmert hatte. Was für ein dummes Mädchen sie gewesen war, sich auf diese Situation einzulassen! Und jetzt gab es keinen Vater mehr, der Suchtrupps nach ihr aussandte, und keinen Missionar zu Hause, der sie hätte finden können!

Der Staub, die zunehmende Hitze des Tages und die Angst begannen sie zu belasten. Sie war müde und hungrig, und als der Indianer mittags neben einem Wasserloch abstieg, wo das Wasser nach Schafen schmeckte, die erst kurz zuvor durchgekommen waren, reichte er ihr ein Paket Maisbrot und kalten Speck, während er sich zurückzog Als er die Gesellschaft der Pferde für seine eigene Siesta besuchte, tat sie so, als würde sie ihren Kopf auf das grobe Gras legen und über ihre Torheit weinen, die sie allein in dieses wilde Land gezogen hatte oder zumindest so eigensinnig war, zu bleiben, als Amelia Ellen desertierte ihr. Dann kam ihr plötzlich der Gedanke: Wie hätte Amelia Ellen heute Morgen auf der Reise zu Pferd eine Rolle gespielt? und anstatt zu weinen, fing sie an, fast hysterisch zu lachen.

Sie aß das Maisbrot – den Speck, den sie nicht essen konnte – und fragte sich, ob der Frau am Rastplatz klar war, was für ein unmögliches Mittagessen sie ihrem Gast bereitet hatte. Hier war jedoch einer der Tests. Sie war nicht viel wert, wenn eine Kleinigkeit wie grobes Essen sie so sehr ärgerte. Sie trank etwas von dem bitteren Wasser, aß tapfer ein zweites Stück Maisbrot und versuchte zu hoffen, dass es ihrem Pony nach seiner Ruhe gut gehen würde. Aber nachdem sie ein oder zwei Meilen weiter gegangen waren, wurde klar, dass es dem Pony schlechter ging. Er blieb zurück, hinkte und blieb stehen, und es kam ihm fast grausam vor, ihn weiter zu drängen, doch was konnte man tun? Der Indianer ritt jetzt hinter ihm her, beobachtete ihn und sprach gelegentlich leise grunzend mit ihm, und schließlich erblickten sie in der Ferne einen Fleck eines Gebäudes. Dann sprach der Inder. Er deutete auf das entfernte Gebäude, das zu klein für menschliche Behausung schien, und sagte: „ Aneshodi hogan. Er ist mein Freund. Dame bleibt. Ich komme zurück, gutes Pferd. Pony geht nicht mehr. Er ist schlecht!"

Bestürzung erfüllte das Herz der Dame. Sie vermutete, dass ihr Führer sie übrigens verlassen wollte, während er sich auf den Weg zu einem anderen Pferd machte, und vielleicht würde er zurückkehren, vielleicht auch nicht. An was für einem Ort ließ er sie inzwischen zurück? Würde dort eine Frau sein? Selbst wenn sie eine Inderin wäre, wäre das nicht so schlimm. „ Aneshodi " klang, als wäre es der Name einer Frau.

„Ist diese Aneshodi eine Frau?" sie fragte.

Der Indianer schüttelte den Kopf und grunzte. „Nein, nein. Aneshodi , Aneshodi . Er ist mein Freund. Er ist ein guter Freund. Keine Frau!" (Verächtlich.)

„Ist keine Frau im Haus?" sie fragte besorgt.

„Nein! Er ist ein guter Mann. Guter Hogan. Lady, bleib. Ruhe dich aus."

Plötzlich stolperte ihr Pony und wäre fast gestürzt. Sie erkannte, dass sie sich nicht mehr lange auf ihn verlassen konnte.

„Könnte ich nicht mit dir gehen?" fragte sie mit flehenden Augen. „Ich würde lieber gehen als bleiben. Ist es weit?"

Der Inder schüttelte heftig den Kopf.

„Lady, kein Spaziergang. Viele Sonnen, Lady Walk. Große Meile. Lady, bleib. Ich reite schnell. Zurück zum Sonnenuntergang", und er zeigte auf die Sonne, die gerade ihren Abwärtskurs begann.

Hazel sah, dass nichts anderes übrig blieb, als zu tun, was der Indianer sagte, und tatsächlich schienen seine Worte vernünftig, aber sie hatte große Angst. Was war das für ein Ort, an dem sie bleiben sollte? Als sie sich ihm näherten, schien dort nichts weiter zu sein als eine kleine, wettergegerbte Hütte mit einem merkwürdig vertrauten Aussehen, als wäre sie schon einmal dort vorbeigekommen. Ein paar Hühner pflückten im Hof herum, und über der Tür wuchs eine Weinrebe, aber von einem Menschen war nichts zu sehen, und die Wüste erstreckte sich auf allen Seiten weit und unfruchtbar. Ihre alte Angst vor der Weite kehrte zurück und sie begann ein Mitgefühl mit Amelia Ellen zu entwickeln. Jetzt erkannte sie, dass sie mit Amelia Ellen zurück in die Zivilisation hätte gehen und jemanden finden sollen, der sie bei ihrem Auftrag begleitet hätte. Aber dann hätte der Brief länger auf sich warten lassen!

Der Gedanke an den Brief stärkte ihren Mut, und sie stieg zweifelnd vom Rücken ihres Ponys herab und folgte dem Indianer bis zur Tür der Hütte. Der Weinstock, der üppig über Fenster, Fensterrahmen und Türrahmen wuchs, beruhigte sie ein wenig, sie konnte nicht genau sagen, warum. Vielleicht lebte in dem hässlichen kleinen Gebäude jemand mit einem Sinn für Schönheit, und ein Mann mit einem Sinn für Schönheit konnte nicht ganz schlecht sein. Aber wie sollte sie allein in einem Männerhaus bleiben, in dem keine Frau lebte? Vielleicht hätte der Mann ein Pferd, das er ihnen leihen oder verkaufen könnte. Sie würde jeden Betrag anbieten, den er wollte, wenn sie nur an einen sicheren Ort gelangen könnte.

Aber der Inder klopfte nicht an die Tür, wie sie es erwartet hatte. Stattdessen bückte er sich zur unteren Stufe, steckte seine Hand in eine kleine Öffnung im Holzwerk der Stufe, tastete dort eine Minute lang herum und holte schließlich einen Schlüssel heraus, steckte ihn ins Schloss und öffnete die Tür vor ihrem erstaunten Blick weit.

„Er ist mein Freund!" erklärte der Inder noch einmal.

Er betrat das Zimmer mit der Art eines Teilbesitzers des Lokals, blickte sich um, beugte sich zum Kamin, wo ordentlich ein Feuer aufgestellt war, und entzündete es fröhlich; Er nahm den Wassereimer, füllte ihn, gab etwas Wasser in den Kessel und schwang ihn über das Feuer, um ihn zu erhitzen. Dann drehte er sich um und sprach erneut:

„Lady, bleib. Ich komme zurück – bald. Die Sonne geht nicht unter. Ich komme zurück; gutes Pferd, hol Lady."

„Aber wo ist der Besitzer dieses Hauses? Was wird er von meinem Aufenthalt hier halten, wenn er zurückkommt?" sagte Hazel, mehr denn je verängstigt bei der Aussicht, zurückgelassen zu werden. Sie hatte nicht damit gerechnet, ganz allein zu bleiben. Sie hatte damit gerechnet, jemanden im Haus zu finden.

„ Aneshodi weit weg. Komme vielleicht in einem oder zwei Tagen nicht zurück ! Er kennt mich. Er ist mein Freund. Dame, bleib! In Ordnung!"

Mit vor Angst großen Augen sah Hazel zu, wie ihr Beschützer aufstieg und davonritt. Beinahe rief sie ihm nach, er dürfe sie nicht verlassen; Dann fiel ihr ein, dass dies ein Teil des Lebens einer Frau in Arizona war und dass ihr der Prozess gemacht wurde. Genau solche Dinge hatte der Missionar gemeint, als er sagte, sie sei für das Leben hier draußen ungeeignet. Sie würde bleiben und die Einsamkeit und den Schrecken ertragen. Sie würde zumindest sich selbst beweisen, dass sie den Mut eines jeden Missionars hatte. Sie würde die Schande von Schwäche und Versagen nicht ertragen. Es wäre für sie eine Schande, wenn sie wüsste, dass sie in dieser schwierigen Zeit versagt hat.

Sie sah zu, wie der Indianer schnell davonritt, als wäre er in großer Eile. Einmal kam ihr der Verdacht, dass er ihr Pferd vielleicht absichtlich gelähmt und sie hier zurückgelassen hatte, nur um sie loszuwerden. Vielleicht war dies das Zuhause einer schrecklichen Person, die bald zurückkehren und ihr Schaden zufügen würde.

Sie drehte sich schnell um, voller Besorgnis im Herzen, um zu sehen, an welchem Ort sie sich befand, denn zunächst war sie von der Aussicht, zurückgelassen zu werden, so aufgeregt gewesen, dass sie es kaum bemerkte, außer dass sie überrascht war, dass es Stühle und einen Kamin gab und ein vergleichsweise komfortabler Look. Jetzt wollte sie nach Möglichkeit herausfinden, was für ein Mensch der Besitzer sein könnte, und als sie auf den Tisch neben dem Kamin blickte, fiel ihr erster Blick auf ein offenes Buch, und die Worte, die ihr ins Auge fielen, waren: „ Wer im Verborgenen des Allerhöchsten wohnt, wird im Schatten des Allmächtigen bleiben!“

Erschrocken drehte sie das Buch um und stellte fest, dass es sich um eine Bibel handelte, gebunden in einfachen, starken Einbänden, mit großer, klarer Schrift, und sie lag aufgeschlagen, als hätte der Besitzer es erst kurz zuvor gelesen und wäre plötzlich gerufen worden weg.

erleichterten Seufzer ließ sie sich in den großen Sessel am Feuer sinken und ließ den aufgeregten Tränen freien Lauf. Irgendwie verschwand ihre Angst mit diesem Satz. Der Besitzer des Hauses konnte nicht sehr schlecht sein, wenn er seine Bibel offen für diesen Psalm bereithielt, ihren Psalm, den Psalm ihres Missionars! Und in den Worten selbst lag Selbstvertrauen, als wären sie geschickt worden, um sie an ihr neues Vertrauen in eine unsichtbare Macht zu erinnern. Wenn sie den Allerhöchsten fortwährend zu ihrer Wohnstätte machte, stand sie gewiss fortwährend unter Seinem Schutz und brauchte nirgendwo Angst zu haben, denn sie blieb in Ihm. Der Gedanke gab ihr ein seltsames neues Gefühl von Süße und Sicherheit.

Nach einem Moment setzte sie sich auf, wischte sich die Tränen weg und begann sich umzusehen. Vielleicht war dies das Zuhause eines Freundes ihres Missionars. Sie fühlte sich getröstet, jetzt hier zu bleiben. Sie richtete ihren

Blick auf die Wand über dem Kaminsims und siehe da, da lächelte das Gesicht ihrer lieben Freundin, der Mutter, die gerade in den Himmel heimgekehrt war, und darunter – als ob das nicht genug wäre, um ein Gefühl des Verständnisses hervorzurufen Freude in ihrem Herzen – darunter hing ihre eigene kleine, juwelenbesetzte Reitpeitsche, die sie vor einem Jahr in der Wüste zurückgelassen und vergessen hatte.

Plötzlich erhob sie sich mit einem Freudenschrei und faltete die Hände vor ihrem Herzen. Erleichterung und Glück waren in jeder Linie ihres Gesichts zu erkennen.

„Es ist sein Zuhause! Ich bin in sein eigenes Haus gekommen!" Sie weinte und sah sich voller Entdeckungsfreude um. Dies war also, wo er lebte – dort waren seine Bücher, hier sein Stuhl, auf dem er saß und sich ausruhte oder studierte – seine Hände hatten die Bibel bei ihrem Psalm, seinem Psalm – *ihrem* Psalm aufgeschlagen gelassen! Da war seine Couch hinter dem Paravent und am anderen Ende der kleine Tisch und das Geschirr im Schrank! Alles war an Ort und Stelle und es herrschte sorgfältige Sauberkeit, wenn auch in manchen Dingen ein Hauch menschlicher Unsicherheit herrschte.

Sie ging von einem Ende des großen Raums zum anderen und wieder zurück, studierte jedes Detail und schwelgte in dem Gedanken, dass sie jetzt, was auch immer zu ihr kam, ein Bild von sich in seinem eigenen ruhigen Zimmer bei seiner Arbeit mitnehmen würde wurde für eine Weile beiseite gelegt, und wann immer er Zeit hatte und es sich erlaubte, dachte er vielleicht an sie.

Die Zeit flog auf geflügelten Füßen. Während das liebe Gesicht ihrer alten Freundin auf sie herablächelte und der aufgeschlagene Psalm neben ihr auf dem Tisch lag, dachte sie nie an Angst. Und plötzlich fiel ihr ein, dass sie hungrig war, und sie suchte im Schrank nach etwas Essbarem. Sie fand reichlich Vorräte, und nachdem sie ihren Hunger gestillt hatte, setzte sie sich in den großen Sessel am Feuer und sah sich zufrieden um. Mit dem Frieden des Zimmers, seinem Zimmer, und dem süßen alten Gesicht vom Bild, das segnend herabblickte, als wäre sie willkommen, fühlte sie sich glücklicher als seit dem Tod ihres Vaters.

Draußen herrschte die Stille des Wüstennachmittags, das Feuer brannte sanft tiefer und tiefer an ihrer Seite, die Sonne neigte sich nach Westen, und lange Strahlen stahlen sich durch das Fenster und zu ihren Füßen hinüber, aber der goldene Kopf hing herab und war lang -bewimperte Augen waren geschlossen. Sie schlief in seinem Sessel und der erlöschende Feuerschein spielte über ihr Gesicht.

Dann öffnete sich leise und ohne Vorwarnung die Tür und ein Mann betrat den Raum!

XV

DER KREUZWEG

Der Missionar hatte eine weite Reise zu einem isolierten Indianerstamm außerhalb seines eigenen Reservats hinter sich. Es war sein erster Besuch bei ihnen seit der Reise, die er mit seinem Kollegen unternommen hatte und von der er Hazel während ihrer Begleitung in der Wüste erzählt hatte. Er hatte gedacht, früher zu gehen, aber die Umstände in seiner eigenen ausgedehnten Gemeinde und seine Reise nach Osten hatten ihn daran gehindert.

Sie lagen ihm am Herzen, diese einsamen, isolierten Menschen aus einer anderen Zeit, die inmitten der Vergangenheit in ihren alten Häusern hoch oben auf den Klippen lebten; eine kleine Handvoll einsamer, primitiver Kinder, die weit entfernt lebten; Ich wusste nichts von Gott und wenig von den Menschen; mit ihrer seltsamen, einfachen Art und ihrem seltsamen Aussehen. Sie waren in Visionen zu ihm gekommen, während er betete, und immer mit der Last auf seiner Seele, als ob eine Botschaft nicht überbracht worden wäre.

Er hatte die erste Gelegenheit nach seiner Rückkehr aus dem Osten genutzt, um zu ihnen zu gehen; aber es war nicht so schnell gekommen, wie er gehofft hatte. Angelegenheiten im Zusammenhang mit der neuen Kirche hatten seine Aufmerksamkeit in Anspruch genommen, und als sie dann zufriedenstellend geregelt wurden, wurde einer seiner Herden von einer anhaltenden Krankheit heimgesucht und hing so sehr an seiner Freundschaft und Kameradschaft, dass er nicht mit gutem Gewissen weit weggehen konnte. Aber schließlich ließen alle Hindernisse nach und er machte sich auf den Weg zu seiner Mission.

Die Indianer hatten ihn freudig empfangen, bemerkten seine Annäherung schon von weitem und kamen ihm den steilen Weg entgegen, stellten ihr Bestes zur Verfügung und öffneten ihm ihre Herzen. Kein Weißer hatte sie seit seinem letzten Besuch mit seinem Freund besucht, außer einem Händler, der sich verirrt hatte und wenig über den Gott wusste, von dem der Missionar gesprochen hatte, oder über das Buch des Himmels; zumindest schien er es nicht zu verstehen. Von diesen Dingen wusste er vielleicht genauso wenig wie sie.

Der Missionar tauchte in das seltsame Familienleben des Stammes ein, der in dem riesigen, vielräumigen Felsenpalast hoch oben auf der Klippe lebte. Er lachte mit ihnen, aß mit ihnen, schlief mit ihnen und gewann auf jede erdenkliche Weise ihr volles Vertrauen. Er spielte mit ihren kleinen Kindern, brachte ihnen viele neue Spiele und lustige Tricks bei und lobte die schnelle Auffassungsgabe der Kleinen; Während ihre Ältesten herumstanden, entspannte sich der unbewegte Ausdruck ihrer düsteren Gesichter zu einem Lächeln voller tiefem Interesse und Bewunderung.

Und dann erzählte er ihnen nachts von dem Gott, der die Sterne über ihnen setzte; der die Erde und sie erschaffen und sie geliebt hat; und von Jesus, seinem einzigen Sohn, der kam, um für sie zu sterben und der nicht nur ihr Retter , sondern auch ihr liebevoller Begleiter bei Tag und Nacht sein würde; Unsichtbar, aber immer da, kümmert er sich individuell um jedes seiner Kinder und kennt seine Freuden und Sorgen. Allmählich machte er ihnen klar, dass er der Diener – der Bote – dieses Christus war und ausdrücklich mit der Absicht dorthin gekommen war, ihnen zu helfen, ihren unsichtbaren Freund kennenzulernen. Am Lagerfeuer, unter der Sternenkuppel oder auf der sonnigen Ebene, wann immer er sie lehrte , hörten sie zu, ihre Gesichter verloren den wilden, halbtierischen Ausdruck der Unzivilisierten und nahmen die verborgene Sehnsucht an, die alle Sterblichen gemeinsam haben . Er sah die Menschlichkeit in ihnen, die wehmütig durch ihre großen Augen blickte, und gab sich hin, sie zu lehren.

Manchmal hob er beim Reden sein Gesicht zum Himmel und schloss die Augen; und sie hörten voller Ehrfurcht zu, als er zu seinem Vater im Himmel sprach. Zuerst beobachteten sie ihn und schauten auf, als erwarteten sie halb, die Unsichtbare Welt vor ihrem staunenden Blick auftun zu sehen; Aber nach und nach eroberte der Geist der Hingabe sie, und sie schlossen ihre Augen vor ihm, und wer kann sagen, ob die wilden Gebete in ihrer Brust dem Vater nicht angenehmer waren als viele wortreiche Bitten, die in den Tempeln der Zivilisation aufgestellt wurden?

Sieben Tage und Nächte blieb er bei ihnen, und sie hätten ihn gern für sich beansprucht und ihn gebeten, alle anderen Orte aufzugeben und für immer dort zu leben. Sie würden ihm ihr Bestes geben. Er brauchte nicht zu arbeiten, denn sie würden ihm seinen Anteil geben und ihm ein Heim einrichten, wie er es ihnen anweisen sollte. Kurz gesagt, sie würden ihn als eine Art Untergott in ihren Herzen verankern , der für ihre kindlichen Gedanken den Wahren und Einzigen darstellte, dessen Wissen er ihnen gebracht hatte.

Aber er erzählte ihnen von seiner Arbeit und warum er dorthin zurückkehren musste, und traurig bereiteten sie sich darauf vor, sich von ihm zu verabschieden und ihn mit vielen Einladungen zur Rückkehr zu verabschieden. Als er die Klippe hinabstieg, wohin er schon oft mit ihnen gegangen war, drehte er sich noch einmal um, um einem kleinen Kind, das sein besonderes Haustier gewesen war, zum Abschied zuzuwinken, drehte sich um, rutschte aus und verrenkte sich den Knöchel so sehr, dass er sich nicht bewegen konnte An.

Sie trugen ihn wieder hinauf zu ihrem Haus, halb traurig, aber völlig triumphierend. Er gehörte noch eine Weile ihnen; und es gab noch mehr Geschichten, die er erzählen konnte. Das Buch des Himmels war umfangreich und sie wollten alles hören. Sie breiteten sein Bestes aus und mühten sich ab, seinen Bedarf mit allem zu decken, was ihre Unwissenheit glaubte, er brauchte, und dann setzten sie sich zu seinen Füßen und hörten zu. Die Verstauchung war lästig und schmerzhaft und ließ sich nur langsam behandeln; Inzwischen traf der Bote mit dem Telegramm aus dem Osten ein.

Sie versammelten sich darum, dieses Blatt gelbes Papier mit seinen geheimnisvollen Kratzern darauf, das ihrem Freund solche Bände erzählte, aber nicht den Anschein einer Gebärdensprache von irgendetwas im Himmel darüber oder auf der Erde darunter erweckte. Sie blickten voller Ehrfurcht auf ihren Freund, als sie die Angst in seinem Gesicht sahen . Seine Mutter war tot! Dieser Mann, der sie geliebt und sie verlassen hatte, um ihnen die Botschaft der Erlösung zu überbringen, litt. Es war ein weiteres Band zwischen ihnen, ein weiteres Band gemeinsamer Menschlichkeit. Und doch konnte er aufblicken und lächeln und dennoch mit dem unsichtbaren Vater sprechen! Sie sahen sein Gesicht, als wäre es das Gesicht eines Engels, mit dem Licht des Trostes Christi darauf; und als er ihnen vorlas und versuchte, ihnen die majestätischen Worte verständlich zu machen: „O Tod, wo ist dein Stachel? O Grab, wo ist dein Sieg?" Sie saßen da und blickten in die Ferne und dachten an diejenigen, die sie verloren hatten. Dieser Mann sagte, sie würden alle wieder leben. Seine Mutter würde leben; der Häuptling, den sie letztes Jahr verloren hatten, der tapferste und jüngste Häuptling ihres ganzen Stammes, er würde auch überleben; ihre kleinen Kinder würden leben; alles, was sie verloren hatten, würde wieder leben.

Wenn er also am liebsten mit seinem Gott und seinem Kummer allein gewesen wäre, musste er unbedingt seinen eigenen bitteren Kummer beiseite legen und diesen kindischen Menschen Trost für ihren Kummer bringen, und indem er das tat, kam der Trost auch zu ihm. Denn irgendwie, als er in ihre sehnsüchtigen Gesichter blickte und sah, wie sehr sie es brauchten und wie eifrig sie an seinen Worten festhielten, spürte er irgendwie die Gegenwart des Trösters, der in den dunklen Höhlenschatten an seiner Seite stand und ihm süße Worte ins Herz flüsterte Er hatte es schon lange gewusst, es aber noch nicht ganz begriffen, weil er sie noch nie zuvor gebraucht hatte. Irgendwie traten die Zeit und die Dinge der Erde zurück, und nur der Himmel und die unsterblichen Seelen zählten. Er wurde über seinen eigenen Verlust hinweg erhoben und in die Freude über das Erbe des Dieners des Herrn aufgenommen.

Doch die Zeit war gekommen, viel zu früh für seine Gastgeber, als er sich auf den Weg machen konnte; und er war voller Ungeduld, loszufahren, und sehnte sich nach weiteren Neuigkeiten von dem lieben Menschen, der von ihm gegangen war. Sie folgten ihm in einer traurigen Prozession weit in die Ebene, um ihn auf seinem Weg zu sehen, und kehrten dann zu ihrer Tafelberge und ihrem Haus auf den Klippen zurück, um über alles zu reden und sich zu wundern.

Endlich allein in der Wüste, die drei großen Tafelberge streckten sich wie die Finger einer riesigen Hand wolkig hinter ihm hervor; die violetten Berge in der Ferne; das Sonnenlicht scheint hell auf den hellen Sand herab; Endlich überkam ihn das volle Gefühl seines Verlustes, und sein Geist war unter der Last davon gebeugt. Die Vision des Berges war vergangen, und das Tal des Schattens des Lebens lag über ihm. Ihm wurde klar, wie es wäre, wenn er keine Briefe seiner Mutter mehr hätte, die seine Einsamkeit erheitern könnten; kein Gedanke daran, dass sie zu Hause an ihn denken würde; Ich freue mich nicht auf eine weitere Heimkehr.

Während er ritt, sah er übrigens nichts von der sich verändernden Landschaft, sondern nur den Granville-Obstgarten mit seinem strömenden Rosa und Weiß und seine Mutter, die glücklich neben ihm auf der Erdbeerbank lag, die süßen, leuchtenden Beeren pflückte und ihn anlächelte, als ob sie es wäre sie war ein Mädchen gewesen. Er war froh, froh, dass er diese Erinnerung an sie hatte. Und es schien ihr so gut, so sehr gut. Er hatte darüber nachgedacht, dass er es vielleicht wagen würde, ihr vorzuschlagen, zu ihm zu kommen und zu bleiben, wenn die Hoffnung bestand, einen kleinen Anbau an seine Hütte zu bauen und einen Ort der Behaglichkeit für sie zu schaffen. Es war ein Wunsch, der in seinem einsamen Herzen seit jenem Besuch zu Hause, als es schien, als könne er sich nicht von ihr losreißen und zurückgehen, immer weiter wuchs; und doch wusste er, dass er wegen seiner geliebten Arbeit nicht bleiben konnte – nicht bleiben wollte. Und nun war es für immer vorbei, sein Traum! Sie würde nie kommen, um sein Zuhause zu erfreuen, und er würde immer ein einsames Leben führen müssen – denn tief in seinem Herzen wusste er, dass es auf der ganzen Welt nur ein einziges Mädchen gab, das er bitten wollte, zu kommen, und sie vielleicht nicht, aber er musste es tun nicht fragen.

So endlos und trostlos wie seine Wüste lag seine Zukunft vor seinem geistigen Auge. Für eine Zeit lang waren seine geliebte Arbeit und die Freude am Dienen außer Sichtweite, und er sah nur sich selbst, allein, verlassen von aller Liebe, seinen traurigen Weg getrennt gehen; und eine große und tödliche Schwäche überkam ihn, wie von einem Geist der Verzweiflung.

In diesem Geist legte er sich zur Mittagszeit im Schatten eines großen Felsens zur Ruhe, zu müde im Geiste und erschöpft im Körper, um ohne Schlaf weiterzumachen. Der treue Billy döste und kaute nicht weit entfernt von seiner Portion; Und hoch über ihnen schwebte ein großer Adler hoch und weit, was die weite Trostlosigkeit der Szene noch verstärkte. Hier war er endlich zum ersten Mal allein mit seinem Kummer, und eine Zeit lang nahm er seinen Lauf, und er stellte sich ihm; Er betrat sein Gethsemane mit gebeugtem Geist und sah nichts als Schwärze um sich herum. Es war so erschöpft von der Qual seines Geistes, dass er einschlief.

Während er schlief, kam Frieden zu ihm; ein Traum von seiner Mutter, die lächelte, nun ja, und mit leichtem, freiem Schritt ging, als er sich an sie erinnerte, als er ein kleiner Junge war; und an ihrer Seite das Mädchen, das er liebte. Wie seltsam und wunderbar, dass diese beiden zu ihm kamen und ihm Ruhe brachten! Und dann, als er immer noch träumend dalag, lächelten sie ihn an und gingen Hand in Hand weiter. Das Mädchen drehte sich um und winkte mit der Hand, als ob sie zurückkehren wollte; und bald gingen sie außer Sichtweite. Dann stand einer neben ihm, irgendwo im Schutz des Felsens, unter dem er lag, und sprach; und die Stimme erregte seine Seele, wie sie noch nie zuvor im Leben erregt worden war:

„Siehe, *ich bin immer* bei dir , bis ans Ende der Welt."

Der Friede dieser unsichtbaren Präsenz überkam ihn in vollem Umfang, und als er aufwachte , wiederholte er: „Der Friede, der das Verstehen übersteigt !" und ihm wurde klar, dass er zum ersten Mal wusste, was die Worte bedeuteten.

Eine Zeit lang lag er ruhig da wie ein Kind, das getröstet und umsorgt wurde, wunderte sich über die Last, die ihm genommen worden war, und freute sich über den Frieden, der an seine Stelle gekommen war; Er freute sich über die Gegenwart, von der er spürte, dass sie immer bei ihm sein würde und es ihm ermöglichen würde, die Einsamkeit zu ertragen.

Schließlich drehte er den Kopf, um zu sehen, ob Billy weit weg war, und erschrak, als er sah, wie sich der Schatten des Felsens, unter dem er lag, vor ihm auf dem Sand ausbreitete, der Anschein eines vollkommenen mächtigen Kreuzes . Denn so ordneten die vorspringenden unebenen Felsarme und der Stand der Sonne die Schatten vor ihm. „Der Schatten eines großen Felsens in einem müden Land." Die Worte kamen ihm ins Gedächtnis, und es schien die Stimme seiner Mutter zu sein, die sie wiederholte, wie sie es an Sabbatabenden zu tun pflegte, wenn sie in der Dämmerung vor seiner Schlafenszeit zusammensaßen. Ein müdes Land! Es *war* jetzt ein müdes Land, und seine Seele war von der Hitze und Einsamkeit ausgetrocknet. Er hatte den Felsen wie nie zuvor gebraucht, und der Fels, Christus Jesus, war für seine Seele zur Ruhe und zum Frieden geworden. Aber da lag es ausgebreitet im Sand neben ihm, und es war der Kreuzweg; Der Weg Christi war immer der Weg des Kreuzes. Aber welches Lied sangen sie bei dem großartigen Treffen, an dem er in New York teilnahm? „Der Weg des Kreuzes führt nach Hause." Ah, das war's. Eines Tages würde es ihn nach Hause führen, aber jetzt war es der Weg des Kreuzes, und er musste ihn mutig gehen, und immer mit diesem unsichtbaren, aber engen Gefährten, der versprochen hatte, bis zum Ende der Welt bei ihm zu sein.

Nun, er würde sofort aufstehen, stark in dieser gesegneten Kameradschaft. Fröhlich bereitete er sich auf den Start vor, und nun drehte er Billys Kopf ein wenig nach Süden, denn er beschloss, bei seinem Kollegen über Nacht anzuhalten.

Als sein Kummer und seine Einsamkeit noch frisch bei ihm waren, schien es, als könne er diesen Besuch nicht ertragen. Aber da Frieden in seine Seele gekommen war, änderte er seinen Kurs, um die andere Mission in Angriff zu nehmen, die ihm eigentlich bevorstand, nur dass er ihr absichtlich aus dem Weg gegangen war.

Sie hießen ihn willkommen, die beiden, die aus ihrer Wüstenhütte ein kleines Stück irdisches Paradies gemacht hatten; und sie zwangen ihn, drei Tage bei ihnen zu bleiben und auszuruhen, denn er war von der Reise und seinem jüngsten Schmerz und Kummer erschöpfter, als ihm bewusst war. Sie trösteten ihn mit ihrer liebevollen Anteilnahme und erfreuten seine Seele mit dem Anblick ihrer eigenen Freude, auch wenn es ihm das Gefühl gab, von ihnen getrennt zu sein. Er machte sich in der frühen Morgendämmerung auf den Weg, als der Morgenstern noch sichtbar war, und als er durch die beryllfarbene Luft der Morgenstunde ritt, wurde er durch das Gefühl der nahen Gegenwart Christi aus seiner Traurigkeit gehoben.

Er ging langsam weiter und bog absichtlich dreimal vom Weg ab, um die Hogans einiger seiner Gemeindemitglieder anzurufen. denn er fürchtete sich vor der Heimkehr, wie man einen Schlag fürchtet, der unvermeidlich ist. Das Bild seiner Mutter erwartete ihn in seinem eigenen Zimmer, sie lächelte mit diesem liebevollen Gesichtsausdruck auf seine Besitztümer herab, und es zum ersten Mal zu betrachten und zu wissen, dass sie für immer von der Erde verschwunden war, war eine Erfahrung, vor der er unsäglich zurückschreckte. Deshalb gab er sich mehr Zeit, da er wusste, dass es besser war, ruhig zu bleiben, sich wieder auf seine Arbeit zu konzentrieren und das zu tun, was sie von ihm gewollt hätte.

Er lagerte in dieser Nacht unter dem geschützten Felsvorsprung, wo er und Hazel gewesen waren, und als er sich zum Schlafen hinlegte, wiederholte er den Psalm, den sie in dieser Nacht gemeinsam gelesen hatten, und verspürte das Gefühl des Trostes, im Schatten des Allmächtigen zu bleiben.

In Visionen der Nacht sah er noch einmal das Gesicht des Mädchens, und sie lächelte ihn mit diesem freudigen, einladenden Blick an, als wäre sie gekommen, um immer bei ihm zu sein. Sie sagte im Traum nichts, sondern reichte ihm lediglich die Hände mit einer Geste der Kapitulation.

Die Vision verblasste, als er die Augen öffnete, und doch war sie so real gewesen, dass sie ihm im Gedächtnis blieb und ihn den ganzen Tag mit dem Wunder ihres Blicks begeisterte. Er begann darüber nachzudenken, ob es richtig gewesen war, sie so beharrlich aus seinem Leben zu verbannen, wie er es getan hatte. Teile ihrer eigenen Sätze bekamen für ihn eine neue Bedeutung, und er fragte sich, ob er nicht doch ein Narr gewesen war. Vielleicht hätte er sie gewinnen können. Vielleicht hatte Gott sie ihm wirklich als Lebensgefährtin geschickt, und er war zu blind gewesen, um es zu verstehen.

Er verdrängte die Idee viele Male mit einem Seufzer, während er das Feuer reparierte und seine einfache Mahlzeit zubereitete, doch ihr Gesicht blieb immer süß in seinen Gedanken, wie Balsam auf seinem traurigen Geist.

Billy war an diesem Morgen auf dem Weg nach Hause und schien es kaum erwarten zu können. Er hatte seinen Meister in diesen traurigen Tagen nicht verstanden. Etwas war über seine Stimmung gekommen. Das kleine Pferd wieherte fröhlich und machte sich bereitwillig auf den Weg. Wie einsam der Herr auch sein mochte, das Zuhause war schön, mit eigenem Stall und eigener Krippe; Und wer könnte es sagen, wenn nicht eine Vorahnung Billy sagte, dass die Prinzessin sie erwartete?

Der Missionar bemühte sich , seine Gedanken bei seiner Arbeit und seinen Plänen für die unmittelbare Zukunft zu behalten, doch so sehr er sich auch bemühte, lächelte das Gesicht des Mädchens zwischendurch immer wieder; und alle Schönheiten des Weges vereinten sich, um die Fahrt, die er mit ihr unternommen hatte, wieder in Erinnerung zu rufen; bis er schließlich seiner Fantasie freien Lauf ließ und angenehme Gedanken daran hatte, wie es wäre, wenn sie ihm gehören würde und am Ende seiner Reise auf ihn warten würde; oder noch besser, in diesem Moment neben ihm zu reiten und ihm unterwegs nette Gespräche zu bringen.

Die kleine Hütte stand schweigend und vertraut im untergehenden Sonnenlicht, als er zur Tür ritt und ernst für Billys Trost sorgte, dann ging er mit nach oben gerichtetem Blick nach Trost zu seinem einsamen Zuhause und öffnete die Tür und stand verwundert auf der Schwelle !

XVI

DER BUCHSTABE

Es dauerte nur einen Augenblick, bis sie die Augen öffnete, denn dieser Unterbewusstseinszustand, der sogar im Schlaf vor Dingen warnt, die außerhalb der Welt des Schlafes vor sich gehen, sagte ihr, dass eine andere Seele anwesend war.

Plötzlich erwachte sie und sah zu ihm auf, die Röte des Schlafes auf ihren Wangen und die Taufarbe auf ihren Augenlidern. Sie sah äußerst bezaubernd aus, mit dem langen roten Streifen des Sonnenuntergangs, der von der offenen Tür zu ihren Füßen ausging, und dem Wunder seines Kommens in ihrem Gesicht. Ihre Blicke trafen sich und erzählten die Geschichte, bevor das Gehirn Zeit hatte, vor Gefahren und der Notwendigkeit der Selbstbeherrschung zu warnen.

"Oh mein Schatz!" sagte der Mann und trat einen Schritt auf sie zu, die Arme ausgestreckt, als würde er sie umarmen, doch er wagte kaum zu glauben, dass es wirklich sie selbst im Fleisch war.

„Mein Schatz! Bist du wirklich zu mir gekommen?" Er hauchte die Frage, als ob ihre Antwort für ihn über Leben und Tod entscheiden würde.

Sie stand auf und stand vor ihm, zitternd vor Freude, beschämt, jetzt, da sie ungebeten in seiner Gegenwart, in seinem Haus, war. Ihre Zunge schien gebunden zu sein. Sie hatte kein Wort, um es zu erklären. Aber weil er die Liebe in ihren Augen sah und weil er selbst ein großes Bedürfnis nach ihr hatte, wurde er mutiger, und als er näher kam, begann er ihr ernsthaft zu erzählen, wie sehr er sich gesehnt und gebetet hatte, dass Gott ihm einen Weg ebnen würde, sie wiederzufinden ; wie hatte er sie sich hier in diesem Zimmer vorgestellt, seine eigene liebe Gefährtin – seine Frau!

Er hauchte das Wort zärtlich und ehrfürchtig und sie spürte den Segen und das Wunder der Liebe dieses großen, einfältigen Mannes.

Dann, weil er seine Antwort in ihren Augen sah, kam er näher und nahm sie ehrfürchtig in seine Arme, legte seine Lippen auf ihre, und so standen sie einen Moment lang zusammen und wussten, dass nach all dem Kummer, der Sehnsucht, der Trennung jeder von ihnen war auf seine Kosten gekommen.

Es dauerte einige Zeit, bis Hazel Gelegenheit bekam zu erklären, wie sie völlig unwissentlich in sein Haus kam, und selbst dann konnte er nicht verstehen, welch freudiger Umstand ihr Gesicht nach vorne gerichtet und sie an seiner Tür abgesetzt hatte. Also musste sie zu dem Brief zurückkehren, dem Brief, der die Ursache für alles war und doch für den Moment vergessen worden war. Sie brachte es jetzt hervor, und sein Gesicht, ganz zärtlich vor Freude über ihre Anwesenheit, wurde fast verherrlicht, als er wusste, dass sie es war, die in den letzten Tagen ihres Lebens die zärtliche Amme und geliebte Freundin seiner Mutter gewesen war.

Mit gefalteten Händen sprachen sie von seiner Mutter. Hazel erzählte ihm alles: wie sie an jenem Sommertag auf sie gestoßen war und ihr Herz sich danach gesehnt hatte, sie um seinetwillen kennenzulernen; und wie sie immer wieder zurückgekehrt war; die ganze Geschichte ihres eigenen Kampfes für ein besseres Leben. Als sie von ihren Kochstunden erzählte, küsste er die kleinen weißen Hände, die er hielt, und als sie von ihrer Arbeit im Krankenhaus erzählte, berührte er in ehrfürchtiger Anbetung mit den Lippen Augen und Stirn.

„Und du hast das alles getan, weil——?" fragte er und sah ihr tief in die Augen und verlangte hungrig nach seiner Antwort.

„Weil ich deiner Liebe würdig sein wollte!" Sie atmete sanft, die Augen gesenkt, ihr Gesicht rosig von ihrem Geständnis.

"Oh mein Schatz!" sagte er und drückte sie noch einmal fest an sich. Der Brief selbst geriet fast in Vergessenheit, bis er sanft zu Boden glitt und die Aufmerksamkeit auf sich zog. Eigentlich war der Brief überhaupt nicht nötig. Es hatte seine beabsichtigte Arbeit getan, ohne gelesen zu werden. Aber sie lasen es zusammen, seinen Arm um ihre Schultern gelegt und ihre Köpfe geschlossen, jeder verspürte das Bedürfnis der tröstenden Liebe des anderen wegen des Verlustes, den jeder erlitten hatte.

Und so lesen sie:

" MEIN LIEBER SOHN :

„Ich schreibe diesen Brief in den, wie ich glaube, letzten Tagen meines Lebens. Vor langer Zeit ließ ich unseren lieben Arzt mir sagen, welche Anzeichen dem wahrscheinlichen Höhepunkt meiner Krankheit vorausgehen würden. Er wusste, dass ich glücklicher sein würde Also, denn ich hatte einige Dinge zu erledigen, bevor ich wegging. Ich habe es dir nicht gesagt, lieber Sohn, weil ich wusste, dass es dich nur beunruhigen und deine Gedanken von der Arbeit ablenken könnte, zu der du gehörst. Ich wusste, wann du Ich kam zu meinem lieben letzten Besuch nach Hause, der mir hier nur noch eine kleine Weile blieb, und ich brauche Ihnen nicht zu sagen, was diese gesegneten Tage Ihres Aufenthaltes für mich bedeuteten. Sie wissen es, ohne dass ich es Ihnen sage. Vielleicht werden Sie sich selbst die Schuld dafür geben Ich habe nicht gesehen, wie nah das Ende war, und bleib an meiner Seite; aber John, Geliebte, ich wäre nicht glücklich gewesen, wenn es so gewesen wäre. Es hätte dir mit Intensität die Abschiedsseite des Todes vor Augen geführt, und das wollte ich Vermeiden Sie es. Ich möchte, dass Sie denken, dass ich gegangen bin, um bei Jesus und Ihrem lieben Vater zu sein. Außerdem wollte ich das Vergnügen haben, Ihnen Ihre Arbeit wieder zu ermöglichen, bevor ich wegging.

„Weil ich wusste, dass das Ende nahe war, habe ich viele Dinge gewagt, bei denen ich sonst vorsichtig gewesen wäre. In der Kraft des Glücks deiner Gegenwart habe ich mich dazu gezwungen, wieder zu gehen, damit du dich an deine erinnern kannst." Mutter wieder auf den Beinen. Denken Sie daran, wenn Sie dies jetzt lesen , werde ich mit so starkem und freiem Gang durch die goldenen Straßen gehen, wie Sie durch die Wüste gehen, Liebes. Also bereue nichts von der schönen Zeit, die wir hatten, noch Ich wünschte, du wärst länger geblieben. Es war perfekt, und die guten Zeiten sind für uns noch nicht vorbei. Wir werden sie eines Tages auf der anderen Seite wieder haben, wenn es für immer keine Abschiede mehr gibt.

„Aber es gibt nur eine Sache, die mich beunruhigt, seit du weggegangen bist, und zwar, dass du allein bist. Gott wusste, dass es für den Menschen nicht gut ist, allein zu sein, und er hat irgendwo auf der Welt einen Helfer für meinen Jungen , da bin ich mir sicher. Ich würde mich freuen, wenn ich mit der Gewissheit gehen könnte, dass du sie gefunden hast und dass sie dich liebt, so wie ich deinen Vater geliebt habe, als ich ihn geheiratet habe. Ich habe nie viel mit dir über diese Dinge gesprochen, weil ich nicht an Mütter denke Sie sollten versuchen, ihre Kinder zum Heiraten zu bewegen, bis Gott die richtige Frau schickt, und dann sollte natürlich nicht die Mutter der Richter sein. Aber einmal habe ich in einem Brief mit Ihnen gesprochen. Erinnern Sie sich? Es war, nachdem ich mich kennengelernt hatte ein süßes Mädchen, dessen Leben so passend schien, zu deinem zu gehören. Du hast mir damals dein Herz geöffnet und mir gesagt, dass du die gefunden hast, die du liebst, und dass du nie wieder eine andere lieben würdest – aber sie war nicht für dich. Mein Herz schmerzte für dich, mein Junge , und ich habe damals viel für dich gebetet, denn es war eine schwere Prüfung, zu meinem Jungen da draußen allein mit seinen Sorgen zu kommen. Ich hatte große Mühe, das Mädchen, dem du deine Liebe geschenkt hattest, nicht zu hassen und mich nicht für sie zu begeistern ein äußerst unangenehmes Geschöpf mit Allüren und ohne Verstand, den Mann in meinem Sohn nicht zu erkennen und seine schöne Seele und den Wert seiner Liebe nicht zu kennen. Aber dann dachte ich, dass sie vielleicht nicht anders konnte, armes Kind, dass sie nicht genug wusste, um dich zu schätzen; und wahrscheinlich war es Gottes gute Führung, die dich von ihr fernhielt. Aber ich habe immer gehofft, dass er dich eines Tages dazu bringen würde, eine andere zu lieben, die würdiger war, als sie es hätte sein können.

„Liebes, du hast nie mehr über dieses Mädchen gesagt, und ich hoffe, du hast sie vergessen, obwohl ich manchmal, wenn du zu Hause warst, diesen tiefen, weit entfernten Blick in deinen Augen und eine Traurigkeit auf deinen

Lippen bemerkte, die mich verwirrte Beben Sie, damit ihre Erinnerung nicht so hell wie eh und je ist. Ich wollte, dass Sie das süße Mädchen Hazel Radcliffe kennenlernen, das meine liebe Freundin und Beinahe-Tochter war – denn keine Tochter hätte mir lieber sein können als sie, und ich glaube ihr liebt mich auch, so wie ich sie liebe. Wären Sie näher dran gewesen, hätte ich zumindest einmal versucht, Sie beide zusammenzubringen, damit Sie selbst urteilen könnten; aber ich fand heraus, dass sie wie ein Vogel schüchtern war, wenn es darum ging, jemanden zu treffen – obwohl sie in ihrem Haus in New York eine Menge junger Männerfreunde hat – und dass sie weggelaufen wäre, wenn du gekommen wärst. Außerdem hätte ich dir keinen anderen Grund als die Wahrheit nennen können, warum du nach dir geschickt hast, und ich wusste, dass Gott das tun würde Ich würde euch beide zusammenbringen, wenn es Sein Wille wäre. Aber ich könnte nicht glücklich von dieser Erde gehen, ohne etwas zu tun, um euch zu helfen, nur um sie einmal zu sehen, und deshalb habe ich sie gebeten, euch diesen Brief, wenn möglich, mit ihrer eigenen Hand zu übergeben. und sie hat es versprochen. Du wirst nach Hause kommen, wenn ich weg bin, und sie wird dich sehen müssen, und wenn du in ihr süßes Gesicht schaust, ist es in Ordnung, lieber Sohn, wenn du nicht so empfindest wie deine Mutter für sie. Ich wollte nur, dass du sie einmal siehst, weil ich sie so sehr liebe und weil ich dich liebe. Wenn du die andere vergessen und diese lieben könntest, scheine ich mich sogar im Himmel zu freuen, aber wenn du nicht so fühlst, wenn du sie siehst, John, dann habe kein Problem damit, dass ich diesen Brief schreibe, denn er hat mir Freude bereitet Es liegt mir sehr am Herzen, Ihnen diesen kleinen Streich zu spielen, bevor ich ging. und das liebe Mädchen darf es nie erfahren – es sei denn, du liebst sie tatsächlich – und dann ist es mir egal – denn ich weiß, dass sie mir verzeihen wird, dass ich diesen albernen Brief geschrieben habe, und mich trotzdem lieben wird.

„Lieber Junge, so wie wir uns nie gerne verabschiedet haben, als du aufs College gegangen bist, sondern nur ‚Au revoir‘, also wird es jetzt keinen Abschied geben, nur ich liebe dich.“

" IHRE MUTTER. "

Hazel weinte leise, als sie den Brief beendet hatten, und in den Augen des Sohnes standen Tränen, obwohl sie sich über das Lächeln freuten, das auf das Mädchen strahlte, als er den Brief zusammenfaltete und sagte:

„War das nicht eine Mutter für einen Kerl? Und könnte ich etwas anderes tun, als mich selbst zu geben, wenn sie alles gab, was sie hatte? Und daran zu denken, dass sie genau diejenige für mich ausgewählt hat, die ich auf der ganzen Welt liebte, und sie geschickt hat „Du hast sie zu mir rausgeschickt, weil ich zu sehr darauf bedacht war, ihr nachzulaufen. Es ist, als ob meine

Mutter dich als Geschenk des Himmels zu mir herabgesandt hätte, Liebes!" und ihre Lippen trafen sich noch einmal in tiefer Liebe und Verständnis.

Die Sonne ging inzwischen fast unter und plötzlich wurde den beiden bewusst, dass die Nacht hereinbrach. Der Indianer würde zurückkehren und sie müssen planen, was zu tun ist.

Brownleigh stand auf und ging zur Tür, um zu sehen, ob der Indianer in Sicht war. Er dachte intensiv und schnell nach. Dann kam er zurück und stellte sich vor das Mädchen.

"Lieb!" sagte er, und der Ton seiner Stimme brachte die schnelle Farbe in ihre Wangen; Es war so wunderbar, so beunruhigend, auf diese Weise gesehen und angesprochen zu werden. Sie hielt den Atem an und fragte sich, ob es doch kein Traum war. „Lieber", ein weiterer dieser tiefen, forschenden Blicke, „das ist ein großes, primitives Land, und wir erledigen die Dinge hier draußen manchmal sehr summarisch. Du musst es mir sagen, wenn ich zu schnell vorgehe; aber du könntest – würdest du es tun . " Glaubst du, du liebst mich genug, um mich sofort zu heiraten – heute Abend?"

"Oh!" sie atmete und hob ihre glücklichen Augen. „Es wäre schön, dich nie wieder verlassen zu müssen – aber – du kennst mich kaum. Ich bin nicht geeignet, weißt du. Du bist eine großartige, wunderbare Missionarin, und ich – ich bin nur ein dummes Mädchen, das sich verliebt hat." mit dir und kann ohne dich nie wieder glücklich sein.

Sie vergrub ihr Gesicht in der Armlehne des Stuhls und weinte glückliche, beschämte Tränen, und er nahm sie in seine Arme und tröstete sie, sein Gesicht strahlte in einem verherrlichten Ausdruck.

„Lieber", sagte er, als er wieder sprechen konnte, „Lieber, weißt du nicht, dass das alles ist, was ich will? Und rede nie wieder so über mich. Ich bin kein Heiliger, wie du sehr wohl feststellen wirst." raus, aber ich verspreche, dich zu lieben und zu schätzen, solange wir beide leben. Willst du mich heute Abend heiraten?"

In dem kleinen Raum herrschte Stille, die nur durch das leise Knistern des erlöschenden Feuers unterbrochen wurde.

Sie richtete ihren schüchternen, frohen Blick auf ihn, dann kam sie und legte ihre beiden Hände in seine.

„Wenn du ganz sicher bist, dass du mich willst", hauchte sie leise.

Die Verzückung seines Gesichts und die Zärtlichkeit seiner Arme überzeugten sie in diesem Punkt.

„Es gibt nur ein einziges großes Bedauern, das ich bereue", sagte der junge Mann und richtete seinen Blick auf das Bild seiner Mutter. „Wenn sie nur gewusst hätte, dass ich dich liebte. Warum habe ich ihr nicht deinen Namen gesagt? kannte deinen Namen bis jetzt."

„Ich habe es auf jeden Fall gemerkt", sagte Hazel mit rosigen Wangen. „Früher tat es manchmal furchtbar weh, wenn man dachte, selbst wenn man mich finden wollte, wüsste man nicht, wie man das anstellt."

„Du Schatz! War dir das so wichtig?" Seine Stimme war tief und zärtlich und sein Blick war auf sie gerichtet.

"So viel!" sie atmete leise.

Aber der rote Lichtfleck auf dem Boden zu ihren Füßen warnte sie, wie spät die Stunde war, und sie wandten sich dem unmittelbaren Geschäft des Augenblicks zu.

„Es ist wunderbar, dass die Dinge heute Abend so sind, wie sie sind", sagte Brownleigh in seinem vollen, freudigen Tonfall. „Es scheint auf jeden Fall eine Vorsehung. Bischof Vail, der alte Studienfreund meines Vaters, reiste im Auftrag seiner Kirche als Missionar durch den Westen und ist jetzt an der Haltestelle, an der Sie letzte Nacht verbracht haben. Er fährt mit dem Mitternachtszug nach-" Nacht, aber wir können schon lange vor diesem Zeitpunkt dort sein, und er wird uns heiraten. Es gibt niemanden, den ich lieber gehabt hätte, obwohl die Wahl bei Ihnen hätte liegen sollen. Wird es Ihnen etwas ausmachen, in dieser kurzen und primitiven Zeit verheiratet zu sein? Benehmen?"

„Wenn mir diese Dinge etwas ausmachten , wäre ich deiner Liebe nicht würdig", sagte Hazel leise. „Nein, das macht mir überhaupt nichts aus. Nur habe ich wirklich nichts zum Heiraten dabei – nichts Passendes für ein Hochzeitskleid. Du wirst dich nicht an mich im Brautkleid erinnern können – und das wird auch nicht der Fall sein." sogar Amelia Ellen als Brautjungfer." Sie lächelte ihn schelmisch an.

„Du Liebling!" sagte er und legte seine Lippen wieder auf ihre. „Du brauchst keine Hochzeitskleidung, um zur süßesten Braut zu werden, die jemals nach Arizona gekommen ist, und ich werde dich immer so in Erinnerung behalten, wie du jetzt bist, als den schönsten Anblick, den meine Augen je gesehen haben. Wenn ich Zeit hätte, einige von mir davon zu benachrichtigen." Kollegen auf ihren Stationen , wir sollten eine Hochzeitsfeier veranstalten, die Ihre New Yorker Angelegenheiten in puncto Enthusiasmus und aufrichtigem Wohlwollen in den Schatten stellen würde, aber sie sind alle vierzig bis hundert Meilen von hier entfernt und das wird unmöglich sein. Sind Bist du sicher, dass du heute Abend nicht zu müde bist, um zum Rastplatz zurückzufahren?" Er sah sie besorgt an. „Wir werden Billy an den Wagen spannen, und der Sitz hat gute Federn. Ich werde viele Kissen hineinlegen, und Sie können sich unterwegs ausruhen, und wir werden heute Nacht nicht versuchen, zurückzukommen. Das wäre zu viel für Sie.".''

Sie begann zu protestieren, aber er fuhr fort:

„Nein, Liebes, ich meine nicht, dass wir in dem kleinen Loch bleiben, in dem du letzte Nacht verbracht hast. Das wäre schrecklich! Aber was würdest du dazu sagen, an der Stelle zu campen, an der wir unser letztes Gespräch hatten? Ich war dort." Seitdem bin ich schon oft dort gewesen und übernachte oft dort, weil es so eine schöne Verbindung mit Ihnen herstellt. Es ist nicht weit von der Eisenbahn entfernt – nur ein paar Minuten Fahrt – und es gibt gutes Wasser. Wir können meine Kleinen tragen Zelt und Drum und Dran, und machen Sie danach so viel Hochzeitsreise, wie Sie glauben, dass Sie Kraft dazu haben, bevor wir zurückkehren, obwohl wir, wie ich hoffe, den Rest unseres Lebens Zeit haben werden, daraus eine schöne, lange Hochzeitsreise zu machen. Wird dieser Plan passen? Du?"

„Oh, es wird wunderschön sein", sagte Hazel mit leuchtenden Augen.

„Also gut. Ich werde alles für unseren Start vorbereiten und du musst dich ausruhen, bis ich dich rufe." Damit bückte er sich und bevor sie merkte, was er tat, hob er sie sanft von ihren Füßen, legte sie auf sein Sofa in der Ecke und breitete eine bunte indische Decke über ihr aus. Dann schürte er geschickt das Feuer, füllte den Kessel, schwang ihn wieder über das Feuer und ging mit einem Lächeln hinaus, um Billy und den Wagen vorzubereiten.

Hazel lag da und schaute sich mit glücklichen Augen in ihrem neuen Zuhause um. Sie bemerkte jeden kleinen Hauch von Vornehmheit und Schönheit, der den Charakter des Mannes zeigte, der dort drei lange Jahre lang allein gelebt hatte, und fragte sich, ob es wirklich sie selbst war, die einsame Kleine Die kämpfende Krankenschwester mit dem bitteren Schmerz in ihrem Herzen, die sich heute hier so glücklich fühlte – Hazel Radcliffe, das ehemalige Mädchen der New Yorker Gesellschaft, jubelte ekstatisch, weil sie einen armen Heimmissionar heiraten und in einer Baracke leben würde! Wie ihre Freunde lachten und höhnten und wie Tante Maria entsetzt die Hände hob und sagte, die Familie sei in Ungnade gefallen! Aber Tante Maria spielte keine Rolle. Arme Tante Maria! Sie hatte ihr ganzes Leben lang nie etwas gebilligt, was Hazel tun wollte. Und ihr Bruder – und hier nahm ihr Gesicht einen Anflug von Traurigkeit an –, ihr Bruder stammte aus einer anderen Welt als ihrer und war es schon immer gewesen. Die Leute sagten, er sei wie seine tote Mutter. Vielleicht könnte der große Mann der Wüste ihrem Bruder zu besseren Dingen verhelfen. Vielleicht würde er hierherkommen, um sie zu besuchen und eine Vision von einem anderen Leben zu erhaschen und eine Sehnsucht danach zu verspüren, so wie sie es getan hatte. Er konnte nicht umhin, die Größe des Mannes zu erkennen, den sie ausgewählt hatte.

Es war für sie ein großer Trost, sich daran zu erinnern, dass ihr Vater sich für ihren Missionar interessiert hatte und die Hoffnung geäußert hatte, dass sie ihn eines Tages wiedersehen würde . Sie glaubte, dass ihr Vater sich über die von ihr getroffene Wahl gefreut hätte, denn er hatte sicherlich vor seinem Tod die Vision davon gesehen, was sich im Leben wirklich lohnt .

Plötzlich richtete sich ihr Blick auf den kleinen quadratischen Tisch drüben beim Schrank. Was wäre, wenn sie es einstellen sollte?

Sie sprang auf und passte die Aktion dem Gedanken an.

Fast wie ein Kind mit seinem ersten Zinnbesteck umgehen würde, nahm Hazel das Geschirr aus den Regalen und ordnete es auf dem Tisch. Es handelte sich um hübsches Porzellangeschirr mit einem schönen alten Zweigmuster aus zarten Blumen. Sie erkannte, dass sie zum Set seiner Mutter gehörten, und behandelte sie ehrfürchtig. Es schien fast so, als wäre die Mutter bei ihr im Zimmer, als sie den Tisch für ihre erste Mahlzeit mit ihrem geliebten Sohn vorbereitete.

Sie fand ein großes weißes Handtuch in der Schrankschublade, breitete es auf dem rauen kleinen Tisch aus und stellte das empfindliche Geschirr darauf: zwei Teller, zwei Tassen und Untertassen, Messer und Gabeln – von allem zwei! Wie begeistert es sie bei dem Gedanken, dass sie in Kürze hierher in dieses liebe Haus gehören würde, ein Teil davon, und dass sie beide das Recht haben würden, im Laufe der Jahre zusammen an diesem Tisch zu sitzen. Es könnte Schwierigkeiten und Enttäuschungen geben – natürlich würde es das geben. Sie war kein Idiot! Das Leben war für alle voller Enttäuschungen, aber auch voller schöner Überraschungen! Doch wie dem auch sei, sie wusste durch die Erregung in ihrem Herzen, dass ihr dieser Tag, an dem sie versprochen hatte, die Frau des Mannes aus der Wüste zu werden, niemals leid tun würde, und dass sie die Erinnerung an diesen ersten Tag, an dem sie sich befand, immer in Ehren halten würde das Tischchen, und lass es alle künftigen Tischdekorationen zu einer heiligen Handlung machen.

Sie fand eine Dose Suppe im Schrank, machte sie in einem kleinen Topf auf dem Feuer heiß und stellte Cracker und Käse, ein Glas Gelee, eine kleine Flasche gefüllte Oliven und ein paar kleine Kuchen, die sie mitgebracht hatte, auf den Tisch mit ihr in ihrem Koffer. Als sie in Arizona landete, hatte sie geglaubt, dass sie so etwas brauchen könnte, denn es war nicht abzusehen, dass sie vielleicht durch die Wüste reiten müsste, um ihren Missionar zu finden; und tatsächlich war das der Fall gewesen.

Es sah sehr gemütlich aus, als Brownleigh hereinkam und sagte, dass der Wagen bereit sei, und er glaubte, den Indianer in der Dämmerung über die Ebene kommen zu sehen, aber er blieb stehen, ohne ein Wort zu sagen, denn hier vor ihm stand das Bild, das sein Geist und sein Herz hatten hat es oft für ihn gemalt: dieses Mädchen, das einzige Mädchen auf der ganzen Welt für ihn, das neben seinem Herd kniet und die dampfende Suppe in die heißen Schüsseln verteilt, der Feuerschein auf ihrem süßen Gesicht und den goldenen Haaren spielt, und jede Linie und Die Bewegung ihres anmutigen Körpers fordert seine Anbetung! So stand er eine lange Minute da und weidete seine hungrigen Augen an dem Anblick, bis sie sich umdrehte und sein Herz in seinen Augen sah und ihr eigenes Gesicht vor Freude und der Bedeutung des Ganzen rosig wurde.

Und so setzten sie sich zu ihrer ersten Mahlzeit in dem kleinen Haus zusammen, und nachdem sie den Indianer mit einer Nachricht zur Festung zurückgeschickt hatten, machten sie sich gemeinsam im Sternenlicht auf den Weg, um ihre Hochzeitsreise zu beginnen.

XVII

HINGABE

Billy kam trotz der Tatsache, dass er den ganzen Tag im Gemeindedienst unterwegs gewesen war, gut voran , aber er wusste, wen er schleppte, und schien große Genugtuung darüber zu empfinden, dass Hazel wieder zurück war, denn hin und wieder wandte er sich wieder dem zu Wagen, als sie anhielten, um Wasser zu holen, und wieherten fröhlich.

Sie erreichten den Rastplatz gegen neun Uhr, und die Nachricht, dass der Missionar heiraten würde, verbreitete sich wie ein Lauffeuer unter den Männern und bis zu den benachbarten Hütten. Im Handumdrehen hatte sich eine kleine Menschenmenge um den Ort versammelt und spähte aus der sternenklaren Dunkelheit.

Hazel zog sich in die verlassene kleine Kammer zurück, in der sie die Nacht zuvor verbracht hatte, und kramte in ihrem Koffer nach Brautkleidern. Nach ein paar Minuten betrat sie den langen Speisesaal, in dem der Tisch hastig abgeräumt und beiseite geschoben worden war und auf dem die Gäste nun in langen Reihen saßen und neugierig dem Geschehen zusahen.

Sie trug ein schlichtes weißes Musselinkleid, das hier und da mit exquisiten Handstickereien und winzigen Spinnwebenrändern aus echter Spitze verziert war. Der Missionar hielt den Atem an, als er sah, wie sie auf ihn zukam, und die rauen Gesichter der Männer wurden weicher, als sie sie beobachteten.

Der weißhaarige Bischof erhob sich, um sie zu begrüßen, und begrüßte sie auf seine väterliche Art, und die Frau, die den Rastplatz innehatte, folgte Hazel, wischte sich hastig die Hände an ihrer Schürze ab und warf sie hinter sich, als sie eintrat. Sie hatte aus allen Materialien, die gerade zur Hand waren, ein spontanes Abendessen vorbereitet, aber sie durfte die Zeremonie nicht verpassen, wenn der Kaffee doch brennen sollte. Hochzeiten gab es nicht jeden Tag.

In der Tür stand der Indianer aus der Festung, sein ernstes Gesicht leuchtete im Schein vieler Kerzen. Er war dem Paar schweigend gefolgt, um dem Geschehen beizuwohnen, wohl wissend, dass ihm seine Herrin in der Festung verzeihen würde, wenn er seine Neuigkeit verkündete. Der Missionar war sehr beliebt – und der Missionar wollte heiraten!

Was hätten die vierhundert ihrer eigenen erlesenen New Yorker Kreise gesagt, wenn sie Hazel Radcliffe gelassen in ihrem schlichten Kleid und mit ihrem offenen goldenen Haar inmitten dieser bunt zusammengewürfelten

Männergruppe mit nur drei neugierigen, schlampigen Frauen gesehen hätten? im Hintergrund, um ihr Gesellschaft zu leisten, und sich einem Mann hingab, der sein Leben der Arbeit in der Wüste gewidmet hatte? Aber Hazels glückliches Herz war sich der Widersprüchlichkeit ihrer Umgebung völlig unbewusst und sie antwortete mit klarer Stimme, als der Bischof ihr die Fragen stellte: „Das werde ich." Sie kam voller Freude in ihr neues Zuhause.

Es war ihr eigener Ring, der Ring, den sie ihm gegeben hatte, den John Brownleigh ihr als Zeichen seiner Treue und Liebe zu ihr an die Hand legte, der Ring, der ein ganzes Jahr lang an seinem eigenen Herzen gelegen und dessen Einsamkeit getröstet hatte, weil sie es getan hatte gab es, und nun gab er es zurück, weil sie es ihm selbst gegeben hatte.

Anmutig legte sie ihre kleine weiße Hand in die rauen, unbeholfenen Hände der Männer, die kamen, um ihr zu gratulieren, und stolperten vor Ehrfurcht und Staunen über ihre Schönheit fast über ihre eigenen Füße. Für sie war es, als wäre plötzlich ein Engel vom Himmel herabgestiegen und hätte sich herabgelassen, ihren täglichen Weg vor den Augen aller zu gehen.

Fröhlich schluckte sie den abgestandenen Kuchen und den schlammigen Kaffee hinunter, den die schlampige Wirtin serviert hatte, und schenkte ihr anschließend, während ihr geholfen wurde, wieder in ihr Reitkleid zu schlüpfen, ein kleines lila Wollkleid aus ihrem Koffer, das die Frau sehr bewunderte. Von diesem Moment an war die Wirtin des Rastplatzes ein neues Wesen. Missionen und Missionare hatten ihr im Laufe der Jahre nichts bedeutet, aber sie glaubte für immer an sie und zog ihr neues lila Kleid als Zeichen ihres Glaubens an das Christentum an. So gewann Hazel ihre erste Konvertitin, die später in großen Prüfungen ihre Treue bewies und zeigte, dass sogar ein lila Kleid ein Werkzeug des Guten sein kann.

Wieder gemeinsam ritten sie hinaus ins Sternenlicht, mit dem Segen des Bischofs auf ihnen und dem Jubel der Männer, der noch immer in ihren Ohren klang.

„Ich wünschte, Mutter hätte es wissen können", sagte der Bräutigam, als er seine Braut in seinen Arm zog und auf sie herabblickte, die an seiner Seite schmiegte.

„Oh, ich glaube, das tut sie!" sagte Hazel und ließ ihren dankbaren, müden Kopf an seine Schulter fallen. Dann bückte sich der Missionar und gab seiner Frau einen langen, zärtlichen Kuss. Dann hob er den Kopf und blickte zum Sternenhimmel und sagte ehrfürchtig:

„Oh mein Vater, ich danke Dir für dieses wundervolle Geschenk. Mach mich ihrer würdig. Hilf ihr, es nie zu bereuen, dass sie zu mir gekommen ist."

Hazel kroch mit ihrer Hand in seine freie, legte ihre Lippen auf seine Finger und betete ganz allein um Freude. Also ritten sie zu ihrem Lager unter Gottes Himmel.

Drei Tage später wandte sich ein Indianer auf dem Weg zum Fort mit einer Nachricht für Hazel ab – einem Telegramm. Es las:

„Bin wohlbehalten angekommen. Ich habe Burley einmal geheiratet, damit ich mich um ihn kümmern konnte. Kommen Sie doch sofort nach Hause. Burley sagt, kommen Sie und wohnen Sie bei uns. Antworten Sie sofort. Ich kann mein neues Zuhause nicht genießen, wenn ich mir Sorgen um dich mache."

„Mit freundlichen Grüßen
„ AMELIA ELLEN STOUT BURLEY. "

Mit Lachen und Tränen las Hazel das Telegramm, dessen Preis das sparsame Gewissen Neuenglands einen Stich gekostet haben musste, und schrieb nach kurzem Nachdenken eine Antwort, die er per Bote zurücksenden sollte.

„ LIEBE AMELIA ELLEN: ALLES LIEBE UND HERZLICHEN GLÜCKWUNSCH FÜR EUCH BEIDE. IN DER NACHT, IN DER DU GEGANGEN BIST, HABE ICH JOHN Brownleigh geheiratet . Komm vorbei und besuche uns, wenn es deinem Mann besser geht, und vielleicht besuchen wir dich, wenn wir nach Osten kommen. Ich bin sehr glücklich .

„ HAZEL RADCLIFFE BROWNLEIGH . "

Als die gute Amelia Ellen dieses Telegramm las, wischte sie sich ein zweites Mal die Brille ab und las es noch einmal durch, um sich zu vergewissern, dass sie sich nicht geirrt hatte. Dann stemmte sie ihre abgenutzten Hände in die Hüften und musterte den liegenden, aber glücklichen Burley in benommenem Erstaunen. ejakulieren:

„Um des Landes willen! Hast du das jemals getan? Um das Land willen! War es das, was sie die ganze Zeit vorhatte? Ich dachte, sie wäre wunderbar bereit zu gehen und wunderbar zu bleiben, aber ich habe nie gespürt, was los war. Ef Ich hätte es gewusst , ich schätze, ich wäre noch einen Tag geblieben. Ich frage mich, warum sie es mir nicht gesagt hat! Na ja, um Himmels willen !"

Und Burley murmelte zufrieden:

„Wal, ich bin sehr froh, dass du es nie erfahren hast , Amelia Ellen!"